KB078446

그라니트
용들의 땅
GRANITE

그라니트 : 용들의 땅 1

이경영 판타지 장편 소설

초판 1쇄 찍은 날 § 2015년 09월 11일
초판 1쇄 펴낸 날 § 2015년 09월 22일

지은이 § 이경영
펴낸이 § 서경석

편집책임 § 박가연

펴낸곳 § 도서출판 청어람
등록번호 § 제387-1999-000006호
등록일자 § 1999. 5. 31
어람번호 § 제1-2226호

주소 § 경기도 부천시 원미구 부일로 483번길 40 서경B/D 3F (우) 14640
전화 § 032-656-4452 팩스 § 032-656-4453
http://www.chungeoram.com
E-mail §chungeorambook@daum.net

ISBN 979-11-04-90406-6 04810
ISBN 979-11-04-90405-9 (세트)

그라니트

용들의 땅

GRANITE

이경영 판타지 장편 소설

GRANITE

그라니트

용들의 땅

Prologue

사막과 숲의 경계선에 한 청년이 서성거리고 있었다.

카키색의 머플러를 복면처럼 두른 그는 귀에 귀고리처럼 걸치고 있는 통신기를 만지작거리며 사막을 살폈다.

밤이라 공기는 차가웠다. 달빛을 받은 사막의 모습은 극지방의 설원처럼 냉랭했다. 그 청년이 타고 왔던 반중력 오토바이 위에 서리가 내릴 정도였다.

그라니트 행성은 일교차가 큰 편이고 사막은 그 정도가 더 심하기 때문에 야간에는 추위를 막아주는 장비가 필수였다.

그가 머플러를 끌어 올려 복면처럼 착용하고 있는 이유도 그 추위 때문이었다.

청년은 자신의 갈색 장발을 끌어모아 끈으로 묶었다. 짧게 깎은 옆머리가 훤히 드러나면서 그의 젊고 싱싱한 온기가 사막의 차가운 공기 속으로 배출됐다.

—키드, 슬슬 보고하시지?

통신기에서 정갈하면서 엄격한 투의 목소리가 들렸다.

여성의 목소리였다. 통신기의 진동을 통해 목소리를 들은 그 남자, 키드는 대답에 앞서 짧게 한숨을 쉬었다.

"작년부터 느낀 건데, 당신은 부사장이란 직책에 안 맞게 너무 성급해."

—그리고 넌 여전히 수다스럽지.

키드는 부사장의 그 지적을 닥치고 일이나 하라는 뜻으로 받아들였다. 실제 의미도 그랬다.

"브라토레 부사장, 당신네 사장은 내일 석방인가?"

—왜, 그를 암살하려고?

"물론이지. 그는 이 땅에서 드래곤들을 소멸시킨 죄인이야. 죽어 마땅해."

키드는 비장하게 말했다.

그러나 그의 그러한 얘기를 1년 동안 들어온 여성 부사장은 코웃음조차 치지 않았다.

—알았으니 모래벌레의 암컷이나 처리해. 서두르는 게 좋아.

"지나치게 재촉하는군."

머플러를 매만진 키드는 자신이 바라보고 있던 사막의 모래를 한 움큼 쥐어 들고는 아래로 부드럽게 뿌리며 냄새를 맡았다.

"어차피 추적은 막바지야, 브라토레 부사장. 흠, 모래가 아직 젖어 있군. 5분 거리 안에 있을 거야. 게다가 이 모래벌레의 암컷은 당신 말대로 발정기인 것 같아."

―조금 뒤면 수컷이 그 냄새를 따라 이 행성으로 넘어올 거야. 놈들이 번식하게 놔두면 안 돼. 실패하면 며칠 내로 네 가게가 있는 곳까지 사막이 확장될 거야. 모래로 반죽된 피자를 팔고 싶진 않겠지?

키드는 통신을 들으면서 자신의 청백색 눈동자를 바삐 움직였다.

"10분 내로 처리하지."

―확실히 처리해. 힘들 것 같으면 날 부르든가.

자존심이 상한 키드는 냄새를 좇아 사막을 질주했다.

달린다기보다는 날아간다는 표현이 더 어울릴 만큼 빠른 속도였다.

약 5분 정도 냄새를 따라 질주하던 키드의 눈에 불길한 모습이 잡혔다.

방금 썰어낸 짐승의 창자처럼 뜨끈한 김을 뿜는 생물 다섯 마리가 하늘에서 빛을 받으며 사막에 내려오고 있었다.

다섯 마리 모두 길이만 10미터가 넘는 모래벌레였고 전부 수컷이었다. 성별 여부는 그들이 지독하게 내뿜는 냄새가 증명했다.

'정말 서둘러야겠군.'

키드는 마치 반죽을 쥐려는 듯이 오른손을 반쯤 펼쳤다.

"이 땅에 대한 침략은 허락지 않는다, 환상종."

중얼거린 키드의 오른손에서 하얀색의 긴 광선이 칼날처럼 솟아올랐다.

그 광선검의 길이는 수 미터가 넘었다.

"여긴 드래곤들에게만 허락된 땅이야."

키드의 살기를 감지한 모래벌레들이 일제히 꿈틀대며 하얀색의 촉수를 입에서 뿜어냈다.

모래벌레 수컷 다섯 마리가 수천 가닥의 하얀 촉수를 흔들거리며 일어나는 모습은 영원의 밤이 지속되는 지옥의 일부처럼 보였다.

그러나 키드는 거침없이 그들 사이로 파고들었다.

그는 분노하고 있었다. 그 분노는 드래곤들의 소멸을 막지 못한 자기 자신에 대한 질책이기도 했다.

'반드시 죗값을 치르게 해주겠다, 그라니트 용역의 사장!'

키드의 광선검이 밤공기를 베었다.

01
죽은 전우를 위한 행진

"원사님!"

자신의 계급을 들은 남자가 뒤를 돌아봤다.

"왜?"

식수가 든 비닐 팩을 오른손에 든 그 남자는 동양인의 느낌이 나는 검은색 머리의 소유자였다. 피부색과 머리카락의 느낌은 분명 동양인의 것이었으나 깊은 눈두덩에 적당히 높은 코는 서양인의 느낌을 갖고 있었다.

일단 눈동자부터가 선명한 상감색이었다.

그는 겉보기에 젊어 보였으나 원사라는 계급이 그의 실제 나이를 어렴풋이 증명하고 있었다.

그를 불러 돌아서게끔 한 대머리 흑인은 잔뜩 짜증이 난 얼굴이었다.

"다크엘프 녀석들이 벌써 따라붙었습니다."

"그 알타이르 아가씨들이?"

흑인이 말한 '다크엘프'라는 것은 알타이르 행성인의 외모를 지구식으로 해석하여 만든 별명이었다.

남자는 마시던 비닐 팩을 잠깐 놓고 자신의 머리를 긁적거렸다. 허공에 둥실 뜬 비닐 팩은 벽에 달라붙은 꿀처럼 서서히 떨어지다가 다시 남자의 손에 잡혔다.

"나무로 된 배를 타고 우주를 돌아다니는 다니는 주제에 정말 빠르군."

"워치프 직속 함대는 끈질기기로 유명하죠."

"대체 몇 번째야, 이게? 좋아, 함교로 갈 테니 자네는 다른 친구들을 준비시켜. 이번에는 지상에서 싸움이 날지도 모르니까 그에 대한 대비도 해두고."

"알겠습니다."

경례를 한 흑인은 자신의 두꺼운 몸을 허공에서 돌리고는 복도에 붙은 고속 이동용 손잡이를 붙잡고 저편으로 사라졌다.

비닐 팩의 물을 다 마신 남자는 방금 전까지 우주선의 창문을 통해 바라보고 있던 개척 행성 그라니트를 보며 씁쓸한 표정을 지었다.

"대체 그라니트에 뭐가 있다고 우리를 여기에 보낸 거지? 알타이르 계집들은 우리한테 돈이라도 뜯긴 것처럼 추적해 오고 말이야. 도무지 이해가 안 되는군."

비닐 팩을 흡입식 쓰레기통에 버린 그 남자는 함교로 가는 엘리베이터에 탑승하여 바로 올라갔다.

이동 후 정지한 엘리베이터에서 나온 그는 함장 자리에 앉아 있는 중년 흑인의 곁으로 걸어갔다.

"함장님, 손님들이 왔다면서요?"

"그렇다네, 치프. 게이트에서 나오자마자 우리에게 들이받을 듯이 붙어오더군."

함장에게 치프라고 불린 그 검은색 머리의 남자는 그라니트 행성의 극지방 위에 떠 있는 금속질의 구조물을 봤다.

커다란 고리처럼 생긴 그 물건은 폭이 10킬로미터가 넘는 대형 물체였다.

지구가 수년 전 우주연합에 가입한 이후 사용이 허락된 그 구조물은 아무런 부담 없이 은하계 곳곳의 행성들을 오갈 수 있도록 해주는 일종의 문이었다.

치프와 함장을 비롯한 지구인들이 보는 와중에도 우주 여객선과 상선 몇 척이 게이트 한가운데에서 울렁거리는 검은색 안개로부터 빠져나와 그라니트 행성의 대기권으로 들어갔다.

게이트와 치프가 탑승한 함선 사이에는 지구에서 17세기경에 쓰던 대형 목조선과 거의 비슷하게 생긴 우주선 20여 척이 길게 늘어서 있었다.

"알타이르에서 대체 왜 우리를 추적하는 걸까요?"

치프가 묻자 함장도 답답하다는 표정을 지었다.

"그러게 말일세. 이쪽에서 진심으로 공격하면 자기네 함선들이 전부 숯으로 변한다는 것쯤은 알 텐데 말이지."

그때, 커다란 헤드셋을 머리에 쓴 통신병이 함장 쪽으로 몸을 돌렸다.

"함장님, 알타이르 측에서 통신을 요청하고 있습니다."

"연결해 주게."

함장과 치프, 그리고 함교에 있는 대부분의 인원이 함교에 설치된 대형 스크린에 시선을 집중했다.

이윽고 스크린에 떠오른 것은 검은색 터번을 머리에 쓴 갈색 피부의 여성이었다.

늘어질 만큼 길게 솟은 귀에 은색의 눈동자를 가진 그 여성은 비교적 나이가 어린 함교 인원들이 자신도 모르게 환호성을 터뜨릴 만큼 얼굴이 아름다웠다.

알타이르 행성인들은 귀의 형태와 평균 신장, 피부색을 제외하면 외모 면에서 지구인과 큰 차이가 없었다.

그러나 대형 야생동물과 맞먹을 정도의 근력과 근육의 질, 그리고 인공 물질에 가까울 만큼 단단하고 질긴 뼈는 정말 외계인이라는 말이 어울릴 만큼 지구인과 차이가 컸다.

스크린에 뜬 여성이 냉엄한 표정으로 입을 열었다.

—난 알타이르의 외교특사 함대를 맡은 워치프, 데스디아리

아 헤이파 알타이르 브라토레다. 지구의 함선이여, 내 말이 들리는가?

그녀가 소속을 밝히자 함장과 치프가 서로 눈짓을 주고받은 뒤 함장이 통신용 헤드셋을 귀에 끼웠다.

"난 UN 산하 우주해병대 소속 우주순양함 피츠버그의 함장, 노이어 케이젠슨 중령이오. 브라토레 워치프여, 혹시 도와드릴 일이라도 있소?"

—우주연합에서 당신들의 협정 위반 행위를 막아달라는 부탁을 우리에게 해왔소, 케이젠슨 함장. 비상 상황을 제외하고는 개척 행성에 정규군이 상륙하는 것은 분명한 위반 행위이니 지금 즉시 지구로 돌아가시오.

그녀의 말에 함장과 치프는 다시 눈짓을 주고받았다.

함장에게 헤드셋을 넘겨받은 치프는 그것을 귀에 끼우며 스크린 속의 여성과 시선을 마주했다.

"UN 산하 우주해병대 현장 책임자인 A—1730 원사입니다. 우리도 우주연합으로부터 그라니트 행성에 있는 골칫거리들을 해결해 달라는 의뢰를 받았는데, 뭔가 착오가 있는 것 아닙니까?"

—헛소리는 그만하고 당장 뱃머리를 돌리시오, 원사.

그녀가 강압적으로 나오자 치프도 표정을 구겼다.

"전자 서명이 된 작전의뢰서가 있다니까? 당신이 워치프인지 군단장인지 잘 모르겠지만 지금 복사본을 전송해 줄 테니 좀 알아보고 말하시지?"

—웃기는구려. 지구인들의 말을 믿으라는 거요?

"못 믿을 건 또 뭐가 있는데?"

알타이르의 워치프, 데스디아리아 헤이파 알타이르 브라토레의 은색 눈동자가 으스름하게 빛을 냈다.

—좋소. 하지만 우리가 가진 의뢰서 역시 조작된 게 아니니 원시적이고 직접적인 방법으로 일을 해결합시다, 원사. 대표자 한 명을 우리 함대 바로 아래의 지상으로 낙하시키시오. 이쪽에선 내가 내려가겠소. 1시간이 지난 후에도 대표자를 보내지 않으면 강제로 함선을 나포하겠소. 이상.

통신은 그 말을 마지막으로 일방적으로 끊겼다.

"저것들이 진짜……!"

귀에서 헤드셋을 뺀 치프는 뜨거운 한숨을 내쉬었다.

함장은 그의 등을 툭툭 두드려 주었다.

"진정하게, 치프. 장갑차를 타도 저 갈색 괴물들을 이길 수는 없다네."

"저 여자도 그걸 알고 저러는 겁니다. 제가 내려가죠."

"가위바위보로 승부를 보자는 얘기가 아니라는 걸 알지 않나?"

"물론이죠. 강하포트를 사용하겠습니다. 따뜻한 수프나 준비해 두세요."

치프와 30년 가까운 세월을 UNSMC에서 함께 보낸 함장은 겉모습만 20대일 뿐인 그 친구를 걱정스럽게 바라봤다.

부하들이 미리 준비한 전투복과 무기들을 받고 어른 두 명이 가까스로 탈 만큼 작은 강하포트에 혼자 탑승한 치프는 곧장 함선에서 이탈하여 그라니트를 향해 하강했다.

현재 주인이 없는 개척 행성으로 분류되어 개척 작업이 진행 중인 행성, 그라니트는 중력의 수치와 대기의 성분을 포함한 많은 것이 지구와 똑같은 신비의 행성이었다.

'빅시티라는 곳만 제외하고는 위험한 행성이라고 들었는데 말이지.'

강하포트의 특수 유리 창문을 통해 그라니트의 전경을 구경하던 치프는 알타이르의 함대에서도 작은 물체 하나가 떨어져 나와 강하하는 것을 목격했다.

"우리 갈색 아가씨도 내려오고 있군. 총지휘관이 정말 혼자서 내려오다니, 행여 같이 일이라도 하게 되면 뭐든 맡길 수 있겠네."

쓴웃음을 지으며 중얼거린 치프는 고개를 들어 자신의 부하들이 있는 우주순양함, 피츠버그의 모습을 다시 봤다. 치프와 우주해병대를 싣고 10년 넘게 지구와 태양계 내의 지구식민지를 돌아다닌 그 군함은 사실상 집이나 다름없는 곳이었다.

그런데 우주 어딘가에서 날아온 푸른색의 불덩어리들이 그 강철의 집에 날아가 꽂혔다.

그것은 결코 일어나지 말았어야 할 일이었다.

"뭐야, 빌어먹을!"

경악한 치프는 통신장치의 버튼을 눌렀으나 다섯 번째로 날아온 불덩어리가 피츠버그의 함교를 날려 버렸다. 녹은 양초처럼 형태를 잃어버린 함교 안에 인간의 모습은 없었다. 한때 인간이었던 것들의 잔해만이 있을 뿐이었다.

이윽고 피츠버그의 동력로가 폭발하면서 일으킨 황색의 불덩어리가 피츠버그의 모든 것을 집어삼키고 증발시켰다.

피츠버그를 부순 푸른색 불꽃들은 우주 저편에서 계속 날아와 이번에는 알타이르의 함대를 불쏘시개로 만들었다.

명백한 의도를 가진 공격이 분명했지만 치프는 적이 누군지 알 수 없었다. 눈으로 확인하기에는 너무나 먼 거리에서 날아온 공격이었기 때문이다.

문제는 그뿐만이 아니었다. 피츠버그의 폭발 여파가 치프의 강하포트를 덮친 것이다.

큰 충격을 받은 치프는 강하포트의 창 밖에서 불길이 치솟는 것을 봤다.

충격파가 강하포트를 때려 가속시키는 바람에 중력과 대기의 마찰이 지옥의 악마처럼 강하포트를 붙들고 들어지며 그 표면을 태워 버리고 있었다.

이대로는 재가 되어 죽을 상황이었지만 30년 가까이 자신과 함께한 친구와 어린 부하들을 한꺼번에 잃어버린 치프는 그 화염을 넋 놓고 지켜봤다.

강하포트의 단열재를 넘어 자신에게 닥쳐오는 열기를 힘없이 받아들이던 그의 시선에 뭔가 다른 것이 들어왔다.

중심을 못 잡고 과도한 속도로 떨어지던 강하포트는 어떤 힘에 의해 거짓말처럼 안정을 되찾았다. 그 과정에서 치프는 아주 잠깐 흔들렸을 뿐이었다.

불꽃이 사라진 대신 황금색 속눈썹에 파묻힌 커다란 눈이 유리창 밖에서 보석처럼 아름답게 빛을 냈다.

순식간에 접근하여 남자를 가만히 살피던 그 눈의 주인은 이내 백금색으로 빛나는 한 쌍의 날개를 펄럭이며 우주와 그라니트의 경계 저편으로 사라졌다.

'드래곤……?'

치프는 창문에 손을 댄 채 그 생물이 사라진 장소를 하염없이 바라보며 그라니트의 대지로 향했다.

*　　　*　　　*

착륙을 강하포트의 컴퓨터에 맡긴 치프는 생각보다 안전하게 땅을 밟을 수 있었다.

높이 4미터의 강하포트로부터 문을 열고 나온 치프는 검은색의 강화외골격 전투복을 입고 있었다.

피츠버그에서 출발할 때 미리 입고 있던 것인데, 중기관포 사격에도 3초 이상 버틸 수 있는 그 첨단의 갑옷은 맨손으로 북극곰의 척추를 접어버릴 수 있다고 소문이 난 알타이르 전사에게 대항하기 위한 최소한의 수단이었다.

그는 왼손에 들고 있던 같은 색의 헬멧을 앞에 보이는 그라니트의 대지에 버렸다. 그 쇳덩어리 헬멧의 틈새에서 전기적 불꽃이 틱틱 튀어나왔다.

"코끼리가 밟아도 안 깨지는 헬멧이 저렇게 됐는데 나는 왜 멀쩡한 거지?"

자동소총과 자동소총처럼 생긴 어떤 장치를 등에 멘 그는 강하포트의 발판에서 내려와 비로소 제대로 땅을 밟았다.

불쾌한 일이 일어난 것은 그와 동시였다.

치프의 두 발이 땅에 닿자마자 그의 발밑에서 일어난 보라색의 전류가 모세혈관 모양으로 대지를 달리며 퍼진 것이다.

온몸에 짜릿한 느낌을 받은 치프는 주변의 공기가 고요하게 흔들리는 것을 느꼈다.

"내가 이 개척 행성에 처음으로 발을 들인 지구인이긴 한데… 설마 이것 때문에 우주연합에서 지구인들이 이곳에 접근하는 걸 막은 건가?"

잔뜩 긴장한 치프는 등판에 접착시켜 둔 자동소총을 분리하여 두 손으로 들었다. 탄을 장전하는 모습은 거의 기계와도 같았다.

[내가 새겨진 유전자…….]

치프는 갑자기 머릿속에 들려온 목소리에 당황하여 다시 총을 들었으나 5분이 넘도록 그 이상의 일은 일어나지 않았다.

“일이 대체 어떻게 돌아가는 거야? 방금 뭔가 들린 거 맞나?”

총을 내리며 짜증을 낸 치프는 전투복 소매에 붙은 단말기로 주변을 조사해 보기로 했다.

“대기의 성분이나 중력 수치는 알려진 것처럼 지구와 거의 동일해. 자전주기와 공전주기까지 동일하군. 날씨도 괜찮고. 꼭 누가 지구를 복제해서 여기에 갖다놓은 것 같네.”

옆에 아무도 없는데도 연신 중얼거리던 그가 갑자기 연거푸 심호흡을 하더니 몸을 숙이고는 심하게 구역질을 했다. 대꾸해주는 자가 없다는 현실이 죽은 동료들의 옛 모습과 폭발하는 피츠버그의 모습으로 바뀌면서 그를 압박한 것이다.

그래도 토하지는 않은 그는 정신력을 발휘하여 다시 일어났다.

‘피츠버그는 다른 우주선에서 쏜 대함어뢰에 당한 게 분명해. 날아온 어뢰들의 숫자만 따지자면 정규 함대 규모의 적이겠지. 어떤 놈들인지 모르겠지만 반드시 잡아서…….’

복수심에 빠져들던 그를 건져 올린 것은 하늘을 찢는 듯한 소음이었다.

얼마 떨어지지 않은 장소에 껍질을 까지 않은 옥수수 모양의 물체가 떨어지는 것을 똑똑히 목격한 치프는 잠깐 주저하다가 바닥에 몸을 던지듯 엎드렸다.

물체가 낙하하면서 땅에 퍼진 충격파가 치프와 치프의 강하포트를 흔들었다.

'그냥 서 있었으면 튕겨 날아갔겠지!'

상황이 진정되자 다시 일어난 치프는 머리를 흔들어 흙먼지를 털어냈다.

"…아까 그거 분명히 알타이르의 상륙선인데 말이지."

치프는 오른손으로 앞머리를 눌렀다.

"그래, 맞아. 그 정도 충격이면 죽었을 거야. 틀림없어. 그 상륙선, 나무로 만들어진 거잖아? 그런 걸로 대기권에 진입해 대는 알타이르 여자들은 미친 게 분명해."

그는 투덜거리며 자신의 강하포트를 향해 걸어갔다. 그러고는 강하포트 안쪽에 마련된 구급상자와 식수가 담긴 비닐 팩을 급히 챙겼다.

"그 여자들은 헬멧 같은 것도 안 쓴다고. 터번이 끝이야. 분명 죽었겠지. 햄버그용으로 갈아둔 쇠고기랑 비슷한 꼴이 됐을 걸?"

그런데도 구명에 필요한 것들을 철저히 챙겨 나온 치프는 알타이르의 상륙선이 떨어진 곳을 향해 달려갔다.

"나 지금 뭐하는 걸까?"

자기 자신에게 질문한 치프는 속도를 더 높였다.

"제길, 본 걸 어떡해!"

짜증을 낸 그는 잠시 후 노릇하게 구워진 채 지면에 처박힌 알타이르의 상륙선을 발견했다.

뒷부분이 떨어져 나가긴 했지만 치프는 안에 탄 알타이르 행성인이 살아 있을 거라고 확신했다. 탑승석을 보호하고 있는 황색 나뭇잎들에 아무런 손상도 없었기 때문이다.

그는 상륙선뿐만 아니라 주변도 철저히 살폈다.

그가 밟고 있는 땅은 일반적인 흙이 아니었다. 철반석, 즉 보크사이트가 노골적으로 드러나 있는 구역이었다.

'자원이 풍부한 행성이라고 듣긴 했지만 무시무시할 정도로군.'

그때, 전투복에 붙어 있는 단말기가 세차게 진동했다.

'대형 생물체 접근?'

치프는 자동소총 대신 소총처럼 생긴 장치를 오른손에 들었다.

'개척 행성에서 군용 총기를 쓰면 잡혀간다고 들었는데 말이지.'

상륙선에 도달한 치프는 구급상자 등을 땅에 내려놓은 뒤 손에 든 장치의 전원을 켰다.

'프린팅 재료는 충분해.'

치프의 상감색 동공이 반짝거렸다. 그 장치에서 보내는 각종 전기신호를 망막이 직접 받아들이면서 생기는 발광현상이었다.

준비를 마친 그의 눈앞에 커다란 생물체가 뛰어왔다. 생물체의 모습을 본 치프는 잠깐 움찔했다.

'공룡? 그라니트 행성에 공룡이 있다는 말이 진짜였군.'

튼튼한 회색의 가죽으로 몸을 완전히 덮은 그 생명체는 남자의 생각대로 지구의 옛 생물체, 즉 공룡과 상당히 비슷했다.

두툼한 뒷다리와 긴 꼬리, 그리고 그에 비해 너무 짧은 앞다리가 인상적인 그 생명체는 범고래의 몸통조차 한 번에 끊어버릴 것 같은 턱을 벌리고 이빨을 드러내며 괴성을 질렀다.

그 생명체의 목 밑에 달린 가죽이 출렁거리면서 소리를 증폭시키는 모습이 남자의 눈에는 기괴하면서도 압도적으로 보였다.

'프린팅까지 1.8초.'

치프는 장치, 정확히는 제어장치라고 불리는 물건의 권총형 손잡이를 꽉 잡았다. 그의 주변에 깔린 철반석들로부터 푸른색의 빛들이 꽃가루처럼 일어났다.

입자들은 남자의 머리로부터 2미터 정도 떨어진 위치에서 하나로 뭉쳤다.

뭉쳐진 입자들이 순식간에 구축하여 '프린팅'해 낸 모습은 대포와도 같았다. 지구에서 200년 전에 사용한 자주포, 혹은 기관포들처럼 내부가 노골적으로 드러난 형태였다.

달려오던 공룡은 그 흉기 덩어리를 봤음에도 불구하고 굶주림에 미쳐 치프로부터 등을 돌렸다. 그 움직임에 맞춰 둔기나 다름없는 큰 꼬리가 치프에게 채찍처럼 날아왔다.

전투복 내부에 심어진 인공근육의 도움으로 공격을 잽싸게 피한 치프는 침착하게 제어장치의 방아쇠를 당겼다.

그의 머리 위에 떠 있는 포대로부터 큰 불꽃이 튀었다.

총기가 뿜어낸 것은 불꽃만이 아니었다. 큼직한 탄환이 생물체의 꼬리를 타격하여 뜯어버렸다.

꼬리를 잃은 공룡의 둔부로부터 대량의 혈액이 쏟아졌다. 뒤이어 출혈 쇼크로 비틀거리는 공룡의 머리가 식빵이 찢기듯 터져 나갔다.

치프의 단말기가 계속해서 진동했다.

"제대로 냄새들을 맡았군."

치프의 주변에 깔린 철반석들이 다시 푸른색의 빛무리로 변하여 허공에 떠 있는 포대의 좌우로 모여들었다.

빛들은 곧 6개의 총열을 가진 개틀링식 기관포로 변했다. 서로 간의 간격까지 알아서 적당히 맞춘 그 무기들은 잘 훈련된 사냥개들처럼 치프의 움직임에 맞춰 기동하며 공격신호를 기다렸다.

그 무기의 이름은 건하운드(Gun—Hound)였다.

화약이 아니라 전자기력으로 탄환을 쏘는 그 무기는 지구에서 자랑하는 입자 프린팅 기술을 응용한 무기였다.

제어장치와 배터리, 그리고 재료로 쓸 수 있는 금속 물질만 있으면 얼마든지 현장에서 조립되어 임무를 수행할 수 있는 첨단의 괴물이었다.

방금 전에 죽은 것과 동일한 형태의 대형 육식 공룡들이 괴성을 지르며 몰려들었다.

눈과 연결된 건하운드의 조준장치로 적들을 각각 조준한 치프는 방아쇠를 당겼다. 그의 위쪽에 떠 있는 포대들이 일사불란하게 움직이며 탄환들을 뿌려댔다.

치프는 냄새 때문에 정신이 나가는 게 아닐까 싶을 정도로 많은 숫자의 공룡과 상대해야 했다.

그는 운이 없게도 무리 하나를 상대하고 있었다. 표적의 생체 정보가 그의 신경을 끊임없이 건드렸다.

'큰 건 전부 암컷이야! 수컷이라고는 아직 성장이 덜 된 놈들밖에 없어! 혹시 무리의 주인이 어딘가에 따로 있는 건가?'

그때, 건하운드의 사격에 하반신이 날아간 공룡의 사체가 건하운드 위에 쏟아졌다. 생각지 못한 상황으로 인해 건하운드를 쓸 수 없게 된 치프였지만 그는 침착하게 버튼을 눌러 포대를 분해하면서 왼손으로는 권총을 뽑아 들었다.

그는 오른손잡이이지만 권총만은 왼손으로 다루는데, 마치 튕기듯 빠르게 뽑아서 즉시 사격하는 것은 그의 특기 중에 특기였다.

'제발 이놈들이 마지막이길.'

달려들던 새끼 공룡들의 눈에 탄환이 하나씩 정확히 박혔다. 전투복의 도움 없이 수행하는 치프의 한 손 사격은 기계적이라는 말이 어울릴 만큼 침착하고 효율적이었다.

일단 분해한 포대를 다시 프린팅하려는 치프의 귀에 지금까지와는 비교도 안 될 만큼 우렁찬 울음소리가 들렸다.

사격 두 번으로 남은 새끼 공룡 두 마리를 자신의 좌우에 눕혀 버린 치프는 울음소리가 들린 방향으로 돌아섰다.

상륙선의 건너편에서 큼지막한 바위가 그를 향해 날아왔다.

옆으로 몸을 날려 피한 치프는 크기가 클 뿐만 아니라 머리를 포함한 몸 이곳저곳에 흉터가 잔뜩 박힌 공룡이 상륙선 건너편에서 자신에게 다가오는 모습을 목격했다.

'역시 무리의 주인이 있었어!'

프린팅 속도가 왠지 늦자 치프는 단념하고 권총을 넣은 후 수류탄을 꺼냈다.

'일단 시간을 벌어서…….'

치프는 알타이르의 상륙선을 성큼 넘던 공룡의 다리가 갑작스런 섬광과 함께 옆으로 잘려 쓰러지는 것을 목격했다.

완만하게 휜 초대형 도검을 든 여성이 상륙선의 탑승석으로부터 걸어 나왔다.

찢어진 이마에서 흘러나온 피 때문에 얼굴 오른쪽이 피에 젖은 그녀는 머리에 쓴 검은색 터번을 벗어 던졌다. 비단처럼 말끔한 검은색 장발이 터번 안에서 쏟아져 내렸다.

머리에 부상을 당했지만 그녀의 은색 눈동자는 오히려 살기등등하게 빛을 발했다.

치프는 그녀가 자신과 통신으로 언쟁을 벌인 알타이르의 워치프, 데스디아리아 헤이파 알타이르 브라토레라는 것을 한눈에 알아봤다.

물론 이름까지 기억할 정신이 아니었기에 그냥 '그녀'라는 것만 인식해 냈을 뿐이었다.

다리가 잘려 쓰러진 공룡이 땅에서 몸을 뒤틀며 방향을 바꿨다. 복수심에 미친 공룡의 턱이 그녀와 상륙선을 모조리 씹어버릴 기세로 벌어졌다.

돌진하는 공룡의 머리에 알타이르 워치프의 모습이 나타났다. 그녀의 입장에서는 그냥 높이 뛰어올라 착지한 것일 뿐이지만 치프는 그 상황을 믿을 수가 없었다.

'저게 가능해?'

그녀는 뛰어서 올라타는 도중에 공룡의 뒷덜미를 도검으로 베었다. 목뼈 내의 척수가 잘린 공룡은 즉사하여 서서히 쓰러졌고, 공룡을 제압한 알타이르의 워치프는 쓰러지는 공룡 위에 발을 댄 채 지상으로 내려오다가 가볍게 뛰어 착지했다.

치프의 건하운드 포대는 다시 말끔하게 프린팅되어 있었으나 치프는 몸이 움츠러드는 느낌을 받았다.

2미터가 넘는 신장의 여성이 물리법칙을 무시한 것 같은 움직임으로 공룡의 다리를 날리고 목덜미를 자르는 모습을 본 이상 아무리 전투 경험이 많은 사람이라 할지라도 움츠러드는 것은 당연했다.

치프를 향해 걸어오던 그녀의 눈동자가 갑자기 빛을 잃었다.

걸음을 멈춘 그녀는 알타이르 우주선들의 잔해가 유성우처럼 집단으로 떨어지며 불타는 그라니트의 창공을 올려다봤다.

치프는 하늘을 원망하는 듯한 그녀의 표정에서 눈을 뗄 수가 없었다. 아름다워서가 아니었다. 그녀가 거의 의식이 없는 상태에서도 왜 그러한 표정을 지었는지 이해하기 때문이었다.

"부하들이… 동포들이……."

딱 두 마디를 중얼거린 그녀는 도검을 놓치며 쓰러졌다. 치프는 그녀를 급히 안아 부축하려 했다.

하지만 그러지 못했다.

치프는 본능에 이끌리듯 뒤로 돌아서면서 건하운드 제어장치의 방아쇠를 당겼다.

건하운드의 포대들이 주인의 요구에 따라 대형 탄환과 불꽃을 일제히 뿜었다. 불꽃은 총 내부에서 방전된 전기의 부산물이었다. 화약을 이용한 총기류의 불꽃과는 그 색이 달랐다. 냉엄한 푸른색이었다.

뒤이어 기관포들도 불꽃을 토하며 작은 탄환을 매섭게 날렸다. 큰 것과 달리 기관포의 불꽃은 붉은색이었다.

사격의 반동은 그 포대들을 허공에 띄우고 있는 중력조절장치가 철저히 제어하고 있었기에 그의 몸은 전혀 부담을 받지 않았다.

장갑차 한 대쯤은 간단히 가루로 만들어 버릴 수 있는 화력을 쏟아내고 있음에도 불구하고 치프의 뒤편에 유령처럼 나타난 백금색의 생물체는 꿈쩍도 하지 않았다.

탄환들은 날아가는 도중에 전기불꽃에 터지면서 의미를 잃고 있었다.

'절연파괴? 저걸로 탄환을 막아? 생명체가 저런 짓을 한다고? 데토네이터 모드를 써야 하나?'

사격을 멈춘 치프는 머리부터 꼬리까지의 길이가 못해도 160미터는 되어 보이는 그 거대한 존재를 쳐다봤다.

펼치고 있던 두 장의 큰 날개를 고이 접은 그 백금색의 생명체는 긴 목을 숙이고 앞발로 땅을 디디며 치프에게 머리를 가까이했다.

반사적으로 다시금 방아쇠를 당길 뻔했던 치프는 그 생명체의 황금색 속눈썹을 보고 손가락을 멈췄다.

'탈출선에서 봤던 드래곤……?'

그는 눈앞에 있는 생명체를 침착하게 살펴봤다.

그 생명체는 몸의 대부분을 백금색의 비늘로 감싸고 있었다. 그 비늘들은 남자가 사격을 중단하자 은색으로 잦아들었다.

놀랍게도 그 생물의 전체적인 형상은 전설이나 영화에서나 나올 법한 '드래곤'의 모습과 비슷했다.

긴 목과 꼬리, 튼튼한 몸체와 네 개의 다리, 그리고 향기가 나는 두 장의 날개.

그 생명체, 아니, 은색의 드래곤이 풍기는 그 감미로운 향기는 드래곤이 눈을 끔벅이자 황금색 속눈썹이 일으키는 바람을 타고 남자의 후각을 더 진하게 자극했다.

남자를 흥미롭게 바라보던 그 드래곤이 갑자기 자신의 오른쪽을 봤다.

남자 역시 그쪽을 돌아봤다.

지평선을 덮을 만큼 두껍고 시커먼 모래폭풍이 치프와 드래곤을 향해 몰아닥치고 있었다.

그들을 단숨에 덮칠 것 같았던 모래폭풍이 어느 순간 멈췄다. 폭풍 자체가 사라진 게 아니라 마치 모형의 일부처럼 형태를 유지한 채 멈춰 버린 것이다.

모래폭풍이 그런 식으로 멈춰 버리는 것을 본 적이 없던 치프는 자신도 모르게 건하운드의 제어장치를 그 모래폭풍 쪽으로 돌렸다.

순간 모래폭풍의 한가운데를 가르면서 검은색의 드래곤이 고개를 내밀었다.

그 드래곤의 붉은색 눈은 은색의 드래곤과 달리 분명한 적대감을 품고 있었다.

치프는 결국 방아쇠를 당기려 했으나 그의 팔다리가 끊겨 날아가는 것이 먼저였다. 몸뚱이만 남아버린 치프는 바닥에 떨어진 소시지처럼 땅을 굴러야 했다. 오른쪽 눈도 터지면서 몸 밖으로 흘러 나갔다.

치프로부터 떨어진 제어장치는 아직 자신을 붙들고 있는 손이 인체와 단절된 것을 감지하고는 자동으로 전원을 차단했다.

동시에 건하운드의 총기들이 다시 금속 입자로 변하여 모래성처럼 사라졌다.

그때, 은색의 드래곤에서 떨어져 나온 비늘이 치프의 몸에 꽂혔다.

공격을 위한 행동은 아니었다. 큰 침대 크기의 그 비늘들은 팔다리의 절단면에 꽂히자마자 그 단단함을 잃고 조갯살처럼 늘어졌다.

치프의 의식은 거기서 끊겼다.

*　　　　*　　　　*

치프는 소매와 바짓가랑이가 모두 날아간 전투복을 그냥 입고 있었다.

떨어져 나간 장소에서 새로 돋아난 치프의 두 팔과 양다리는 그의 의지대로 잘 움직이고 있었다.

전투복의 소매와 바지에 감싸인 그의 옛 팔다리는 공룡들의 사체 사이에 차갑게 놓인 채 냄새를 풍겼다.

그는 고개를 들어 눈앞에 서 있는 두 개체의 드래곤을 봤다.

그들은 분명히 대화를 나누고 있었다. 목 아래에 붙은 발성기관을 통해 체계가 잡힌 소리를 내고 있는 것이 그 증거였다.

게다가 그 소리에는 감정이 섞여 있었다.

미지의 공격 방식으로 치프의 팔다리를 날린 검은색의 드래곤은 은색 드래곤의 앞에 몸을 한껏 숙이고 있었다. 그 모습이 마치 여왕을 대하는 영주처럼 경건해 보였다.

치프는 그들의 대화가 끝나기를 기다리는 동안 자신의 오른쪽 눈을 만져 봤다.

'새로 만들어진 게 분명해.'

그는 왼쪽과 오른쪽 눈을 번갈아 감았다 떠봤다.

'두 눈의 시력 차이가 너무 커서 머리가 아플 지경이군.'

치프는 하던 일을 계속했다.

그는 의식을 잃고 쓰러진 알타이르의 워치프를 치료해 주고 있었다.

치료 방법은 간단했다. 부상 부위에 단말기를 대서 골절이나 내상이 없는지 확인한 뒤 피부 재생기를 사용하여 찢어진 부분을 재생시키는 것이었다.

'몸 전체가 10여 층 높이에서 떨어졌을 때와 비슷한 충격을 받은 것 같은데 손톱 하나 안 깨졌군. 내가 이 여자랑 주먹다짐을 하려고 했단 말이지?'

그녀의 상처를 재생시켜 준 치프는 살균용 손수건으로 피부가 찢어졌던 자리와 얼굴에 묻은 피를 닦아주었다.

'피츠버그도 그렇고, 이 여자의 함대도 그렇고… 대체 무슨 일에 휘말린 건지 모르겠군.'

검은색의 드래곤을 한참 혼내던 은색의 드래곤이 이윽고 치프를 향해 고개를 돌렸다.

치프는 그 시선을 받자마자 온몸에 정전기가 흐른 듯한 느낌을 받았다. 은색의 드래곤이 그의 온몸에서 정보를 뽑아 간 것이다.

"이방인이여, 괜찮으신가요?"

지구의 언어가 뚜렷한 여성의 목소리를 타고 치프의 귀에 들려왔다.

"우리말을 할 줄 알아?"

"무엄하다, 이방인!"

검은색의 드래곤이 붉은색 빛을 품은 눈으로 남자를 노려봤다. 그 드래곤이 낸 남성적인 목소리는 젊으면서도 중후했다.

"위대하신 성왕 폐하, 운캄타르 님의 뒤를 이은 제1왕녀 '별빛을 자아내는 커다란 눈송이의 날개' 전하의 앞이다. 예를 갖추도록 하라."

"이름이… 아니, 성함이 커다란 눈송이의 날개인가요?"

치프가 당혹한 투로 묻자 검은색의 드래곤이 더 사납게 눈을 부라렸다.

"이방인 주제에 왕녀 전하의 존함을 입에 담지 마라."

검은색 드래곤의 딱딱한 태도에 치프의 표정이 구겨졌다.

'뭐 어쩌라고?'

은색의 드래곤이 자신의 날개로 두 수컷의 사이를 가로막았다.

"그만하세요, '하늘을 지키는 검은색의 모래폭풍날개' 경(卿)이여. 이방인께서 곤란해하고 계시지 않습니까?"

"전하!"

"나는 괜찮습니다."

자신의 입장을 확고히 밝힌 은색의 드래곤은 날개를 다시 접고는 남자를 바라봤다.

"이 자리에서는 당신의 기준에 맞추겠습니다. 음, 그래요. 일단 저를 셀레스티아라고 불러주세요. 당신이 알고 있는 여성들의 이름 중에서 가장 마음에 드는군요."

은색의 드래곤이 상냥하게 눈웃음을 지었다.

"전하, 이 땅에서 새롭게 태어난 날개 달린 자들은 운캄타르 성왕 폐하와 선조님들의 뜻에 따라 이 땅에 가까운 이름을 부여받으며 살아왔습니다. 부디 다시 생각해 주십시오."

검은색의 드래곤이 걱정하듯 말하자 자신을 셀레스티아라 칭한 은색의 드래곤은 조금 우울한 표정을 지었다.

"정말 안 될까요?"

"…하아, 전하의 깊은 뜻을 믿겠습니다."

검은색의 드래곤이 한숨을 쉬었다.

"당신의 이름을 듣고 싶군요, 이방인이여."

치프는 쓰러진 알타이르 여성을 계속 살피며 어찌할까 생각했다.

'일단 협조적으로 행동해야겠군.'

치프는 그 은색의 드래곤, 셀레스티아를 올려다봤다.

"사람들은 저를 그냥 치프라고 불러요. 왕녀 전하도 저를 치프라고 부르세요."

"알겠습니다, 치프."

은색의 드래곤이 눈웃음을 지었다.

"지구인이시죠?"

"그렇죠. 어쩌다 보니 이 그라니트 행성을 처음으로 밟은 지구인이 됐네요."

알타이르 여성의 진찰을 끝낸 치프는 수건을 접어 만든 베개에 그녀의 머리를 반듯하게 놓아준 뒤 단말기를 만지작거렸다.

"제가 알기로는 빅시티의 영역으로 들어가야만 야생동물들의 습격을 피할 수 있다고 하던데, 사실인가요?"

치프가 셀레스티아에게 물었다.

"예, 그렇지요. 그것이 저와 우주연합에서 파견된 보안국장님 사이에 맺어진 약속이랍니다."

"보안국장이요? 발이 넓으시네요."

치프는 정말로 큰 셀레스티아의 앞발과 뒷발을 잠깐 본 뒤 다시 단말기를 만졌다.

"죄송하지만 지구로 귀환을 해야 할 것 같은데요, 괜찮으시다면 빅시티로 가는 길을 좀 알려주시겠어요? 이 아가씨도 돌려보내야 할 것 같고요."

셀레스티아가 뭐라고 대답을 하기에 앞서 검은색의 드래곤이 코웃음을 쳤다.

"네놈과 그 여자는 빅시티의 영역으로 들어가는 순간 죽을 것이다."

치프는 자신을 바라보는 그 검은색 드래곤의 붉은 눈동자가 영 마음에 들지 않았다.

"이유는?"

"네가 타고 온 함선과 저 여자의 함대를 파괴한 것이 우주연합이기 때문이지."

검은색의 드래곤이 대답했다.

조금 충격을 받은 채 그 드래곤을 노려보던 치프는 이윽고 피식 웃었다.

"드래곤들이랑 얘기하는 것도 지금 기가 막혀 죽겠는데 이제는 음모론까지 듣는군. 우리를 이곳으로 보낸 게 우주연합인데?"

하지만 치프는 말만 그럴 뿐 검은색 드래곤의 말을 무시하지 않았다. 피츠버그와 알타이르의 함대를 그렇게 빠르고 치명적으로 두들길 수 있는 함대는 우주연합의 정규 함대밖에 없기 때문이었다.

"그렇다면 네놈은 우주 해적들이 너희를 공격했다고 생각하나?"

"우리가 우주연합에게 공격받을 이유가 없잖아?"

"핑계거리가 필요했는지도 모르지."

검은색의 드래곤이 콧김을 뿜었다.

"네놈들이 누구에게 어떻게 공격당했는지는 왕녀 전하께서 직접 보셨다. 네놈은 이 땅에 떨어지면서 왕녀 전하를 뵈었을 텐데?"

"그렇긴 하지. 그런데… 정말 보셨나요?"

셀레스티아는 머리를 끄덕거렸다.

"제 기억을 데이터로 바꿔서 당신의 단말기로 옮겨 드리지요."

"예?"

치프는 그녀의 머리 위에 떠오른 작은 빛이 자신의 단말기에 들어오는 것을 목격했다.

광자를 이용한 자료 전송은 치프의 시대에 있어서 정말 흔한 기술이었다. 하지만 치프는 단말기에 전송된 동영상이 실제로 재생되자 놀라 쓰러질 뻔했다.

'광자 전송용 포맷을 생체적으로 구축할 수 있단 말이야?'

치프는 셀레스티아가 보내준 영상을 지켜봤다.

영상은 한 무리의 우주연합 함대가 은폐용 연막을 두른 채 어뢰들을 일제히 사격하는 것으로 시작됐다. 영상의 촬영자는 그 어뢰들을 고속으로 추적했고, 치프는 피츠버그가 그 어뢰들에게 일방적으로 두드려 맞아 격침되는 순간 몸을 움찔했다.

자신의 감정을 억누른 치프는 단말기의 화면을 껐다.

"이건 당신의 기억인가요?"

"예, 제가 직접 추적했습니다."

셀레스티아의 눈매가 우울해졌다.

"당신의 친구들을 구해 드리려 했지만 당시에는 저도 너무 당황해서… 용서해 주십시오."

"…아니에요. 그보다 우리 함선이 발견하지 못한 우주연합 함대를 대체 어떻게 발견한 거죠?"

"우주연합의 함대 내에는 저희의 적이 있었습니다. 그 사악함을 따라 우주로 올라갔지만 면목 없게도 그의 행동을 막아내지는 못했습니다."

"적이요?"

"우리와 같은 날개 달린 자이지요. 아마도 다른 종족의 모습으로 스스로를 감추고 있을 겁니다."

셀레스티아를 바라보던 치프는 앞에 누워 있는 알타이르의 워치프와 낙하 물체조차 거의 사라진 하늘을 차례로 봤다.

"내 친구들과 알타이르의 함대가 이렇게 처리된 이유를 모르겠네요. 우린 우주연합의 의뢰를 받아서 여기에 왔단 말입니다."

"지구인들을 이곳으로 부른 세력이 바로 당신의 친구들을 공격한 우주함대의 책임자일 겁니다. 알타이르 행성의 함대는 그 반대 세력이 부른 것이겠죠."

"그럼 놈들이 우리를 왜 부른 건데요?"

셀레스티아는 곁에 있는 검은색의 드래곤을 한 번 본 뒤 다시 치프를 봤다.

"이 행성에 발을 들이셨을 때 이상한 현상을 경험하시지 않으셨나요?"

"그… 보라색의 전류 말인가요?"

치프는 자신이 땅에 발을 딛자마자 대지로 펴진 보라색의 전류와 그 이후 머릿속에 들려온 정체불명의 목소리를 떠올렸다.

"그렇습니다. 지구인들은 죄악을 깨우는 열쇠가 될 것이라고 오래전부터 전해져 왔지요."

셀레스티아는 한숨을 쉬었다.

"그 때문에 이 행성의 보안국장님께서 지구인들의 이민과 입성을 막아오셨습니다만… 이제는 의미가 없게 되어버렸군요."

"…하아."

너무나 뜬금없는 이야기를 이기지 못하고 한숨을 터뜨린 치프는 손에 든 단말기를 흔들었다.

"아무튼 왕녀 전하께서 보내주신 영상과 저에게 해주신 말씀은 증거물로 쓸 수가 없어요. 광자 전송 파일을 만드는 것이 가능하다면 조작하는 것도 가능할 테니까요."

그러자 곁에 있던 검은색의 드래곤이 자신의 붉은색의 눈을 번뜩였다.

"무엄하군! 왕녀 전하의 말씀을 믿지 못하겠다는 것인가? 왕녀 전하는 네놈의 목숨을 구해주신 분이다!"

"아, 미안하군. 하지만 네가 불쑥 나타나서 내 팔다리를 날려버리지 않았으면 나도 왕녀 전하의 광신도가 됐을 거야. 적어도 지금보다는 긍정적이었겠지."

"크……!"

검은색의 드래곤은 말문이 막혀 이빨을 갈았다.

"아무튼 지금은 지구로 돌아가야겠어요. 제 전우들이 죽은 건 분명하니까요. 저와 이 아가씨를 빅시티까지 바래다주실 수 있나요?"

"물론… 아."

선뜻 그의 부탁을 받아주려 했던 셀레스티아는 잠시 머뭇거린 뒤 머리를 흔들었다.

"죄송하지만 빅시티까지의 여행은 당신들 스스로 하셔야 할 것 같습니다."

"예?"

어이없어 한 치프는 누워 있던 알타이르의 워치프가 윗몸을 스르륵 일으키자 자신도 모르게 움찔했다.

피가 엉겨 붙어 말라 버린 자신의 머리카락을 잠깐 만져 본 그녀는 제대로 일어나서 셀레스티아를 마주 봤다.

"왕녀여, 저와 저 지구인 수컷을 시험하시겠다는 말씀이십니까?"

"그렇습니다."

셀레스티아가 왼쪽 날개를 펼쳐서 지평선 저쪽을 가리켰다. 치프는 왕녀의 날개가 움직일 때 퍼진 감미로운 향기에 깜짝 놀랐지만 방금 자리에서 일어난 알타이르의 워치프는 냉엄한 표정을 유지했다.

"이쪽으로 곧장 사흘을 걸어가시면 빅시티의 영역에 진입하실 수 있을 겁니다. 지도에 대한 자세한 정보와 빅시티의 영역에 들어가셨을 때 사용하실 전화번호는 제가 알려 드리지요."

왕녀의 머리에서 떠오른 빛이 전과 동일하게 치프의 단말기 속으로 들어갔다. 치프는 지도 정보의 업데이트 알림과 새로 등록된 전화번호 알림을 확인했다.

"레투가 브라브리오? 누구예요, 이건?"

"우주연합의 개척관리국에서 파견한 그라니트 행성의 보안국장님이십니다. 여러분은 반드시 그 번호로 그분과 접촉하셔야만 무사히 고향으로 돌아가실 수 있을 겁니다."

보안국장이 지구인의 이민과 입성을 막아왔다는 말을 셀레스티아에게서 들었던 치프는 자리에서 일어나 자신의 옛 팔다리에서 전투복을 벗겼다.

"아까 전에 보안국장과 약속을 하셨다고 말씀하셨는데요, 이 레투가 브라브리오라는 자와 잘 아는 사이신가요?"

"그분은 우리를 진심으로 도우려 하시지요."

셀레스티아가 눈웃음을 지었다.

"우리 날개 달린 자들은 현재 사냥감으로 분류되고 있답니다. 하지만 그분께서는 우리가 이 행성의 원주민으로 인정받을 수 있도록 노력하고 계시지요. 물론 그분도 처음에는 동물보호단체 회원으로서 우리와 접촉하셨지만 말이죠."

"우주에서 최초로 당신들과 제대로 된 대화를 한 사람이라 이거군요."

"이 행성에 들어온 헌터들은 우리를 그저 쏘고 도망가기만

해서 대화의 기회가 없었답니다."

"흠."

벗긴 전투복을 다시 입은 치프는 단말기를 이용하여 전투복의 재생 기능을 발동시켰다. 전투복의 단면에서 액체처럼 흘러나온 나노머신들이 전투복을 말끔하게 이어 붙여주었다.

"도망가는 걸 붙잡고 설득해 보시지 그러셨어요?"

그러자 검은색의 드래곤이 실소를 터뜨렸다.

"그 헌터는 빅시티로 돌아가자마자 정신병원에 감금됐다. 의사가 아주 상쾌한 얼굴로 그놈의 팔에 진정제를 놓더군."

실은 자신도 전우들의 죽음으로 인해 미쳐서 환각을 보는 것일지도 모른다. 치프는 한편으로 그렇게 생각하고 있었다.

'팔다리가 날아가더니 다시 자라나고, 잠깐 기절했다가 눈을 뜨니 드래곤들의 왕녀라는 존재와 대화를 했어. 게다가 지금은 빅시티의 보안국장과 만나보라는 말을 들었지. 지금 난 제정신인 걸까?'

하지만 옆에 서 있는 알타이르의 워치프는 묵묵히 현재 상황을 똑바로 인식하고 있는 표정이었다.

'앞이 깜깜하군.'

치프는 주변을 둘러봤다. 자신의 건하운드 제어장치를 찾기 위해서였다.

하지만 그 장비는 어디에도 보이지 않았다. 단말기로 위치를 추적해도 탐색 불가라는 안내문만이 떠오를 뿐이었다.

'아까 다칠 때 그것도 부서졌나? 그렇게 쉽게 망가지는 물건이 아닌데?'

검은색의 드래곤은 치프가 무엇을 찾는지 한눈에 알아봤다. 그가 찾는 건하운드 제어장치를 발로 살짝 밟아 감추고 있는 장본인이 바로 그 드래곤이었다.

제어장치를 그냥 잊기로 한 치프는 기분을 바꾸기 위해 두 팔을 살짝 들었다가 내렸다.

"좋아요. 보안국장을 만나보도록 하죠."

"행운을 빌겠습니다, 치프. 그리고 데스디아리아 헤이파 알타이르 브라토레 님. 당신의 무사 귀환도 기원하지요."

"……."

드래곤들과 접촉한 뒤 단 한 번도 자신의 이름을 말하지 않았던 그 알타이르의 워치프는 그냥 고개를 끄덕이는 것으로 대답을 대신했다.

셀레스티아와 검은색의 드래곤이 함께 날아올라 사라진 후, 알타이르 여성과 단둘이 남아버린 치프는 물끄러미 그녀를 바라보기만 했다.

"저기, 나와 같이 갈 거야?"

"단말기를 갖고 있고 그걸 사용할 수 있는 자가 네놈뿐이니 어쩔 수 없겠지."

그녀는 의외로 쉽게 치프와의 동행을 받아들였다.

"당장 날 날려 버릴 줄 알았는데, 마음씨 좋네."

"생각 없이 행동하는 자가 어찌 알타이르의 무력을 대표하는 워치프가 되겠는가? 난 고향으로 돌아가서 이 일을 보고해야만 한다. 그를 위해서는 지구인 수컷과의 동행도 이겨내야겠지."

"뭐, 그러시든가."

역시나 입이 고운 여자는 아니라고 느낀 치프는 쓴웃음을 지었다.

"지구인 수컷 말고 치프라고 불러. 그쪽은 이름이… 데스디아리아 헤이파……."

"데스디아 브라토레. 데스디아라고 해도 좋다. 상황이 상황이니만큼 호칭은 단순화해야겠지."

"단순화? 그럼 아예 '뎃디'는 어때?"

은근슬쩍 말을 던진 치프는 곧장 그녀에게서 얼음과 같은 살기를 느꼈다.

"좋아, 데스디아. 그럼 가자고."

치프가 구급상자 등을 챙겨 움직이려고 하자 그녀, 데스디아가 고개를 저었다. 결이 좋은 검은색의 장발과 긴 귀가 그 움직임을 따라 좌우로 찰랑거렸다.

"그전에 해야 할 일이 있지."

"뭔데?"

"잠자코 구경해라."

자신이 신세를 졌던 상륙선 안으로 다시 들어간 데스디아는 안에서 뭔가를 뒤적거리다가 고개를 내밀었다.

"그쪽이 가진 식수의 분량은 어느 정도인가?"

"두 명이서 여유롭게 나눌 정도 쓸 수 있어. 세수라도 하고 싶으면 물수건을 줄 테니 위생 문제는 그걸로 참아줘."

말없이 상륙선 안으로 다시 들어간 데스디아는 조금 뒤 대나무로 보이는 긴 물통을 들고 나왔다.

그녀는 물통에 든 물을 자신의 머리 위에 반쯤 쏟아부은 후 자신이 처리한 무리 우두머리 공룡의 머리 뒤쪽으로 이동했다.

"뭐 하는 거야?"

"가는 길에는 분명 온갖 야생 짐승이 우리를 추적할 거다. 이 짐승은 제법 상위권에 속하는 포식자로 보이니 충분히 이용할 가치가 있지."

대답한 데스디아는 물통을 공룡의 청각기관 근처에 박아버렸다.

"저기요?"

너무 놀란 치프는 엉겁결에 그녀를 존칭으로 불렀다.

"향낭에서 분비물을 직접 뽑는 것이다. 이것으로 이 짐승보다 약한 야수들은 우리 근처에 오지 못할 거야."

"잘 모르겠지만 노련하시네요."

치프는 질렸다는 표정으로 중얼거렸다.

"지구인은 농장에서 사육하여 기계적으로 해체한 짐승의 고기를 편하게 먹지만 알타이르에서는 사냥으로 얻은 고기만 인정하지. 사냥으로 살아가는 알타이르의 여성들에게 이 정도 기술은 담력 테스트에 불과해."

"불편하게 사네."

"그 불편함이 너와 나의 앞길을 안전하게 인도할 거다."

데스디아는 물통을 다시 뽑았다.

"다행히도 향이 나쁘진 않군."

자신의 검은색 망토 끝에 그 조합물을 뿌린 데스디아는 벨트에 있는 거치대에 물통을 걸었다.

"다음은… 무기인가."

아까 갖고 나왔던 도검을 다시 주워 들어 핏물을 뺀 데스디아는 칼날을 살펴봤다.

"이건 못쓰겠군. 칼날이 너무 상했어."

시원스럽게 도검을 집어 던진 데스디아는 다시 상륙선 안으로 들어갔다.

그녀가 갖고 나온 것은 활과 화살이었다.

기계식 활도 아니고 짐승 뿔로 만든 것 같은 활이었지만 치프는 결코 그 무기를 무시하지 않았다. 알타이르의 워치프 정도 되는 전사는 그 화살만으로 지구에서 사용하는 주력 전차의 정면 장갑을 뚫을 수 있었기 때문이다.

"저번에 보니까 그 화살의 위력이 미치도록 강력하던데, 대체 원리가 뭐야?"

전차에 타고 있다가 그 화살에 머리가 날아갈 뻔했던 치프는 정말 궁금하다는 표정으로 물었다.

"정령의 가호다."

"……."

다른 차원이 느껴지는 대답을 들은 치프는 시무룩한 표정을 지었다.

"이쪽의 준비는 마무리됐다. 식수와 식량은 그쪽 것을 쓰기로 하지."

데스디아가 말했다.

"좋아, 가자고."

치프는 데스디아와 함께 자신의 강하포트를 향해 걸어갔다.

"근데 그 향 때문에 공룡들의 암컷이 몰려오면 어떡하지? 건하운드도 없어서 처리가 힘들 텐데?"

"생식용 향이라면 네가 우려하는 상황이 일어나겠지. 하지만 이 향은 영역 표시를 할 때 쓰이는 거야."

"그걸 어떻게 알았어? 여기에 온 적이 있나 봐?"

"분비선이 있는 부위 주변에 위치한 흉터로 알 수 있지. 그건 다른 짐승에게 당한 흉터가 아니라 바위 같은 것에 문질러서 일어난 흉터였어. 영역 표시용 향낭이 그곳에 위치해 있다는 뜻이지."

"아, 그렇군."

치프는 불편함이 자신들을 안전하게 인도할 거라는 데스디아의 말을 다시 떠올렸다.

"숲 속에서 벗고 뛰어다니는 페미니스트 야만인 정도로 생각했는데, 이거 생각을 바꿔야겠네."

"……."

데스디아는 그 자리에서 상대를 다진 고기로 만들어 버릴까 했지만 신세를 진 게 있는 만큼 그냥 묵묵히 걸음을 옮겼다.

치프는 강하포트 안에서 견마형 로봇 한 대를 밖으로 내보낸 뒤 식수 및 식량이 든 가방을 로봇에 실었다. 아까부터 들고 있던 구급상자도 마찬가지로 로봇에게 맡겼다.

그 로봇의 생김새는 아주 단순했다. 큰 바구니가 달린 골격 표본처럼 보일 뿐이었다.

"활이랑 화살을 얹어도 돼."

"사양하지."

데스디아는 치프가 건네준 비닐 팩을 찢고 그 안에 든 물을 능숙하게 마셨다.

비닐 팩의 사용 방법을 가르쳐 주려고 했던 치프는 그 모습을 보고 경악했다.

"그게 손으로 찢어지는 거였어?"

치프는 물이 나오는 부분을 지그시 손으로 누르고 있었다. 인체를 감지하여 자동으로 뚜껑이 열리게끔 되어 있는 그 비닐 팩은 억지로 도전할 경우 가정용 가위로도 외피가 쉽게 찢어지지 않는 물건이었다. 심지어 코끼리가 밟아도 터지지 않았다.

그러나 데스디아는 손가락 힘으로만 그것을 찢어냈다.

"어쩌란 말이지?"

데스디아가 덤덤하게 묻자 치프는 자신보다 훨씬 키가 큰 그녀로부터 시선을 돌렸다.

"혹시 내가 너한테 사과해야 할 일이 있으면 지금 말해줄래?"

"……."

데스디아는 참으로 번거로운 수컷이라 생각하며 고개를 흔들었다.

이후 그녀와 한참 동안 평화롭게 길을 걸은 치프는 잠을 자야 하는 시점에서 지구인과 알타이르인의 차이를 한 번 더 느꼈다.

그라니트 행성의 밤은 대단히 추웠다. 치프는 그 상상을 벗어난 일교차 때문에 얼굴이 얼어버릴 것 같았다.

'망가진 헬멧이라도 가져올 걸 그랬나?'

치프는 침낭 안에서도 덜덜 떨었으나 몸에 망토만 간단히 두른 데스디아는 맨땅 위에서 잠에 빠졌다. 그런데도 그 모습은 마치 자기 집 침대나 소파에서 편히 자는 사람처럼 보였다.

'몸이 대체 어떻게 만들어진 거야? 아니, 여자이기 이전에 야생동물 아니야?'

치프는 침낭 안에 머리까지 묻으며 억지로 잠을 청했다.

어찌어찌 잠이 들긴 했지만 치프는 해가 뜨기도 전에 눈을 떠버리고 말았다. 폭발하는 피츠버그와 이제는 다시 만날 수 없는 전우들의 모습은 악몽이 되어 그를 괴롭혔다.

일어나서 한숨을 쉰 치프는 고체 연료라도 태워서 몸을 녹일까 했지만 그만두었다. 그라니트의 어둠 속에서 마치 은하수처럼 번뜩이고 있는 야행성 동물들의 안광 때문이었다.

그 동물들은 따뜻한 고기에 대한 욕망과 데스디아가 뽑아온 공룡 향수의 공포 사이에서 강력히 고뇌하고 있었다.

치프는 데스디아 쪽을 돌아봤다.

'저 여자가 아니었으면 여기에 뼈를 묻을 뻔했군.'

그는 달빛 아래에서 데스디아의 몸이 파르르 떨리는 것을 봤다. 깜짝 놀란 치프는 그녀에게 다가갔다.

고통스러운 표정을 짓고 있는 그녀는 알타이르의 언어로 뭔가를 연거푸 중얼거리고 있었다.

치프는 단말기의 번역 프로그램을 이용해 그녀의 말을 번역해 봤다.

그 말은 '미안하다'였다.

'악몽을 꾸나 보군.'

옆으로 돌아누운 그녀의 등 뒤에 조금 거리를 두고 앉은 치프는 자동소총을 들고 어둠 속에 숨어 있는 동물들을 노려봤다.

'악몽이라도 편히 꾸게 해줘야지.'

치프가 눈을 부릅뜨자 그의 눈동자 속에서 상감색의 빛이 일어났다. 치프 본인은 자신이 무슨 일을 저지르고 있는지 전혀 알지 못했지만 정상적인 지구인은 결코 일으킬 수 없는 그 현상에 짐승들의 눈빛이 일제히 어둠 속으로 흩어졌다.

몇 시간 뒤, 해가 뜨면서 기온이 올라가자 데스디아도 눈을 떴다.

오른손으로 자신의 갈색 얼굴을 만진 후 귀를 쫑긋거려 흙을 털어낸 그녀는 뒤를 돌아보자마자 깜짝 놀랐다.

소총을 껴안은 채 잠이 든 치프의 모습 때문이었다.

그녀는 치프에게 치료를 받은 자신의 머리를 만져 봤다.

'응급처치는 빠르고 훌륭했어. 사격도 침착하고 정확했지. 내가 모르는 지옥에서 살아온 수컷… 아니, 남자인 것 같군.'

그녀는 자세를 고쳐 태양이 떠오르는 곳을 향해 경건히 앉은 후 비녀와 비슷한 것을 입에 문 뒤 머리에 검은색 터번을 둘렀다.

'똑같이 동포를 잃고 같은 땅에서 마주하는 것은 흔한 일이 아니지. 만약 이곳에서 벗어난 뒤에도 저 남자와 같은 길을 걷게 된다면 그때는 운명이라고 생각해야겠군.'

터번을 단단히 두른 뒤 비녀로 고정시킨 그녀는 일어나서 치프의 어깨를 두드렸다.

"응?"

흠칫 일어난 치프는 총을 확실히 잡으며 주변을 둘러봤다.

"일어났으면 식사를 준비해, 지구인."

"놀랐잖아, 젠장."

눈을 질끈 감으며 잠을 떨쳐 낸 치프는 허리를 두드리면서 일어났다.

"미녀에게 아침을 대접받는 것이 내 희망 사항인데 말이야."

"터무니없는 야망이군."

"예, 예. 알아 모시죠."

치프는 소총에 안전장치를 걸고는 휘파람 소리로 로봇을 일깨웠다.

"취사병 노릇을 한 게 30년 전이었나? 기억도 안 나네."

물론 치프가 요리를 하는 일은 없었다. 그가 갖고 있는 식량의 대부분은 포장만 뜯으면 금방 따끈해지는 군용 음식이었다.

지구인의 나이를 잘 모르는 데스디아는 치프가 건네준 식량을 별 무리 없이 씹어 넘겼다.

* * *

도중에 두어 번 정도 공격을 받긴 했지만 치프와 데스디아는 각자의 전투 능력을 뽐내며 위기를 가볍게 모면했다.

그 과정에서 치프는 데스디아의 전투 능력에 몇 번이나 놀랐다.

특히 대형마트의 본관보다 더 널찍한 갑각류에게 공격을 받았을 때가 압권이었다.

그라니트 행성의 지하에 서식하는 그 초대형 갑각류는 단단히 다져진 땅과 바위를 헤쳐 부술 수 있는 집게발, 그리고 땅의 무지막지한 압력을 가볍게 견딜 수 있는 단단한 외골격의 소유자였다.

그러나 데스디아는 화살 한 방으로 그 큰 괴물의 머리를 부수고 뇌를 헤집어 즉사시켰다.

치프는 UNSMC에서 사용하는 주력 전차의 포탑이 그녀의 화살에 관통당하는 모습을 봤을 때보다 더 놀랐다.

아무튼 사흘째 되는 아침에 빅시티의 영역으로 들어선 둘은 그 영역의 바깥에서 느끼지 못했던 안도감을 경험했다.

"왠지 아늑한데? 그렇지 않아?"

치프가 묻자 데스디아가 고개를 끄덕였다.

"이 땅에 뭔가 있는 것 같군. 영역의 경계를 중심으로 야생동물의 분포 상황에 차이가 있어."

"차이?"

"영역 안쪽에는 우리뿐만 아니라 어린아이들에게도 위협을 끼칠 만한 동물이 한 마리도 없군."

치프는 주변을 둘러봤다.

그는 붉은색의 흙과 바위, 황색의 모래밖에 없는 이 땅에 왜 그처럼 보이지 않는 경계가 만들어졌는지 이해할 수가 없었다.

치프는 오래간만에 단말기를 꺼내 들었다.

"통화 가능 구역이군. 그럼 전화하기 전에 백업을 좀 해둘까?"

치프는 작은 집게 같은 것이 달린 전선을 전투복 안에서 꺼내 단말기에 끼운 뒤 전선의 집게로 자신의 귓불을 집었다.

"백업이라니?"

데스디아가 덤덤히 물었다. 둘은 지난 사흘간의 여행을 통해 그만큼 익숙해져 있었다.

"우리 해병대… 아니, UNSMC에 소속될 수 있는 군인들은 모두 머리에 메모리칩을 넣고 있지. 일종의 블랙박스 같은 건데, 내가 요 며칠 동안 봤던 모든 것을 영상화하여 그 칩 안에 기록하는 게 지금 하는 일이야. 피츠버그… 내가 탔던 함선이 공격으로 폭발하는 것, 드래곤들이랑 얘기한 것, 그리고 네가 아침마다 명상을 하는 모습 등을 넣을 생각이지."

데스디아의 눈초리가 안 좋아지자 치프는 손을 흔들며 웃었다.

"농담이야. 셀레스티아 왕녀에게 받은 영상만 넣을 거야."

"그 단말기를 그냥 제출하면 되는 일이 아닌가?"

"받은 놈이 꿀꺽해 버리면 땡이잖아. 게다가 우주연합 정규군 함대와 관련된 일이니만큼 언제 어떻게 압수당해서 자료를 뺏길지 아무도 모르지."

치프는 집게에 집힌 귓불이 따끔거렸으나 백업 자체가 익숙했기에 그냥 가만히 있었다.

"난 지구인이 머릿속에 금속 단자를 쑤셔 넣어서 외부 기기와 연결한다는 말을 들었는데."

"응? 아, 그건 고전 영화에나 나오는 일이야. 단말기의 무선동기화가 수백 년 전부터 가능했는데 이제 와서 자료 전송용 단자를 머리에 꽂을 리가 없잖아? 옷에서 튀는 정전기 때문에라도 그런 짓은 못하지."

작업을 마친 치프는 집게를 귀에서 뗀 뒤 단말기 안에 든 각종 영상 자료를 모조리 삭제했다. 셀레스티아에게 받은 영상도 마찬가지로 삭제되었다.

"이렇게 하고… 메모리 구조를 헝클어 버리기 위한 동영상을 덮어씌우는 거지. 혹시 지구의 성인물에 관심 있어?"

"지구인의 교미 영상은 뭔가 스포츠에 가깝더군. 흥미 없어."

치프는 당황스러울 만큼 과감한 그녀의 응수를 곱씹으면서 데스디아가 생각보다 재밌는 사고방식을 가진 여자일지도 모른다고 생각했다.

"흠. 그럼 보안국장한테 전화를 해보자고. 그런데 알타이르에서는 왜 단말기를 안 쓰는 거야?"

"알타이르인들은 합성물에 적응을 잘 못하거든. 손에 합금이나 합성수지가 잘못 닿아도 피부가 발갛게 부어오르지."

"그럼 고향에선 불편해서 어떻게 살아?"

"우리끼리는 정령의 가호를 받아 멀리 떨어진 상대와 대화를 할 수 있어."

"……."

치프는 아무리 생각해도 그건 아닌 것 같다는 눈빛을 데스디아에게 보냈다.

"그래, 농담이야. 원래 전서구를 썼는데, 최근에는 나무를 깎아 만든 케이스에 단말기를 담아서 쓰는 경우가 많아. 하지만 알타이르에서는 단말기의 보급 자체가 불과 몇 년 전의 일이라서 나도 막내 동생에게 사용법을 배우고 있지. 하지만 아직 문자메시지도 못 보내기 때문에 밖에선 사용하지 않아. 이제 됐나?"

"딱 좋네. 처음부터 말이 되는 농담을 좀 하라고."

치프의 지적에 데스디아의 표정이 구겨졌다.

셀레스티아가 준 번호로 통화를 시도한 치프는 누군가가 받기를 가만히 기다렸다.

조금 뒤, 단말기 밖으로 남성의 목소리가 흘러나왔다.

—레투가 브라브리오 보안국장이오. 셀레스티아 왕녀의 신하분이시오?

"아… 일단 지구인이거든요?"

엉겁결에 그렇게 말해 버린 치프는 데스디아에게서 한심함이 섞인 눈총을 받았다.

—지구인? 아, 얘기는 미리 들었소. 정말 살아서 빅시티의 영역으로 들어올 줄은 몰랐는데 대단하구려. 그곳에서 잠깐 기다리시오. 내가 데리러 가리다.

통화가 종료된 뒤, 치프는 데스디아와 함께 바위 밑의 그늘로 가서 한숨을 돌렸다.

"어제부터 계속 몸이 이상하네."

그냥 땅 위에 푹 앉은 치프와 달리 책상다리 자세로 정좌를 한 데스디아가 그를 흘끔 봤다.

"이상하다니?"

"달콤한 걸 무진장 먹고 싶어. 목이 탈 정도야."

그러자 데스디아의 눈동자 색이 은색에서 노란색으로 바뀌었다.

"오른쪽 눈과 팔다리에서 소모하는 기운이 예사롭지 않군."

그녀의 지적에 치프는 고개를 돌려 그녀를 마주 봤다.

"아, 깜짝이야. 눈빛이 왜 그래?"

"알타이르인 가운데 정령과 특히 친한 자들은 상황에 따라 눈빛이 바뀌지. 잠깐 기다려 봐."

그녀는 허리에 찬 작은 가죽 가방에서 손톱보다 작은 약초 덩어리를 꺼내 두 손에 포갠 뒤 눈을 감았다. 치프는 땅에서 뭔가 안개와 같은 기운이 올라와 그녀의 손바닥 사이로 스며들어 가는 것을 봤다.

"이것을 먹도록 해. 이 땅의 정령들이 잠시 동안 널 진정시켜 줄 거야. 기회가 되면 음료수라도 먹도록 해."

그녀가 던져 준 약초 덩어리를 받은 치프는 복잡한 표정을 지었다.

"혹시 인간을 노예로 만드는 이상한 약은 아니겠지?"

"꿈도 크군."

치프는 로봇에 실린 마지막 비닐 팩을 꺼내 입구를 열었다.

"난 물이 없으면 알약을 못 먹어."

눈을 감고 명상에 잠긴 데스디아는 대꾸조차 하지 않았다.

데스디아의 약을 먹은 치프는 몸이 한층 편해지는 것을 느꼈다.

하지만 기뻐할 틈은 없었다.

우주연합에서 사용하는 중형 전투 비행체 다섯 대가 하늘에서 내려와 그들을 포위하듯 감싼 것이다.

그 전투 비행체의 크기는 지구에서 사용하는 공격용 헬기보다 부피가 조금 더 컸고 형상도 위압적이었다.

"이런, 썩을!"

치프가 소총을 꺼내자 전투 비행체들이 내장되어 있던 무장을 꺼내고 공격을 준비했다.

그때, 데스디아가 화살 한 발을 날리며 뛰어오르더니 엔진이 관통되어 추락하는 전투 비행체를 밟고는 다시 한 번 뛰어올랐다.

'철갑탄으로도 못 뚫는 에너지 반응 장갑판을 화살로 뚫고 있잖아? 미친 거 아냐?'

당황한 치프는 일단 그녀에게 도움을 줄 수 있는 무기인 수류탄을 꺼냈다.

징검다리를 건너는 느낌으로 뜀뛰기와 사격을 반복한 데스디아는 마지막에 화살을 맞고 떨어지는 전투 비행체를 밟은 채 내려오다가 치프의 곁으로 뛰어내렸다.

치프는 황당함을 느꼈으나 그것을 표현할 틈은 없었다.

이번에는 우주연합 소속의 구축함이 하강해 온 것이다.

100미터가 넘는 쇳덩어리가 함포를 겨누며 다가오자 치프는 헛웃음을 터뜨렸다.

"아까 진짜 멋있었거든? 저것도 떨어뜨려 주면 안 될까?"

"지나치게 긍정적인 남자로군."

데스디아의 장발이 검게 출렁거렸다. 그녀의 두 손에서 일어난 어떤 힘이 바람을 불러와 주변의 흙과 모래를 띄우고 있었다.

"이런 흙장난 따위로 어떻게 될 상대가 아니라서 아쉽네."

데스디아가 쓴웃음을 지었다.

그러나 그들이 구축함에게 공격당하는 일은 없었다.

갑자기 나타난 검은색의 차량이 그들과 구축함 사이를 막아서듯 멈춰 섰다.

운전석에서 걸어 나온 것은 데스디아보다 키가 더 크고 몸집도 세 배가량 되는 군청색의 도마뱀 인간, 아니 다르토리오 행성인이었다.

제복을 깔끔하게 입은 그 다르토리오 행성인은 구축함을 향해 두 팔을 벌리며 입을 벌렸다.

"난 그라니트 행성 보안국장 레투가 브라브리오다! 사격 중지! 사격 중지!"

개척 행성에서 보안국장이라는 위치는 옛 지구의 역사로 따졌을 때 '총독' 정도 되는, 그야말로 행성 안에서는 그 위에 아무도 없는 최고의 자리였다.

온갖 위험을 안고 있는 개척 행성에서 개척민들의 안전을 전담하는 보안국과 보안관들의 힘은 때에 따라서 돈의 위상을 넘어서기도 앞서기도 한다. 그리고 보안국의 수장인 보안국장은 특정 행성인이나 인종의 출입을 제한할 만큼의 권력마저 갖게 된다.

그 보안국장이 바로 지금 나타난 레투가 브라브리오였다.

구축함에서 입체 영상을 출력하기 위한 빛이 뿜어져 모두의 앞에 내려왔다.

함대 사령관의 계급을 단 남자의 입체 영상이 그 빛 속에서 나타났다.

—무슨 짓을 하는 겁니까, 레투가 브라브리오 보안국장?

함대 사령관은 혐오스러운 느낌의 노란색 피부를 가진 남자였다. 그는 표독스러운 눈으로 레투가와 치프, 데스디아를 훑어봤다.

—그들은 우주 조약을 무시하고 개척 행성의 궤도 위에서 전투를 벌인 전쟁범죄자입니다. 그들의 신병은 우주연합 군부 제2함대가 맡겠습니다.

그가 갑자기 터무니없는 말을 늘어놓자 치프와 데스디아는 순간 이성을 잃을 뻔했다.

레투가는 그들을 진정시키기 위해서라도 더 큰 목소리로 소리쳤다.

"지구와 알타이르 사이에 국지전이 있었다는 증거는 어디에도 없소! 보안국의 레이더 기록에도 그러한 일은 없었소!"

—민간인 보호를 위해 설치한 볼품없는 레이더와 제2함대의 광역 레이더가 같은 물건인 줄 아십니까? 당장 그들을 넘기십시오, 보안국장.

"그럴 수는 없소! 이들은 나에게 맡겨진 구역인 이 그라니트 행성에서 조난을 당했소! 정식 조난신호가 접수된 이상 이쪽에서 이들을 보호하고 조난 이유를 조사하는 것은 개척 행성 관련 법규에 명시된 일이니 그쪽은 본연의 임무에 집중하시오!"

—하… 그럼 제 상관과 말씀을 나누시지요. 상황이 발생했습니다, 군부장관님.

사령관의 옆에 또 다른 입체 영상이 올라왔다. 그것은 검은색의 제복을 차려입은 노인이었다.

그 노인의 턱과 코, 구레나룻에는 크고 작은 조개껍질들이 붙어 있었다.

그 조개들은 장신구나 기생생물이 아니었다. 그냥 수염의 역할을 대신하는 것들인데, 관리가 어찌나 잘되었는지 그 조개껍질 수염의 표면이 예술품처럼 고르고 뽀얗다.

—파발리오 아르마다 군부장관이오. 헬터스크 로만 사령관의 무례를 이해해 주시오, 레투가 브라브리오 보안국장.

"아닙니다, 아르마다 군부장관님."

레투가는 오른쪽 주먹을 왼쪽 가슴에 대는 것으로 경례를 대신했다.

"개척 행성에서 분쟁이라는 것은 흔한 일입니다. 제2함대에 제대로 된 지시를 내려주십시오, 장관님."

—알겠소, 보안국장. 제2함대는 그라니트 행성 주변의 경계 임무로 돌아가게.

그러자 제2함대 사령관, 헬터스크의 노란색 얼굴이 더욱 노랗게 변했다.

—군부장관님?

—이미 재가 뿌려진 음식일세.

아르마다의 목소리와 눈빛은 부하를 진정시키고 타이르기 위한 것이 아니었다. 실수에 대한 질책에 가까웠다.

아르마다의 입체 영상이 사라진 뒤, 그 자리에 서서 몸을 부르르 떨던 헬터스크의 입체 영상도 점차 흐려졌다.

—나약한 전쟁범죄자 두 명이 뭘 할 수 있겠나? 각자의 고향에 처박혀서 악몽이나 꾸도록 해라.

헬터스크의 입체 영상이 폭언을 퍼부으며 사라졌다.

치프와 데스디아를 위협했던 구축함이 함포를 제 위치로 돌리며 상승했다. 치프는 그 구축함을 향해 총알이라도 퍼붓고 싶었지만 방금 자신들을 구해준 보안국장을 봐서라도 가만히 있기로 했다.

"아슬아슬했구려."

레투가 보안국장이 몸을 돌려 둘을 봤다.

그는 억울함과 분노, 그리고 복수심으로 덜덜 떠는 치프와 데스디아의 모습에 한숨을 쉬었다.

"일단 빅시티로 가서 좀 쉽시다. 자세한 얘기도 그쪽에서 나누는 것이 좋겠소."

둘은 말없이 레투가를 따라 그가 몰고 온 다용도 차량을 향해 걸어갔다.

데스디아는 걷던 도중 자신의 활과 화살, 그리고 공룡의 향수 등을 모조리 바닥에 버렸다. 망토도 벗었고 터번도 풀어버렸다. 손에 든 것은 터번을 고정할 때 쓰는 은색의 비녀뿐이었다.

치프는 그녀를 말리지 않았다. 사실 자신도 옆에 든 소총을 버리고 싶은 심정이었다.

해소할 수 없는 분노는 그 뜨거움만큼이나 깊은 무력감으로 변하는 법이었다.

둘은 차량의 뒷자리에 탑승했다. 그들과 사흘 동안 함께 고생한 로봇도 레투가가 열어준 차량의 짐칸에 올라탄 후 몸을 작게 접은 뒤 휴면 상태에 들어갔다.

치프와 데스디아는 나란히 앉은 채 차량의 좌우를 각각 바라봤다.

레투가는 그들을 어떻게든 위로하고 싶었지만 적당한 말이 떠오르지 않았다.

"오는 길이 상당히 험했을 텐데 다치지 않아서 정말 다행이오. 유명한 헌터들도 멀리 나갔다가는 뼈도 못 추리는 곳이 이 행성이라오."

레투가의 말에 치프와 데스디아 모두 대꾸를 하지 않았다.

"동포들의 일은 유감이오."

그 말이 나오자마자 데스디아는 손에 들고 있던 은색의 비녀를 창문 밖으로 내던졌다.

치프와 레투가는 그것이 워치프로서의 시련을 통과한 자의 증표라는 것을 몰랐기에 가만히 있을 수밖에 없었다.

그녀는 호텔 대신 직원이 단 두 명밖에 없는 알타이르 행성 대사관에 내려달라는 말을 했다. 좀 쉬었다가 떠나라는 레투가의 걱정에도 불구하고 그녀는 작별 인사 없이 대사관에 앞에 내린 후 그 안으로 들어갔다.

치프는 그녀의 축 처진 뒷모습이 눈에 밟혔지만 자신의 눈앞에서 무기며 뭐며 전부 내던졌던 그녀의 절망감이 어느 정도인지 가늠할 수 없었기에 그냥 시선을 앞으로 돌렸다.

그날 밤, 전투복 대신 레투가가 사준 검은색 바지와 흰색 셔츠를 입은 치프는 레투가와 함께 미친 듯이 술을 마셨다.

다른 이에게 마음을 잘 털어내는 편인 치프와 다른 이의 말을 잘 받아주는 편인 레투가는 금방 자석처럼 딱 붙어서 어울릴 수 있었다.

둘은 술집을 계속 옮기면서 마신 끝에 동이 트는 새벽 5시 무렵에는 고급 호텔 주점의 테이블에서 의식을 겨우 회복했다.

테이블에 엎드린 레투가와 소파에 누운 치프의 모습은 달궈진 오븐에 몇 분 들어갔다 나온 치즈처럼 걸쭉했다.

"정신이 좀 드나, 치프?"

레투가가 힘 빠진 목소리로 물었다.

"하."

헛웃음을 터뜨린 치프는 미지근해진 탄산음료를 목이 터져라 들이부었다.

"1,300명 가까운 군인이 죽었어, 레투가. 그중에서는 나랑 30년 가까이 군 생활을 같이한 친구도 있었다고. 피츠버그 안에서나 함장이라고 했지, 밖에선 말 놓고 다니는 친구였단 말이야."

치프는 레투가처럼 테이블에 엎드렸다.

"그 많은 군인이… 인간이 말도 안 되는 모욕을 당하며 죽은 거야. 전쟁범죄자? 지구에서 대체 뭐라고 할지 모르겠네. 혹시라도 내 앞에서 전범 어쩌고 하면서 지껄이는 놈이 있으면 거시기에 맥주병을 다 꽂아버릴 거야."

"…지구인의 몸은 그런 묘기를 감당할 수 있나?"

"생각해 보니 토할 거 같네."

"……."

"대체 뭐하는 새끼들이 우리를 갖고 놀았는지 모르겠어. 혹시 그놈들 집 주소 알아?"

"복수하고 싶나?"

"당연하지!"

혀가 조금 꼬인 채로 소리를 지른 치프는 다시 엎드렸다.

"근데 복수할 대상이 누군지도 모르겠어. 헬터스크란 놈인지, 아르마다라는 놈인지……."

머리를 움직인 레투가는 마치 바닥에 누운 강아지처럼 테이블에 턱을 댄 채로 치프를 봤다.

"혹시 사냥에 흥미 없나?"

"사냥? 이봐, 난 군인이라고. 태어난 그날부터 쭉!"

선을 긋듯 팔을 휘저은 치프는 다시 축 늘어졌다.

"셀레스티아 왕녀께서 생각하고 계시는 일이 있다네."

"뭔데?"

"자세히 듣진 못했는데… 아무튼 그 일에는 자네가 필요하다네."

"왜?"

"자네에겐 이제 그럴 힘이 있다고 하시더군. 내가 보기엔 슬퍼하는 주정뱅이일 뿐이지만."

치프는 눈을 비비며 일어나 레투가를 다시 봤다.

"정말 내가 놈들을 엿 먹일 수 있는 거야?"

"모르지. 아무튼 자네가 하겠다고 하면 왕녀 전하께서도 일을 추진하실 것 같더군."

"……."

"지구로 가서 2년만 기다리게. 지금은 이 행성에 있어봤자 답이 안 나오거든."

"내가 여기에 있으면 안 돼?"

레투가는 다시 어깨를 으쓱였다.

"이유는 모르겠네만 이 행성에 있는 모든 드래곤이 자네를 씹어 죽일 태세라네. 왕녀 전하께서 그들을 말리시느라 바쁜가 봐."

"……."

"그러니 왕녀 전하의 준비를 돕기 위해서라도 지구로 다시 돌아가게. 지구의 UN사무국에는 내가 잘 얘기하도록 하지."

"흥."

치프는 다시 풀린 표정으로 테이블에 엎드렸다.

"보안국장한테 그 정도 외교권이 있었어? 농담하시긴……."

"후후."

의자에 똑바로 앉은 레투가는 점원에게 찬물을 주문한 뒤 그것을 받아 마시며 정신을 일깨웠다.

"아무튼, 할 텐가?"

"당연하지!"

대답을 한 치프는 그대로 힘이 빠져 잠들었다.

가만히 그를 보던 레투가는 제복 안주머니에서 단말기를 꺼내 어딘가에 전화를 걸었다.

"접니다, 왕녀 전하. 진행하셔도 될 것 같습니다. 예, 그리하지요."

전화를 끊은 레투가는 정신없이 자고 있는 치프의 몸 위로 창문을 넘어온 햇살이 드리워지는 모습을 지켜봤다.

“부디 영웅이 되어주게, 치프.”

중얼거린 레투가는 다시 물을 마셨다.

02
정령의 가호를 받는 전사

"지겹고 짜증 난다는 말은 이때 쓰는 거겠지?"

2년 전 그라니트 행성을 떠날 때처럼 검은색 청바지와 흰색 셔츠를 입은 치프는 케네디 우주공항에 들어가면서 격하게 투덜거렸다.

케네디 우주공항은 다른 행성에서 온 사람들을 지구상에서 가장 많이 볼 수 있는 장소였다.

온갖 외모의 행성인들이 공용어로 대화를 나누며 공항을 오가는 모습은 이제 공항에서 근무하는 지구인들에게도 익숙한 광경이었다. 넉살 좋기로 유명한 몇몇 행성인은 오히려 믿음직한 존재가 됐다.

하지만 2년이 넘도록 지구에서 인내의 시간을 보낸 치프에겐 그처럼 평화로운 모습들이 눈에 들어오지 않았다.

"그라니트로 갈 준비가 다 끝났는데 대체 여기서 외계인 누굴 만나라는 거야? 해군 정보부 녀석들은 왜 항상 그런 식으로 일을 하는지 모르겠군."

공항 안쪽의 입국장으로 걸어간 치프는 검은색의 터번을 쓴 누군가가 창밖을 보며 혼자 서 있는 모습을 목격했다.

그녀의 갈색 귀와 터번 아래로 흘러 내려온 검은색 장발을 목격한 치프는 자신의 눈을 믿을 수 없었다.

"설마, 데스디아?"

고성을 내질러 주변의 모든 사람을 놀라게 한 치프는 공항경비대가 자신을 향해 다가오든 말든 무시하고 그녀에게 다가갔다.

치프보다 훨씬 큰 키의 그녀가 발을 두 번 움직여 돌아섰다. 은색의 눈동자로 치프를 확인한 그녀는 밋밋한 미소를 지었다.

"오랜만이야, 치프."

"아, 응… 확실히."

치프는 2년 전과 달리 힘이 쏙 빠진 그녀의 목소리에 당황하여 걸음을 늦췄다.

'정보부 녀석들이 나와 데스디아의 관계를 어떻게 알았지? 같은 편이라도 정말 귀신 같은 놈들이군.'

"흠, 손이라도 흔들어줘야 하나?"

데스디아는 오른손을 검은색 망토 밖으로 내밀어 손을 움직였다.

그녀의 손을 문득 봐버린 치프는 이내 피식 웃어버렸다.

"얌전해진 줄 알았더니 달라진 게 없네?"

"그래? 뭘 보고 그러는지 모르겠군."

데스디아가 한숨을 쉬었다.

"며칠 전에 어떤 머저리들이 치프를 만나게 해주겠다고 설치던데? 혹시 치프가 놈들을 보냈나?"

"나도 그 머저리들한테 여기 와보면 안다는 말밖에 못 들었어."

"그렇군."

데스디아는 따라오라는 손짓을 한 후 인적이 드문 카페를 향해 천천히 걸어갔다.

치프가 사 온 복숭아 홍차 음료로 목을 축인 데스디아는 창밖을 보며 한숨을 쉬었다. 마침 공항에서 출발한 우주 여객선이 그녀의 눈에 잡혔다.

"나에 대해서 들은 것이 있나?"

빨대로 탄산음료와 얼음을 천천히 섞던 치프는 그녀의 질문을 듣고 고개를 저었다.

"전혀. 2년 전에 네가 알타이르 대사관으로 들어가는 걸 본 게 마지막이었잖아?"

"음, 맞아."

데스디아가 눈웃음을 지었다.

"지구에 있는 알타이르 대사관 일을 보고 있었어. 여기 온 지 벌써 1년이나 됐군."

"워치프와 대사관 직원 사이에는 거리가 좀 있는 것 같은데?"

"알타이르 행성인은 크게 왕족과 일반인으로 나뉜다는 건 알지?"

"그 정도는 뭐. 왕족과 일반인은 아예 다른 종족이잖아?"

치프는 음료를 마시며 고개를 끄덕거렸다.

"맞아. 난 왕위 계승권과 전혀 관계없는 왕족이지만 덕분에 워치프의 자리에 있으면서 대사관 일도 겸임할 수 있지. 정확히는 내가 워치프 일을 거의 때려치우다시피 한 거지만."

그녀가 활과 화살, 망토, 터번, 그리고 은색 비녀 등을 다 내던지며 절망하는 것을 봤던 치프는 최대한 가볍게 물어보기로 했다.

"…뭐 특별한 계기라도 있었어?"

"그렇지. 나보다 앞서 알타이르의 대사로서 지구에서 일을 했던 여자가 있었어. 내 친동생인데, 그 애는 휴가를 얻어서 고향으로 오자마자 자살로써 삶을 마쳤지. 그래서 내가 후임으로 지구에 온 거야."

데스디아가 쓸쓸히 말했다.

"그동안 지구에서의 생활은 그냥 그랬어. 드라마는 꽤 재밌었지만."

갑자기 너무 무거운 이야기가 나오자 치프는 대체 무슨 말을 해야 할지 몰라 가만히 있었다.

"오늘은 평일인데… 대사관 일은 괜찮겠어?"

"그것도 열흘 전인가에 그만뒀어. 의욕도 없고……."

실로 축 늘어지는 상황이었다.

치프는 그녀가 정말 자신을 그라니트 행성에서 이끌어주다시피 한 알타이르의 워치프가 맞는지 궁금했다.

안전을 위해서라며 공룡의 향을 뽑아내고 말도 안 되는 괴물들을 화살 한 방으로 주저앉히던 그녀의 얼음 같은 패기는 그 어디에서도 찾아볼 수가 없었다.

"그럼 나와 함께 2년 전에 죽은 동포들의 넋을 달랠 생각은 없어?"

데스디아가 움찔했다.

"제사를 지내자는 말은 아닐 테고… 설마 우주연합을 상대로 싸움을 하자는 건가?"

"이제 방법이 생겼거든. 단서도 잡았지."

"단서?"

데스디아가 다리를 꼬고 팔짱을 꼈다. 그 모습에서 치프는 그녀의 심장에 불이 들어갔다는 것을 감지했다.

치프는 자신의 지갑에서 명함을 한 장 꺼냈다.

"일단 이것부터 시작하려고."

"…개척용역회사 그라니트? 게다가 당신이 사장? 내가 알기로 개척 행성의 용역이라면 농업과 건설업, 그리고… 사냥밖에 없는데?"

"그래, 일단 헌터를 위주로 사람을 모을 거야. 2년 전부터 만들어지기 시작한 회사가 이제 결실을 봤어. 회사의 공동대표가 셀레스티아 왕녀야."

2년 전에 만난 은색의 드래곤을 떠올린 데스디아는 오른손 손끝으로 테이블을 툭툭 두드렸다.

"우주연합에서 나를, 아니, 나를 포함한 지구인들을 그라니트로 보내려 한 이유가 심상치 않아. 드래곤들도 그 일을 심각하게 받아들이더라고. 내가 빅시티 공항에 도착하면 드래곤들이 날 씹어 죽이려 들 거라고 레투가 보안국장이 말했지. 난 그 모든 일의 이유를 알기 위해서라도 거기에 가야 해. 그래야만 내 친구들의 복수를 확실하게 할 수 있을 것 같거든."

치프는 강조하듯 다른 톤으로 말을 이어서 했다.

"거기서 끝을 볼 거야. 어떻게 해서든 말이지."

데스디아의 표정이 점점 더 2년 전에 가깝게 변했다.

"드래곤들의 왕녀 말고도 더 확실한 지원이 뒤에 있는 것 같군."

그녀가 묻자 치프는 당당히 고개를 끄덕였다.

"물론이지. 그때 죽은 군인들의 가족들이 진상을 조사해 달라며 들고 일어났어. 난 뻔질나게 청문회에 불려 나갔지만 상부에서 작성해 준 원고를 읽을 수밖에 없었지. 우주연합에서 닥치고 있으라고 그랬거든. UN도, UNSMC도, 그리고 나도 미치기 일보 직전까지 몰렸어."

치프가 도중에 어깨를 으쓱했다.

"그리고 결국 전부 미친 거야. 무슨 짓을 저질러서라도 그 사건의 진실을 알아내 오라고 하더군. 난 알았다고 했지. 드래곤들에게는 미안하지만 그 회사를 최대한 이용해서 너와 날 엿 먹이고 동료들을 죽인 놈들의 얼굴 가죽을 벗길 생각이야."

"하, 좋아."

데스디아가 감탄하듯 웃었다.

"지금 떠오른 건데, 당신은 동물 가죽 벗기는 방법 따윈 모르지?"

"알 리가 있나?"

"그럼 내가 옆에서 좀 도와주지. 내가 그런 거 전문이거든."

"음……."

치프의 표정이 짓궂어졌다.

"혹시 헌터 면허는 있어?"

"없지. 난 방금 전까지 자연과 정령을 사랑하는 알타이르 사람이었으니까."

"흐흠."

다 죽어가던 알타이르 사람이 아니었냐고 지적하려 했던 치프는 그런 말로 그녀를 괴롭히지 않는 대신 주머니에서 단말기를 빼 들었다.

"그럼 당장 면허 시험을 보러 가자고. 그라니트 행성에는 자동차와 건설기계 면허 시험밖에 없으니 지구에서 면허를 따야 돼. 운이 좋게도 지구에서는 하루에 한 번씩 시험을 볼 수 있지."

"재밌게 들리는군."

"면허 말고도 그라니트에서의 일과 관련해서 전반적인 도움을 줄 수 있는 분을 알고 있어. 만나러 갈까?"

"싫다고 해도 끌고 갈 생각이잖아?"

데스디아가 의자에서 일어났다.

"당연하지."

치프가 밝게 웃으며 그녀를 따라 일어났다.

온갖 일로 인해 늘어진 미역처럼 눅눅했던 그녀의 분위기가 지금은 2년 전처럼 예리하게 바뀌어 있었다.

치프는 데스디아를 만난 것도 반가웠지만 그녀가 그렇게 기운을 차린 것도 너무나 기뻤다.

* * *

치프가 그녀를 데리고 간 곳은 작년에 새로 개업한 건하운드 제작회사였다.

그리고 그 회사의 주인은 치프가 그라니트에서 돌아온 이후 '표면적으로만' 군을 떠난 전직 해군청장, '톰'이었다.

"만난다고 했던 사람이 그 아가씨인가?"

"그렇죠."

치프는 흰색 반팔 셔츠와 베이지색 면바지, 그리고 갈색 계통 운동화를 신은 톰에게 자신과 함께 온 데스디아를 소개했다.

"알타이르의 워치프인 데스디아 브라토레 양이에요. 지금은 헌터 면허를 따고 싶어 하는 알타이르인이지만요."

"알타이르인이 헌터 면허를? 진심이신가?"

치프가 고개를 끄덕거렸다. 알타이르인 가운데 개척용역과 관련된 헌터가 역사상 한 명도 없었음을 알고 있는 톰은 눈동자만 살짝 돌려 데스디아를 봤다.

머리에 터번을 두른 그녀의 얼굴을 본 톰은 입술을 동그랗게 모으며 감탄했다.

"정말 멋진 손님이 왔구려. 하하."

톰은 오른손을 내밀어 악수를 청했다.

"전직 해군청장인 토마스 데이비드 카터라고 하오. 톰이라고 불러주시오. 당신의 방문을 진심으로 환영하오, 고귀한 알타이르의 왕족이여. 동원할 수 있는 모든 편의를 봐드리겠소."

"데스디아 브라토레입니다. 신세를 지겠습니다."

치프가 그라니트 행성에서 돌아온 후 작성한 보고서를 통해, 그리고 해군 정보부의 보고를 통해 그녀의 본명을 알고 있는 톰은 편하게 그녀와 악수를 나눴다.

"편히 지내주시오, 미스 브라토레. 그럼 따라오시오. 당신의 마음에 드는 건하운드를 골라봅시다."

"건하운드 말씀이십니까?"

"그렇소. 그쯤 되어야 그라니트 행성의 헌터로서 멋을 부릴 수 있다오."

톰이 둘을 데리고 간 곳은 사격 시험장이었다. 그곳에서 신형 건하운드들을 쏘며 시험을 하던 직원들은 사장과 함께 들어온 데스디아의 모습을 보고 깜짝 놀랐다. 알타이르인이 이곳에 들어오는 것은 처음이었기 때문이다.

"쓸데없는 이야기일 수 있소만, 민간용 건하운드와 군용 건하운드는 성능에 차이가 있소."

"무엇입니까?"

"군용은 주포와 기관포, 광학식 총포, 도검과 도끼를 동시에 쓸 수 있고 조준마저도 인공지능이 보조해 준다오. 하지만 민간용은 그중에서 단 하나의 주 무장만 쓸 수 있고 인공지능에 의한 보조는 매우 제한적이오."

"민간용은 성능이 단순하고 사용자의 능력에 그 힘이 좌우된다는 뜻이군요."

"바로 그렇소. 우주연합에서 그렇게 분류하고 법을 지정해 버렸다오. 헌터는 면허가 있어도 민간인이기 때문에 민간용 건하운드를 써야 하오."

"건하운드를 반드시 써야 합니까?"

지구의 개인화기에 대한 정보를 제법 자세히 알고 있는 데스디아는 건하운드의 과도한 화력에 대해서도 알고 있었고 또한 부담을 갖고 있기도 했다.

대답은 치프가 대신 했다.

“그걸로 탄을 퍼부어도 드래곤들을 못 잡거든. 건하운드가 아니라 뭘 써도 아직 잡혔다는 보고는 들어오지 않았지. 뭐, 우리가 드래곤들을 잡을 일은 없겠지만.”

뒤이어 톰이 말했다.

“우리는 드래곤들이 우주연합에서 사용하는 표준 순양함 정도의 방어력을 갖고 있다고 예상하고 있소. 물론 예상일 뿐이오.”

톰은 사격 시험장 끝에 설치된 초대형 과녁판을 손으로 가리켰다. 하지만 데스디아는 테이블에 놓인 컴파운드 보우에만 시선을 두었다.

“저 특수합금 과녁에는 전자기 폭풍 보호막이 덮여 있다오. 나는 드래곤들의 방어력을 어떻게든 재현해 보기 위해서 이 회사 지하에 핵융합 발전기를 설치해야 했소. 진공청소기처럼 조그만 놈이 정말 비쌌소.”

톰은 고개를 흔들며 백발을 쓸어 올렸다.

“그런데 민간용 건하운드로는 뚫을 수가…….”

순간 강렬한 쇳소리가 사격 시험장 안에 울려 퍼졌다.

그 소리에 깜짝 놀란 모두는 소리가 터진 과녁판을 봤다.

빨간색 깃이 네 개 달린 화살 하나가 과녁판 한가운데에 외로이 몸을 박은 채 부르르 떨고 있었다.

회사에서 야생동물 사냥용으로 만든 컴파운드 보우를 멋대로 사용해 버린 데스디아는 씁쓸한 얼굴로 고개를 흔들었다.

"지구의 활은 힘이 약하군요."

톰을 비롯한 회사 직원들은 그 약한 활로 당신이 지금 무슨 짓을 한 줄 아느냐며 당장에라도 질문하고픈 표정이 되었다.

치프는 2년 전, 그녀가 우주연합 전투 비행체의 에너지 반응 장갑을 화살로 관통시켰던 것을 기억해 냈다.

'지금 생각해도 소름이 돋네.'

그는 완전히 기운을 되찾은 데스디아의 늘씬하면서도 패기 넘치는 모습이 그렇게 멋져 보일 수가 없었다.

"개발부장!"

톰이 누군가를 불렀다.

"사장님?"

노년의 동양인이 보호용 안경과 귀마개를 벗으며 대답했다.

"그걸 당장 가져와 보게!"

"그거라니요?"

"자네가 장난으로 개발한 거, '파프니르' 말일세!"

"파프니르요? 그건 아직 활이나 다름없는데요?"

"활이면 더 좋지. 여기 전문가가 계시지 않은가?"

톰은 오른팔로 데스디아를 가리키며 두 눈썹을 위로 치켜 올렸다.

끄덕거린 개발부장은 자신의 개인 보관실을 담당한 재고관리 로봇을 단말기로 조작했다.

개발부장의 로봇이 가져온 건하운드, 파프니르의 제어장치는 정말 대충 만들어져 있었다.

손잡이가 붙은 상자 형태의 본체는 외장이 흰색 플라스틱이었고 붉은색 글씨로 위험이라 쓰인 노란색 테이프가 여기저기 붙어 있었다.

제대로 만들어진 것은 내부 구조와 방아쇠가 붙은 손잡이뿐이었다.

제어장치의 크기도 일반 건하운드 제어장치에 비해 상당히 컸다. 길이만 130㎝에 달했고 두께도 20㎝가 넘었다.

하지만 그 무게는 크기에 비해 가벼웠다. 배터리 방식이 아니라 발전기 내장 방식인데도 3㎏이 채 되지 않았다.

로봇이 가져온 파프니르의 제어장치와 마주한 데스디아는 부드러운 갈색의 손으로 제어장치를 쓰다듬었다.

개발부장은 난감한 표정을 짓고 있었다. 원시인에게 컴퓨터를 던져 준 느낌이라 그런 것인데, 실제로 알타이르 행성인의 대부분은 전화기조차 제대로 다루지 못하는 기계치였다.

"어… 미스 브라토레?"

"데스디아라고 부르셔도 됩니다."

"예, 데스디아. 제어장치에서 탄환이 나가지 않는 것 정도는 알고 계시지요?"

"물론이지요. 당신이 저보다 이 아이를 더 걱정하고 있다는 사실도 알고 있습니다."

개발부장은 헛기침을 했다.

"죄송합니다, 데스디아."

"아닙니다. 알타이르인의 98%가 디지털 방식의 기계 조작에 어려움을 겪는다는 통계는 무시할 수 없지요."

"……."

데스디아는 싱글싱글 웃었다.

"사실 저도 전화 단말기에 익숙해지기 위해 무려 1개월을 소비해야 했습니다. 시선을 통한 드래그 앤 드롭은 정말 어렵더군요."

"하하, 그렇군요."

식은땀을 질질 흘리고 있는 개발부장은 손에 든 자신의 단말기를 조작하여 건하운드의 조작 설명서를 열었다.

"이 파프니르는 파프니르 계열의 첫 번째 무기입니다. 혹시 당신의 것이 된다면 파프니르보다 좋은 이름을 지어주세요."

"파프니르는 나쁜 이름입니까?"

"지구의 전설에 나오는 사악한 드래곤의 이름이지요."

개발부장이 아쉽게 웃었다.

"그렇군요."

지구의 전설이나 이야기 등에 대해 잘 모르는 데스디아는 덤덤하게 답했다.

"아무튼 파프니르는 좀 특별한 녀석이라서 기본 조작법부터 충실히 익히지 않으면 안 됩니다. 이걸 읽으세요."

다시 데스디아를 보면서 단말기를 건네려 했던 개발부장은 데스디아가 두 손을 제어장치에 댄 채 눈을 감고 있는 것을 보고 손을 멈칫했다.

파프니르의 제어장치가 보석 가루라도 뿌린 것처럼 반짝거리고 있었다.

"음, 넌 살아 있는 아이로구나."

그녀가 손을 떼자 제어장치의 빛이 가라앉았다.

"이 아이는 정말 착하군요, 개발부장님. 하지만 방금 태어난 동물처럼 자기 자신에 대한 것 외에는 아무것도 모르고 있네요."

중얼거린 데스디아는 제어장치를 들었다.

아주 평범하면서도 딱히 흠잡을 곳이 없는 소총 사격 자세, 일명 '서서쏴' 자세였다.

몸의 선이 워낙 시원시원해서 그런지 그냥 그렇게 서 있는 데도 불구하고 대부분의 구경꾼은 그녀에게서 깊은 멋을 느꼈다.

"정말 건하운드를 처음 다루는 분이 맞나요?"

"그렇습니다. 저는 이 아이가 가르쳐 주는 그대로 따라 하는 것뿐이지요."

"예?"

개발부장은 파프니르의 제어장치와 대화라도 나눈 사람처럼 얘기하는 데스디아의 모습이 의아했다.

"흠, 이건 이렇게 하라고?"

그녀는 제어장치의 왼쪽에 가스 밸브처럼 달려 있는 전원 레버를 옆으로 돌렸다.

데스디아의 시야에 빛이 차올랐다.

특별한 장치를 몸에 부착하지 않았는데도 그녀의 시각에 개입해 온 그 빛은 숫자와 글자로 변하여 제어장치가 읽어 들이는 각종 정보를 데스디아에게 제공했다.

그녀는 제어장치와 연동된 자신의 눈을 치프에게 돌렸다.

치프의 신장과 체중은 물론 근육에 흐르는 전기신호를 읽어 들인 제어장치는 그가 어떻게 움직이려 한다는 예상 정보를 데스디아의 시야에 보내주었다.

뿐만 아니라 제어장치는 중력과 풍향, 풍속, 지구의 자전 속도까지 표시하여 정확한 사격을 도우려 하고 있었다.

개발부장은 볼펜처럼 생긴 도구를 내밀어 데스디아의 신체 상태를 바삐 체크했다.

"지향성 대시보드는 당신의 눈에만 보입니다. 아직 알타이르 언어를 지원하지 않으니 좀 불편하시겠네요. 내장된 인공지능에 대한 교육도 부족해서 지금 당신에게 제공되고 있는 수치도 많이 어긋나고 있지요."

"그렇군요. 땅의 정령이 저에게 전해주는 지구의 실제 자전 속도와 이 아이가 계산한 속도에는 큰 차이가 있습니다."

"땅의 정령이요?"

"지구의 정령들은 힘이 약하지만 대신 영리하지요."

"……."

데스디아는 할 말을 잃은 개발부장을 옆에 둔 채 제어장치를 다시 쓰다듬었다.

"내가 모르는 것만 알려줄 수 있을까?"

데스디아의 시야가 깨끗해졌다. 이제 그녀의 눈에 제공되는 정보는 상대의 체중뿐이었다.

"이 아이를 다뤄봐도 될까요?"

그녀의 물음에 개발부장은 엄지를 치켜들었다.

"부디."

"후후."

데스디아는 전원 레버 옆에 있는 파란색의 레버를 돌렸다.

개발부장은 누구의 도움도 없이 조작을 척척 해내는 데스디아의 모습에서 큰 기대감을 가졌다.

사격 시험장 구석에는 고철이 한가득 쌓여 있었다. 세척은커녕 그냥 쌓아놓은 것뿐이기에 고약한 냄새가 날 정도였으나 제어장치는 그 고철들을 입자로 바꿔 필요한 만큼 빨아들였다.

데스디아의 머리 위로 날아간 입자들은 길이 8.6미터의 길쭉한 검은색 포대를 2초 만에 완성시켰다.

포대는 예전에 치프가 그라니트 행성에서 썼던 것과 달리 외장이 깔끔하게 입혀져 있어서 마치 뚜껑을 닫은 만년필처럼 보였다.

하지만 데스디아의 표정은 조금 흐렸다.

그녀는 오른쪽 귀를 제어장치에 바짝 붙였다.

"일반적인 탄환으로는 저기 있는 표적을 뚫을 수 없을 거야. 어떻게 하면 좋을까?"

그녀가 묻자 제어장치에서 다시 일어난 반짝거림이 데스디아의 귀를 향해 흘렀다.

"호오, 그렇구나."

고개를 끄덕끄덕한 데스디아는 왼손을 움직여 오른손에 잡은 제어장치의 손잡이를 아래로 내렸다.

손잡이가 조각조각 내려가면서 드러난 네 개의 틈새로부터 노란색의 투명한 부분이 모습을 드러냈다.

손가락을 움직이는 것만으로 제어장치의 모든 기능을 수동으로 제어할 수 있게끔 해주는 그 '나노 크리스털 단말기'는 사실 설명서에도 없는 숨겨진 기능이었다.

그쯤 되니 개발부장은 그녀가 진짜로 제어장치와 대화를 하고 있을지도 모른다는 생각을 하게 됐다.

'알타이르인이 정령과 교감할 수 있다는 것까지는 알고 있는데, 설마 인간이 만든 인공지능과도 대화가 가능했나?'

의문을 품고 있는 사람은 그뿐이 아니었다. 사장인 톰이 다급한 손짓으로 개발부장을 불렀다.

"파프니르의 제어장치에 저런 기능이 있었나?"

톰이 목소리를 높여 질문하자 손가락으로 수동 제어를 연습하던 데스디아가 씩 웃었다.

"이 아이는 동물에 가까운 지능을 갖고 있답니다. 지구상의 동물에 비유하자면 돌고래 이상이군요."

"그, 그렇소?"

"그렇습니다. 안에 들어 있는 인공지능이 특별한 것 같군요."

"으음……."

톰은 입가를 쓸어내리며 당혹감을 드러냈다.

"혹시 규격 외의 부품을 심으셨나요?"

치프가 혹시나 하는 표정으로 물었다.

"아, 아닐세. 규격 외의 부품은 아니야. 편법하고 불법은 다르지 않나?"

"확실히 말해주세요."

"하아, 알았네. 대신 비밀일세."

톰은 검지를 입에 대며 비밀을 강조했다.

"파프니르는 사실 새로운 인공지능 장치의 시험 모델일세. 인공지능은 800억 개의 나노 세포를 집적하여 만들어졌지."

"800억이면… 무인 우주전함 4대를 만들 수준이네요."

"잘 아는군."

"그런 걸 민간용 건하운드에 쓸 수 있어요?"

"아직 법이 초기 단계라서 등록은 어렵지 않았네. 아까 말했듯이 편법과 불법은 다른 거니까."

"무서운 말씀을 하시네요."

"어른들의 세계가 그렇지."

치프는 톰과 마주 보며 피식 웃었다.

"아무튼 너무 민감한 인공지능이라서 좀 골치지. 재설정을 벌써 네 번이나 했는데 말을 안 들어먹어."

"말을 안 듣다니요?"

"하기 싫다고 칭얼대더라고. 탄을 발사한 적이 여태껏 한 번도 없어."

"정말 민감하네요."

"음."

그들의 이야기를 듣던 데스디아는 파프니르의 인공지능이 그 네 번의 재설정조차도 기억하고 있다는 사실을 말해주려다가 말았다.

그녀는 다시 과녁에 눈을 돌렸다.

"시험 사격을 해보겠습니다."

모두가 사격 소음과 섬광에 대비해 귀마개 및 선글라스를 착용했다.

개발부장은 데스디아에게도 그것들을 권했으나 그녀는 그냥 한 번 웃는 것으로 그의 권유를 사양했다.

데스디아가 방아쇠를 당기자 그녀의 머리 위에 떠 있던 포대가 붉은색 불꽃을 뿜으며 탄을 토해냈다.

그러나 그녀가 쏜 탄환은 앞서 날렸던 화살과 달리 과녁 앞에 준비된 보호막에 가로막혀 깨지고 튕겨 나갔다.

"아, 괜찮습니다. 발사가 가능하다는 사실을 알았으니까요."

개발부장이 그녀를 설득하듯 말하며 다가왔다.

그러나 데스디아는 머리 위에 둥실 떠 있는 포대를 한 번 본 후 다시 시선을 앞으로 돌렸다.

귀마개 때문에 데스디아가 뭐라 중얼거리는 것을 듣지 못한 치프는 방아쇠에 걸린 그녀의 손가락이 움직이는 것을 보자마자 다시 과녁을 봤다.

두 번째 사격과 동시에 보호막을 관통한 탄환은 과녁 한가운데에 사납게 꽂혔다.

거미줄처럼 균열이 간 과녁은 곧이어 요란한 소리를 내며 무너져 내렸다.

데스디아는 할 말을 잃은 개발부장과 환호성을 지르는 직원들을 돌아본 뒤 제어장치를 쓰다듬었다.

"그래, 할 수 있잖니? 다들 너를 보며 놀라고 있어. 나도 기쁘구나."

데스디아는 왼손으로 개발부장의 귀마개를 들어 올렸다.

"몇 가지 주문할 수 있을까요?"

넋을 놓고 있던 개발부장이 퍼뜩 정신을 차리고 그녀를 봤다.

"예?"

"이 아이의 겉을 제대로 꾸며주세요. 수동 조작 장치도 너무

둔하군요. 그리고 포대에 칼날 같은 것은 부착할 수 없나요?"

"칼날이요? 예, 포대에 총검을 다는 것 정도는 뭐……."

"총검이라는 개념보다 조금 더 명확하고 공격적인 것으로 부탁드리지요. 아, 그리고 아이의 색은 검은색으로 해주세요."

개발부장은 자신에게 제어장치를 맡기고 치프 쪽으로 걸어가는 데스디아를 어이없다는 눈으로 바라봤다.

"아직 네 게 아니라니까?"

하지만 데스디아는 웃을 뿐이었다.

개발부장은 그녀의 뻔뻔함에 화가 났다.

"…블레이드하운드를 결합시켜 볼까?"

하지만 그는 이미 파프니르를 최초로 작동시켜 과녁까지 격파한 그녀의 팬이 되어 있었다.

*　　　*　　　*

"하하, 정말 놀랍구려! 그 골칫덩이를 그렇게 다루다니 말이오!"

회사 내의 카페에 치프와 데스디아를 초대한 톰은 어린아이처럼 기뻐하고 있었다.

"그런데 과녁의 보호막은 대체 어떻게 뚫는 것이오? 화살로도 격파하던데……?"

"정령의 가호지요."

그녀의 대답을 들은 톰은 치프에게 눈짓을 보냈다. 치프는 그러려니 하고 넘어가 달라는 듯 윙크를 했다.

"그럼 하루빨리 당신을 그라니트 행성으로 보내야 할 것 같구려, 데스디아. 조금만 기다려 주시오."

홍차를 한 번에 반쯤 마신 톰은 자신의 단말기를 바삐 조작했다.

이윽고, 그들이 쓰는 테이블에 톰이 방금 작성한 계약서가 떠올랐다.

"우리 회사의 외주를 맡아주시오. 항목은 드래곤을 포함한 모든 위험 생물에 대한 보고서 작성과 각종 병기의 시범 운용 보고서 작성이라오. 우리는 필요 자금과 각종 무기, 그리고 법무와 관련된 모든 편의를 제공하겠소."

"알겠습니다. 계약서의 세부 조정 및 채결은 제가 헌터 면허를 취득한 후에 하도록 하지요."

"오, 그래준다면 정말 고마울 것이오. 계약서는 당신의 단말기로 전송하겠소."

"예, 사장님."

데스디아는 자신의 단말기를 테이블에 놓았다. 톰은 테이블에 떠 있는 계약서들을 손으로 짚어 단말기 쪽으로 밀었고 데스디아의 단말기는 그 계약서들을 가볍게 빨아들였다.

가만히 음료수를 마시며 헌터 면허와 관련된 스케줄을 점검하고 있던 치프는 둘의 이야기가 끝나자 자신의 단말기를 테이블에 놓고 화면을 밀었다.

그가 보고 있던 화면이 테이블 안으로 미끄러져 들어갔다.

“데스디아, 일단 2시간 뒤에 근처 시험장에서 면허 시험이 있거든? 도전해 볼래?”

“그럼 출발하지, 치프.”

면허 시험장 입장 시간을 지켜보던 톰은 커피를 벌컥 마시고 벌떡 일어나더니 카페를 발칵 나서는 데스디아의 모습을 흥미롭게 지켜봤다.

“치프, 저 아가씨한테 혹시 흥미 있나?”

“절대 여자 친구로 삼고 싶진 않네요.”

치프가 머리를 흔들었다.

“글쎄? 내가 보기엔 저 아가씨 없이 자네 회사가 돌아갈 것 같진 않은데?”

톰은 쓴웃음을 지었고 치프도 비슷한 미소를 지으며 데스디아의 뒤를 쫓았다.

* * *

면허 시험장에 도착한 데스디아는 금세 시무룩한 표정을 지었다.

실기시험은 총 세 가지 종목이었다. 고정 표적 사격, 이동 표적 사격, 그리고 공격해 오는 표적에 대한 사격이었다.

실기시험에서 가장 어려운 것은 공격해 오는 표적을 무력화시키는 것이었는데, 입체 영상 기술로 만들어진 그 표적은 치프가 그라니트에서 만난 대형 공룡이나 드래곤이 아니라 딱 곰처럼 생긴, 상대적으로 작은 표적이었다.

고향에서 그보다 큰 맹수들을 애완용, 혹은 승용으로 길러왔던 데스디아에게는 마음이 복잡해지는 광경이었다.

"너무 쉬워 보이면 눈가리개라도 하지 그래?"

치프의 농담에 데스디아는 자신의 코끝을 만졌다.

"저 표적들은 냄새가 나지 않아서 힘들지."

치프와 같이 서서 차례를 기다리던 데스디아는 자신의 차례가 오자 담담히 시험장 안으로 들어갔다.

그녀는 톰의 회사에서 빌려 장력을 조절한 사냥용 활을 들고 있었다.

온갖 광학장비로 도배한 지구의 무기를 사용하여 고득점을 노리는 것이 최근 시험의 추세인데, 그 와중에 아무런 보조 장치도 없는 활의 등장은 우주연합에서 파견되어 VIP석에서 졸고 있는 시험감찰관들을 깨울 만큼 파격적이었다.

게다가 알타이르 행성인의 도전은 면허 역사상 처음이었기에 구경꾼들이 크게 술렁거렸다.

데스디아는 탄약을 놓는 자리에 화살들을 가지런히 놓으며 호흡을 조절했다.

정령과의 교감에 의해 그녀 주변이 아지랑이 같은 것들로 가득해졌다.

“알타이르 행성 출신의 헌터는 처음이지 않나?”

우주연합의 시험감찰관이 동료에게 물었다.

지구의 산소 농도로는 호흡을 하기 힘들어서 어항처럼 생긴 헬멧을 쓴 그의 동료는 진지한 표정으로 고개를 끄덕였다.

“내가 알기로는 처음이지. 헌터라는 직업 자체가 저들의 문화나 사상과는 완전히 대치되거든.”

감찰관이나 그의 동료 모두 외모 자체는 인간과 그다지 다르지 않았다. 피부색이나 머리카락의 색깔조차도 지구인들의 기대를 크게 망가뜨릴 만큼 평범했다.

그것은 데스디아도 마찬가지였다. 신장과 신체 비율, 그리고 긴 귀를 제외 제외하면 큰 차이는 없었다.

감찰관은 지구에서 맛들인 핫 초콜릿을 마시며 미소를 지었다.

“하지만 알타이르인의 능력을 생각하면 정말 어마어마한 헌터가 탄생할 거야. 게다가 저 아가씨는 왕족이라고. 이깟 시험은 한 번에 통과할걸?”

“그렇겠지. 그런데 이름이 좀 특이한데?”

“이름?”

“데스디아 브라토레… 본명은 데스디아리아 헤이파 알타이르 브라토레군. 그런데 지구에 파견된 대사였다는 것 말고는 언제 태어났는지도 검색이 안 되는데?"

"그런가?"

감찰관은 헬멧을 쓴 동료로부터 자료를 넘겨받았다.

"흠. 알타이르식 이름으로 따졌을 때 그녀는 브라토레 가문의 사람이야. 알타이르 왕족 중에서도 유명한 편이지. 그런데 그녀의 공식 기록이 없다는 건… 글쎄? 정예부대 지휘관쯤 되지 않았을까? 워치프라든가?"

"설마? 하하."

"그렇겠지? 하하하."

감찰관들이 껄껄 웃었다.

시험장에는 강한 바람이 불고 있었다.

화약이나 전자기력에 의해 방출되는 탄환이 아니면 충분히 영향을 받을 수 있는 강풍이었다.

하지만 치프는 별로 걱정하지 않았다. 그녀의 화살이 그라니트 행성에서 무슨 일을 벌였는지 잘 알기 때문이었다.

이윽고 안내 방송이 나왔다.

―시험장에 들어온 응시자에게 안내 말씀을 드립니다. 시험 시간은 2분입니다. 300점 만점에 200점을 넘지 못하면 다음 시험을 치를 자격을 잃게 됩니다. 시험은 20초 뒤에 시작되니 준비해 주십시오.

정령들과 함께 숨을 조절하던 데스디아는 시험 시작 신호가 떨어지자마자 눈을 뜨고 시위를 당겼다.

가장 먼 과녁은 700미터 밖 거리에 출력되어 있었다.

화살이 거기까지 날아가긴 하느냐며 비웃던 구경꾼들은 데스디아의 첫 화살이 바로 그 과녁에 적중하자 일제히 입을 다물었다.

데스디아의 표정은 2분 내내 영 좋지 못했다.

준비된 화살들을 들어 올리는 손길은 가벼웠고 바람의 정령들에게 도움을 받은 화살들은 그녀가 원하는 과녁에 쑥쑥 꽂혔다.

그러나 그녀의 점수는 260점에서 멈추고 말았다. 그녀가 준비해 온 화살보다 무작위로 출력된 과녁의 수가 더 많았던 것이다.

그녀는 사용하고 남은 수십 초 동안 뚱한 표정을 지은 채 시간을 보내야만 했다. 반면 구경꾼들은 1분 몇 초 만에 30개에 가까운 과녁을 처리해 버린 데스디아의 활솜씨에 매료된 나머지 동영상을 찍거나 친구, 혹은 가족들에게 전화를 하는 등의 작은 난동을 부렸다.

—최종 점수 260점. 30초 이상 사격을 하지 못한 것에 대한 감점 40점. 총 220점으로 1차 시험 합격입니다. 축하드립니다. 그 자리에서 5분 뒤에 치러질 다음 시험을 준비해 주십시오.

데스디아가 뒤에 앉아 있는 진행 요원을 향해 손을 들었다.

"문의할 게 있습니다."

"말씀하십시오."

진행 요원이 자리에서 일어났다.

"화살을 수거하고 싶은데 가능하겠습니까?"

"화살 수거는… 규칙에 없군요. 아무튼 응시자가 시험장 내로 들어가는 것은 금지되어 있습니다."

거기까지는 생각을 못했던 데스디아는 당황했다. 화살에 대한 생각을 미처 못 했던 치프는 차에 놔두었던 화살을 급히 가져와 그녀에게 전달했다.

"너무 긴장한 거 아냐?"

"그렇군."

고개를 끄덕거리며 치프의 말을 인정한 데스디아는 치프가 가져다준 화살 자루를 옮겨 자신의 앞에 깔아놨다.

그것도 부족했는지 화살통을 등에 메는 것도 잊지 않았다.

곧이어 2차 시험이 시작되었다.

구경꾼들이 기대감에 듬뿍 젖은 나머지 침묵을 지키는 가운데, 데스디아의 눈앞에서 발사 각도와 속도가 무작위로 설정된 비행 과녁들이 떠올랐다.

구경꾼들은 그녀가 한 번에 세 개 이상의 화살을 잡아 쏘는 묘기를 보여주지 않을까 생각했으나 그처럼 희한하면서도 비효율적인 곡예는 데스디아의 머릿속에 존재하지 않았다.

대신 그녀는 화살이 과녁을 추적하여 비행 방향을 바꾸는 기술을 보여주었다.

그러나 곡예가 아니라 엄연한 사냥 기술이었기에 구경꾼의 대부분은 '그녀가 화살을 날렸는데 과녁이 터지더라' 정도까지만 인식할 수 있었다.

사실 그것으로도 충분했다.

충분한 화살을 동원하여 이동 표적 사격에 300점 만점을 획득한 데스디아는 너무 빨리 표적들을 처리한 관계로 이번에는 1분 이상을 대기해야 했다.

그로 인해 그녀는 40점씩 두 번, 80점이라는 큰 감점을 먹어 또다시 220점이라는 턱걸이 점수로 시험을 통과했다.

3차 시험을 위해 치프와 자리를 이동하던 도중, 데스디아는 쓰고 남은 화살 중 한 개를 엄지로 꺾으며 화를 냈다.

"이건 부당해."

탄소강화수지로 만들어진 화살대가 젖은 과자처럼 부러지는 것을 본 치프는 한참 동안 입도 뻥긋하지 못했다.

치프는 분위기를 바꿀 겸, 대기 시간 1분이 남았을 때 그녀에게 말을 걸었다.

"3차 시험인 공격 표적 무력화는 어떻게 할래?"

"조져야지."

왠지 지구식의 험한 말을 한 그녀는 등에 차고 있는 정글용 도검을 들었다. 1미터가 안 되는 그 두툼한 도검 역시 톰의 회사에서 빌려 온 것인데, 치프는 데스디아가 그것으로 곰처럼 큰 표적을 어떻게 하겠다는 것인지 알 수가 없었다.

"우리 편하게 좀 가지?"

치프가 따지자 데스디아의 잡티 하나 없는 갈색 얼굴이 저항감으로 미세하게 일그러졌다.

"알아서 할 테니 걱정하지 마."

시간이 다 된 관계로 치프는 그녀를 설득하지 못한 채 진행 요원의 손에 끌려 나갔다.

공격 표적 대상인 짐승 모양의 입체 영상이 시험장 한가운데에서 구축되는 가운데, 데스디아는 도검을 바닥에 꽂은 뒤 두 손을 편하게 늘어뜨리며 눈을 감았다.

이윽고 몸길이만 3미터에 가까운 대형 맹수의 입체 영상이 경기장에 출력되었다.

체중이 1.2톤으로 설정된 그 입체 영상의 맹수가 괴성을 지르며 돌격하자 경기장 바닥에 설치된 장치가 체중과 속도 등을 정확히 반영하여 진동을 일으켰다.

번쩍 뜨인 데스디아의 눈이 붉은색으로 빛났다. 먼 거리를 보기 위해 단순히 색깔만 변했을 때와는 달랐다. 지금은 두 눈이 활주로의 경고등처럼 강렬하게 발광하고 있었다.

그녀가 좌우로 펼친 두 손을 합치자 기세 좋게 달려오던 맹수가 덜컥 멈추고는 공중에 한 뼘 정도 떠올랐다.

지루한 표정으로 입체 영상의 상태 화면만 바라보던 진행 요원이 깜짝 놀랐다. 지구 자기장이 그 맹수의 주변에만 믿을 수 없는 수치로 적용되고 있었기 때문이다.

"아, 그래. 내가 꼭 뒷골목에서 강간이라도 당한 사람처럼 우울하게 시간을 보냈던 이유를 알겠어."

데스디아가 중얼거리면서 바닥에 꽂았던 도검을 뽑아 들었다.

"당한 건 반드시 갚아줘야 하는 게 알타이르의 여자야! 2년 전의 분노가 이제야 되살아나는군! 미칠 정도로 생생하게!"

도검을 잡은 채 달리다가 뛰어오른 데스디아는 자기장에 잡혀 꼼짝도 못하는 그 맹수의 눈을 정확히 찔렀다.

물론 입체 영상이었기에 데스디아는 찌른 방향 그대로 온몸으로 영상을 통과하여 땅을 밟았다.

그녀가 망토를 걷어내고 일어나 두 손을 다시 펼치자 맹수의 영상을 붙들고 있던 자기장도 사라졌다.

시험 판정 장치는 도검이 맹수의 눈구멍을 통해 들어가 뇌를 갈랐다는 판정을 내렸다.

한마디로 합격이었다.

총을 든 채 시험장을 뛰어다니며 허둥지둥 발포하거나 역으로 입체 영상에게 쫓겨 다니던 응시자들만을 봐왔던 구경꾼들은 일제히 환호를 했다.

알타이르 행성과 알타이르 행성인을 아는 자들은 알타이르를 연호하기도 했다.

시험에 참여한 그녀의 모습을 처음부터 끝까지 단말기에 담은 치프는 찍힌 영상을 확인하면서 고개를 갸웃거렸다.

'이상 자기장이 발생했는데 전자기기들이 멀쩡하네? 왜지?'

치프는 그것이야말로 정령의 힘이 아닐까 하는 답을 스스로에게 던졌다.

데스디아가 시험장을 빠져나왔다. 조금 나른한 표정의 그녀는 손에 든 정글용 도검을 합성수지제 칼집에 넣어 거두었다.

"헌터가 된 기분이 어때?"

"그리 좋진 않군."

머리에 쓴 검은색 터번을 벗은 데스디아는 자신의 긴 귀를 쫑긋 움직이며 한숨을 쉬었다.

"숨을 쉬지 않고, 심장도 뛰지 않고, 생각도 하지 않는 사냥감을 잡은 것은 이번이 처음이야."

그녀는 시험장을 돌아봤다.

"아까 그 전자 생물은 나를 두려워하지 않았어. 그저 지구인이 만든 게임 속의 괴물들처럼 미리 입력된 대로 움직일 뿐이었지."

"뭐, 프로그램이니까."

지구인으로서 가상현실에 익숙한 치프는 어깨를 으쓱했다. 하지만 데스디아의 불쾌감은 쉽게 가시지 않았다.

"2년 전에 거기서 체념하는 게 아니었어."

"응?"

"아르마다라는 놈을, 헬터스크라는 놈을, 그 제2함대라는 놈들을 어떻게든 쳐 죽이고 왔어야 했어! 내 동포들의 목숨값을 제대로 받아 와야 했다고!"

치프는 심각하게 흥분한 그녀의 모습을 보고는 고개를 저으며 그녀의 옆으로 다가가 등을 두드려 주었다.

"진정해, 데스디아."

"진정하라고? 치프, 당신은 왜 그때 가만히 있었지? 그놈들에게 동포들을 잃은 건 당신도 마찬가지였잖아!"

"넌 자살하는 심정으로 뭔가를 참아본 적이 있어?"

데스디아는 자신에게 속삭이는 그 남자의 표정에서 아무것도 읽지 못했다. 말 그대로 무표정이었기 때문이다.

"당시 우리가 총이든 활이든 갈겼다면 그건 그냥 노상방뇨를 하다가 죽는 꼴밖에 안됐을 거야. 미안하지만 좀 더 참아, 데스디아."

"……."

데스디아는 기계적일 정도로 침착한 치프의 목소리를 들은 뒤에야 그가 온갖 일을 참으며 살아온 사람임을 알 수 있었다. 하지만 정확히 어떠한 일을 참아내야만 인간이 그러한 무표정을 만들 수 있는지는 상상이 가지 않았다.

"보는 사람이 많으니 일단 지금은 면허증을 받고 숙소로 돌아가자고. 오늘은 우리 둘 다 톰의 집에서 머물기로 했어."

"하아, 그러지."

그녀를 진정시키는 것에 성공한 치프는 데스디아와 함께 시험장을 빠져나갔다.

두런두런 대화를 하며 톰의 집으로 차를 몰고 간 치프는 터번을 다시 단단하게 두른 데스디아와 함께 톰의 집 마당으로 들어갔다.

원통형의 로봇 한 대가 마당에 깔린 보도블록을 주행하여 둘 앞에 도착했다.

"A—1730님, 데스디아 브라토레 님. 주인님께서 기다리십니다."

오랜만에 본명을 들은 치프는 멋쩍은 표정을 지었고 데스디아는 로봇의 겉모습을 관심 있게 살펴봤다.

"1년 동안 생각한 문제인데, 지구인들은 극히 한정된 상황에서만 인간형 로봇을 사용하는군."

"한 150년 전에는 인간형 로봇이 대량으로 생산됐었지. 하지만 부작용이 너무 많아서 말이야."

"그런가?"

데스디아는 로봇에게 손을 내밀었고 로봇은 보호용 고무로 뒤덮인 손을 내밀어 그녀와 악수를 했다.

"사람들이 로봇에게 감정이입을 지나치게 해버린 거야. 로봇과 결혼하는 사람들이나 로봇들에게 유산을 물려준 사람은 그나마 나은 편이었지."

"굉장한 일이군."

"나야 그때 사람이 아니니까 잘 모르겠지만."

치프가 보도블록을 걸으며 이야기를 계속했다.

"아무튼, 결국 세계적으로 법이 바뀌면서 지금은 네 말대로 극히 한정된 장소에서만 인간형 로봇을 사용하고 있어. 인간 스스로 인간성을 지키기 위해서라고 하더군. 개인적으로는 그럴싸하다고 생각해."

"흥미로운 역사군."

"그전에는 개나 고양이 같은 애완동물들한테도 그랬다고 하더라고. 오우, 이해가 안 가."

그의 말투에서 데스디아는 어떤 사실을 감지했다.

"동물들을 싫어하나?"

"아니, 너무 좋아해. 당장에라도 같이 산책을 하거나 두 팔로 껴안고 잔디밭에서 구르고 싶어. 그런데 지구에서는 그 동물 친구들을 얻으려면 구입하거나 분양을 받아야 해. 일반적으론 말이지. 난 그게 너무 부당하다고 보거든."

"흠, 깐깐하게 생각하는군."

데스디아가 밋밋하게 코웃음을 쳤다.

톰은 집 안의 큰 거실에 있었다. 혼자서 와인을 가볍게 마시던 톰은 치프와 데스디아가 들어오자 잔을 놓고 일어났다.

"어서 오게, 치프. 어서 오시오, 데스디아. 환영하오."

"오늘 신세를 지게 해주셔서 감사합니다, 사장님."

"그냥 톰이라고 부르시오. 그리고 면허를 딴 것을 축하하오, 데스디아. 알타이르 최초의 헌터 면허 보유자를 내가 맞이하게 되다니, 정말 기쁘오."

"그리 생각해 주시니 다행입니다."

둘은 가볍게 포옹을 했다.

데스디아는 포옹이라는 지구식 인사법에 적응하는 것에 무려 1년이나 걸렸다.

알타이르에서 여성끼리 몸을 대고 체온을 나누어 건강을 확인하는 것은 일반적인 일이었으나 부부도 아닌 여성과 남성이 그냥 인사를 목적으로 몸을 대는 것은 큰 결례였다.

톰도 그것을 알기에 옷깃만 겨우 닿는 수준으로 포옹했다.

"편한 자리에 앉으시오. 아, 그리고 파프니르의 최종 조립 작업은 나흘 뒤에 끝날 것이오. 그때까지 내 집과 우리 회사에서 필요한 장비를 마련하면서 편히 머물다 가시오."

"알겠습니다."

망토로 몸을 덮으며 자리에 앉은 데스디아는 유리잔에 와인을 채우는 톰을 보며 물었다.

"톰은 해군청장이셨지요?"

"음, 그렇소. 실은 지금도 그렇지만 말이오."

톰이 찡긋 윙크를 보냈다.

03
그라니트의 환영 방식

치프와 데스디아를 거실로 안내한 톰은 전자 서명용 펜을 거실의 테이블 밑에서 꺼냈다.

그 펜으로 계약서에 서명만 하면 서명자의 신상 정보와 계약서의 내용이 우주연합의 정보 저장소에 암호화되어 보관된다.

"자, 서명을 부탁드리오."

"그전에 2의 1번 항목과 5의 3번 항목에 대해서 다시 얘기해 보지요."

"……."

그녀가 분위기에 취하여 당장 서명할 것이라 생각했던 톰은 잠시 침묵하더니 이내 껄껄 웃었다.

"처음부터 확실히 검토해 봅시다, 데스디아."

"그러지요, 톰."

톰은 테이블 아래에서 두툼한 시가를 들어 데스디아에게 보여주었다.

"아, 시가는 저도 좋아합니다."

자신이 시가를 피워도 괜찮겠냐는 양해를 구하려 했던 톰은 엉겁결에 시가 몇 줄을 그녀에게 건네주어야 했다.

두 명이 동시에 불을 붙이고 연기를 뿜어내자 비흡연자인 치프는 미묘한 미소를 지었다.

연기가 싫어서 그런 것이 아니라 연기를 흘리는 시가와 그것을 검지와 중지 사이에 끼운 데스디아의 모습이 무슨 시가 담배 광고의 표지처럼 근사했기 때문이다.

그들이 계약에 합의점을 찾은 것은 그로부터 3시간이 지난 뒤의 일이었다.

만족스런 미소를 지으며 서류에 사인을 한 데스디아는 그 서류가 정보 저장소에 저장되었다는 확인 메시지를 본 뒤에 펜을 테이블에 내려놓았다.

"앞으로 잘 부탁드리지요."

"물론이오, 데스디아. 당신이 원하는 연봉이 이렇게 높을 줄은 생각도 못했소. 아마 도중에 회사에서 온 전화가 아니었다면 우리는 몇 시간 더 고생했을 것이오."

톰이 말한 회사 전화의 내용은 데스디아가 면허 시험장에서 썼던 활과 정글용 도검에 대한 주문이 빗발쳤다는 소식이었다.

활과 도검은 톰의 회사에 있어서 별로 재미를 보지 못하는 항목이었다. 실제로 그것들 수백 개를 팔아야 건하운드 하나의 매출과 맞먹는다.

하지만 알타이르 왕족이 험하게 써도 문제가 없을 만큼 품질이 좋은 것은 사실이었고 그것이 오늘 대대적으로 증명된 것이다.

톰은 3시간을 기다리다 못해 소파에 비스듬히 몸을 기대어 잠들어 있는 치프를 봤다.

"데스디아, 당신은 치프가 몇 살 정도로 보이오?

"신체적 연령은 20대 초반이지만 정신연령은 그보다 한참 앞섰다고 느꼈습니다."

"그렇소. 치프는 지구의 나이로 42세라오."

톰은 데스디아에게 새로운 시가를 준 뒤 자신도 시가를 물었다.

"A프로젝트라는 것이 있다오. 치프의 이름인 A—1730에 붙는 A가 그 프로젝트 출신이라는 뜻이오. A프로젝트는 2세 이하의 아동에게 군사작전과 관련된… 뭐 그런 것들을 시키는 것인데, 물론 프로젝트에 아이를 참여시킨 부모들에게는 거액의 보상금이 지급되었소. 그리고 그 아이가 테스트를 통과하면 부모는 그 아이를 군에 맡길지, 다시 데려가서 키울 것인지 결정할 수 있소."

시가에 불을 붙인 톰이 데스디아를 봤다.

"불편하게 들릴지 모르지만 아이를 군에 완전히 의탁시키는 부모의 수는 최초 지원 가정의 90%라오. 애초부터 보상금을 노리고 아기들을 떠넘긴 작자들이니 90%라는 수치도 이상할 것은 없소."

"지구인스럽군요."

데스디아의 말에 톰은 키득거렸다.

"그렇소. 지구인스럽다는 말이 딱 맞을 것이오."

톰은 천장을 향하여 연기를 길게 뿜었다. 담배 연기를 감지한 가정용 공기정화장치가 충전용 거치대에서 소리 없이 떠올라 톰과 데스디아 사이에 위치했다.

중력조절장치로 움직이고 떠오르기 때문에 청각이 예민한 데스디아조차도 그 기계에 신경을 쓰지 않았다.

"군에 맡겨진 아이들은 A프로젝트의 프로그램 안에서 약물과 운동을 통해 신체 능력을 강화하게 된다오. 물론 국제규약에 맞춰서 약을 투여하고 운동을 시키기 때문에 인간에게 허락되지 않은 신체 능력을 얻을 수는 없소."

"없는 겁니까, 일부러 조절하는 것입니까?

"일부러 조절하는 것이오. 외과수술로 골격과 내장까지 교체하면 맨손으로 5톤 이상의 트럭을 아령처럼 들어 올리는 괴물도 만들 수 있소. 아마 강화외골격 장비가 발달하지 못했다면 실제로 A프로젝트 참가자에게 그런 짓을 하는 자들이 있었을지도 모르오."

"외과수술에 의한 강화를 받은 자가 정말 없습니까?"

"공식적으로는 없소. 일단은."

그것이 비공식적으로는 있을 수 있다는 지구인의 표현임을 알고 있는 데스디아는 고개를 끄덕거렸다.

"모든 프로그램을 통과하여 UN의 우주해병대… UNSMC로 들어간 A프로젝트 참여자들은 뛰어난 성적을 거뒀소. 12년 전에 발생한 목성 식민지의 반란과 그 외의 모든 식민지에서 난립하는 군벌을 영원히 잠재운 것이 그들이었소."

"치프가 경력과 나이에 비해 젊어 보이는 것은 무슨 이유입니까?"

"캡슐이라오."

톰은 테이블을 두드려 관련 항목의 자료를 찾은 뒤 그것을 출력했다.

화면에는 사람 한 명이 눕기에 딱 좋은 밀폐 방식의 기계가 떠올랐다.

"선탠 기계처럼 생긴 저것이 외과수술 없이 인간을 젊게 만들어주는 기계, 바로 캡슐이오. 암세포 연구 과정에서 기초 이론이 만들어졌다는데 거기까지는 잘 모르겠고… 아무튼 저 기계를 통하여 아무리 나이가 들어도 18세에서 21세 사이로 돌아갈 수 있소."

톰은 와인으로 목을 축였다.

"민간인은 사용 횟수 제한이 있지만 우주해병대에게는 제한이 없기에 계속해서 최고의 시절을 유지할 수 있다오. 하지만 치프는 더 이상 캡슐의 신세를 질 일이 없소."

"군을 그만뒀기 때문입니까?"

"그렇지 않소. 그라니트 행성에서 드래곤과 접촉한 이후 치프의 몸에 변화가 생겼소. 아마 치프는 항상 젊을 것이고 신체 일부를 상실해도 다시 멀쩡해질 것이오. 인간과 달리 말이오."

"그 말씀은……."

"그는 지구는 물론 우주연합 어디에서도 인권을 보장받을 수 없는 존재가 된 것이오. 지금은 내가 신분을 보장해 주는 외계 생명체라서 지구의 손님으로서 신용카드와 운전면허 정도는 쓸 수 있소. 헌터 면허도 따게 해주고 싶었지만 치프가 그건 좀 싫다고 해서… 뭐, 그렇다오."

"……."

"그러니 부탁 하나만 하리다, 데스디아. 이건 계약이 아니라 치프가 태어날 때부터 지금까지 곁에 있었던 사람으로서의 소원이라오."

"말씀하십시오, 톰."

그녀의 허락에 톰은 우선 긴 한숨을 쉬었다.

"난 태어나서 지금까지 신을 믿어본 적이 단 한 번도 없소. 군인의 일이라는 것 자체가 신을 진심으로 믿어서는 도저히 할 수 없는 일이기 때문이오. 버튼 하나로 수백, 수천 명을 전자오락하듯 죽여온 것도 부족해서 치프를 비롯한 아이들에게 누군가를 또 죽이라고 명령한 이 죄인이 어찌 신의 이름을 입에 담을 수 있단 말이오?"

신에 대한 자신의 생각을 확실히 밝힌 톰은 조용한 어조로 이야기를 계속했다.

"하지만 당신이 치프와 함께 내 회사를 방문했을 때 신에 대한 내 생각이 바뀌었소. 드디어 신께서 저 착한 아이에게 삶의 기회를 주시는구나, 하고 말이오."

그러자 데스디아가 손을 저었다.

"톰, 저와 치프가 다시 만난 것은 그저 인연입니다."

"우주 단위의 인연이 아니오? 그렇다면 신을 믿고 싶어지지 않겠소?"

"……."

"나에게 남은 시간은 20년 정도일 것이오. 지금도 불편하니 10년 뒤면 로봇들의 보조를 받아야만 식사를 할 수 있을 것이오. 게다가 전직 해군청장으로서 법을 초월한 편의를 제공받는 것도 금년이 마지막이오. 그러니 이제부터는 당신이 치프의 곁을 지켜주시오."

그의 청을 들은 데스디아는 지그시 웃었다.

"당신이 지은 죄가 치프에게 튀어 묻은 것인데 왜 그것을 제가 씻어야 합니까? 그리고 치프와 저는 같이 지낸 시간이 다 합쳐도 며칠 안 됩니다만?"

알타이르 왕족 여성 특유의 냉랭한 답변이 톰에게 날아왔다.

"하하, 감정에 호소당하지 않는 그 성격도 마음에 드는구려. 신에게 의지하지도 않고 말이오. 이제야 겨우 안심할 수 있겠소."

이런저런 이야기를 늘어놓아 그녀를 살짝 떠보려 했던 톰은 다시 본래의 표정으로 돌아왔다.

"아무튼 지금까지 한 이야기에 거짓은 없소. 부탁한다는 것도 사실이오."

톰은 계약서를 다시 출력하여 자신의 이름이 들어갈 부분에 전자 서명을 했다. 계약서는 그제야 법적 효력이 인정되었음을 표시했다.

"알타이르에서는 여성이 남성을 지키는 것이 당연한 일입니다. 걱정하지 마십시오, 톰."

"다시 한 번 부탁드리오, 데스디아."

둘은 와인이 든 잔을 서로 부딪쳤다.

그로부터 수일 뒤.

데스디아는 자신만을 위해 완성된 건하운드인 파프니르와 톰의 회사에서 보낸 각종 장비를 들고 치프와 함께 우주 여객선에 올랐다.

창가에 앉은 데스디아는 창밖에 보이는 케네디 우주공항을 복잡한 마음으로 바라봤다. 지구에서의 일 때문에 자살을 해야 했던 여동생이 떠올라서였다. 반면 옆에 앉은 치프는 톰의 회사에서 제공받은 파프니르의 사용 설명서를 보며 몇 번이나 감탄했다.

“워어, 건하운드에 블레이드하운드 기능까지 결합됐네? 이거 정말 편법의 극치인데?”

“그래도 현장에서 써보면 고쳐야 할 점이 아주 많이 나올 거야. 거기서 무슨 일이 일어날지는 아무도 모르니까. 아, 그리고 치프.”

“왜?”

데스디아가 멋쩍은 미소를 지었다.

“이제 난 치프를 사장님이라고 불러야 하나?”

“응?”

“난 상관없어. 사장 대접은 확실히 해줄게.”

치프는 어찌할까 고민했다.

군대 밖에서 여성을 만난 경험도 별로 없거니와 행여 만났다 하더라도 사적으로 만나진 않았기에 그는 상당히 난감했다.

“그냥 편하게 불러.”

“그럼 이제부터 치프를 부를 때 가끔 ‘당신’이라고 부르도록 하지.”

“응? 뭐, 그러든가.”

치프는 어색한 목소리로 그녀의 알 수 없는 제안을 받아들였다.

"응, 치프. 앞으로 잘해보자고."

악수를 나눈 둘은 이후 여객선이 떠오를 때까지 아무 말도 하지 않았다. 둘은 겉으로만 여유를 부리고 있을 뿐, 속으로는 그라니트 행성에서 무슨 일이 어떻게 벌어질지 몰라 고민하고 있었다.

"치프, 혹시 그라니트 행성까지 얼마나 걸리는지 알아?"

침묵을 깨고 먼저 말을 꺼낸 쪽은 데스디아였다.

"2시간 정도? 그중에서 1시간 40분 정도는 순서 대기일 거야. 지구는 게이트에 대한 체증이 심한 편이거든."

그들이 얘기를 나누는 사이 우주 여객선은 벌써 대기권에서 벗어나 있었다.

"저기 보이는 게이트만 통과하면 바로 그라니트 행성이지."

지구의 위성궤도 밖에는 폭이 10㎞가 넘는 초대형 게이트가 경비를 맡은 우주연합의 함대와 함께 떠 있었다.

게이트의 원리는 자신이 받아들이는 모든 신호와 정보, 즉 인간을 비롯한 생명체까지도 정보화하여 반대편으로 중계해 주는 것이다. 물론 제작에 필요한 설계도와 재료, 그리고 공장조차 우주연합 본부에서 극비로 취급하기 때문에 비슷한 물건을 만들어낸 종족조차 여태껏 존재하지 않았다.

아무튼 게이트를 이용하면 안전하고 빠르게 여행하는 것이 가능하지만 반대로 게이트가 없이 우주를 탐험하는 자들은 아무리 성능이 좋은 우주선을 갖고 있다 하더라도 각종 우주적 위험을 감수하지 않으면 안 된다.

우주연합이 소속 행성들에게 위력을 발휘할 수 있는 이유는 바로 게이트의 독점권을 가지고 있기 때문이었다. 이미 게이트를 통해 무역을 하는 것에 익숙해진 우주연합 소속 행성들의 입장에서 게이트의 독점권은 강력한 무기였다.

데스디아는 고개를 저었다.

"난 저 게이트가 마음에 안 들어."

"왜?"

"행성의 정령들이 게이트를 거부하거든. 하지만 거부감을 느끼는 이유는 정령 스스로도 모르더군. 실제로 게이트가 어떠한 동력을 이용해 움직이는지, 정보화의 원리가 어떤 것인지도 밝혀지지 않았어. 뭔가 구린 구석이 있겠지."

"흠……."

생각하던 치프가 이내 어깨를 으쓱했다.

"그 구린 구석이라는 거, 우리와는 관계없으면 좋겠네."

"흠, 게으른 남자 같으니."

"이봐, 우린 우주의 용사가 아니거든? 그리고 이제부터 정말 바빠질 거라고."

"후후, 그래. 우린 그라니트에 가서 우리 앞가림부터 해야겠지."

싱긋 웃은 데스디아는 게이트를 통과할 순서를 기다리는 다른 여객선들과 상선들을 보면서 이어폰 한 쌍을 자신의 긴 귀에 끼웠다.

그녀가 지구에서 즐겨 들은 알타이르의 민요가 이어폰 속에서 구슬프게 흘러나왔다.

치프가 여객선에서 나온 간식을 먹고 있을 무렵, 여객기 내에서 게이트 통과를 알리는 경고 방송이 나왔다.

승무원들은 아직 승객들이 다 먹지 못한 음식들을 식판째로 빼앗아 갔다.

우주선들이 줄을 서서 들어가는 만큼 게이트의 통과 시간은 정말 불규칙하다. 그 때문에 승무원들은 항의를 감수하고 식판을 강제로 정리한다. 게이트 통과 이후 식판이 어디에 어떻게 꽂혀 있을지 모르기 때문이었다.

치프도 예외는 아니었다.

"저기, 이 딸기크림빵 엄청 맛있거든요?"

그러나 승무원은 치프가 다 먹지 못한 딸기크림빵을 깔끔히 빼앗아 간 후 분쇄기에 넣어버렸다.

"그래, 이게 게이트의 구린 구석이라고!"

치프는 짜증을 냈고 데스디아는 손을 들어 그의 머리를 토닥였다.

아주 천천히, 잔뜩 먹구름이 낀 것처럼 보이는 게이트의 중앙에 진입한 여객선은 이내 그라니트 행성의 게이트 밖으로 빠져나왔다. 그야말로 한순간의 일이었다.

여객선의 안전신호를 좌석에서 확인한 치프는 창밖에 보이는 하늘색 행성을 보며 활짝 웃었다.

"저거 봐, 데스디아. 우린 다시 돌아왔어."

"흐음."

마침 이어폰을 귀에서 뺀 데스디아는 대기권으로 부드럽게 진입하는 여객선 속에서 눈을 감고는 그라니트 행성의 대기를 느꼈다.

"처음 저 행성을 봤을 때도 느낀 거지만 정령들의 힘이 아주 강해. 또한 이방인을 두려워하지 않아. 당장에라도 폭발할 것처럼 젊고 활기찬 별이야."

그녀는 만족스럽게 웃었다.

"이곳은 훌륭한 터전이 될 것 같군."

"마음에 든다니 다행이네."

중얼거리듯 그녀의 말을 받아준 치프는 여객선의 창밖을 보며 2년 전의 일을 생각했다.

격침당하는 피츠버그의 모습, 그리고 강하포트의 창문을 사이에 두고 마주했던 드래곤들의 왕녀 셀레스티아의 모습이 오랜만에 뚜렷이 떠올랐다.

그는 기분이 너무나 좋았다. 어떠한 적들이 기다리고 있을지는 미지수였지만 앞으로 그라니트에서 벌어질 모든 일이 기대되어 견딜 수가 없었다.

특히 지구의 공공재산이었던 A-1730이 아니라 '치프'라는 이름의 남자로서 스스로의 일을 할 수 있다는 사실이 그에게 활기를 불어넣고 있었다.

"레투가 보안국장에게 연락을 해보는 게 어때?"

데스디아가 치프에게 말했다.

"레투가? 아, 맞아. 깜박했군."

치프는 바지 뒷주머니에서 단말기를 꺼내고는 눈으로 전화번호부를 이리저리 훑어봤다. 단말기의 화면이 치프의 시선에 따라 움직이더니 이내 레투가의 사진이 박힌 프로필에서 동작을 멈췄다.

전화가 걸리려는 찰나, 갑자기 단말기에 통화권 이탈 표시가 나타났다.

치프의 단말기에만 이상이 생긴 것은 아니었다.

공항에 마중 나왔을 친지들과 연락을 하던 다른 승객들도 갑작스런 통화권 이탈에 당황했다.

이윽고 여객선 승무원들이 바삐 손목에 찬 단말기에 입을 가까이했다.

"현재 본 여객선은 강력한 전자기 폭풍에 붙들려 있습니다. 하지만 본 여객선은 전자기 폭풍에 철저히 대비되어 있으니 인공장기를 쓰시는 분들은 안심하십시오!"

여객선의 천장을 물끄러미 바라보던 데스디아가 치프의 허벅지를 손으로 두드렸다.

"치프, 이건 자연현상이 아닌 것 같은데?"

"글쎄? 지상에 있는 통신중계소에 문제가 있나?"

"아니, 우리 위쪽에 뭔가 있어."

데스디아의 말을 들은 치프는 문득 여객선의 날개를 봤다.

구름 위를 날고 있는 상황임에도 불구하고 날개에는 뚜렷한 그림자가 드리워져 있었다.

"운도 없네, 우리."

치프가 실소를 터뜨렸다.

이윽고 여객선의 승객 전체는 귀신에게 붙잡힌 듯 아무 소리도 내지 못했다.

길이만 200미터에 달하는 여객선 위에 한 쌍의 날개를 가진 그림자가 드리워져 있었다.

그 그늘을 만든 장본인은 녹색의 날개를 천천히 펄럭이면서 여객선의 옆으로 이동했다.

그 생물체는 여객선의 하강 속도와 자신의 속도를 정교하게 맞췄다. 그러고는 호박색의 빛을 발하는 눈으로 여객선의 창문 안쪽을 일일이 확인했다.

"얘기했나? 셀레스티아와 나의 첫 만남이 이랬다는 거?"

치프가 중얼거리자 데스디아가 밖에서 여객선을 살피고 있는 그 생물체를 뚫어지게 쳐다봤다.

"각오를 단단히 한 드래곤이군."

그 호박색 눈동자의 드래곤은 치프의 모습을 확인하자마자 입을 벌리고 포효하여 분노를 드러냈다.

여객선이 그 포효에 휘말려 격렬히 진동했다.

바로 여객선을 공격하려 했던 드래곤은 아래에서 올라오는 무수한 불꽃을 피해 몸을 급히 돌렸다.

지상의 공항에서 대공포와 미사일들을 쏘아대고 있었다.

녹색의 드래곤은 날개로 자신을 둘둘 말고는 공항을 향해 포탄처럼 하강했다.

대공포의 포탄들이 그 생명체에게 닿기도 전에 빠직빠직 타면서 의미를 잃었다.

미사일은 발사 즉시 다른 곳으로 날아가 버리고 말았다. 광선 역시 그 생명체가 일으키는 반중력에 영향을 받아 휘고 꺾였다.

그 꺾인 광선 중에 한 줄기가 치프가 탄 여객선을 아슬아슬하게 스치고 지나갔다.

"승객 여러분, 지금 즉시 좌석의 안전띠를 착용해 주십시오! 도움이 필요하신 분들은 손을 든 채로 대기하십시오!"

승무원이 큰 목소리로 안전을 유도하려 했으나 패닉에 빠진 수백 명의 승객을 제대로 제어하는 것은 불가능했다.

"어떻게든 해야겠군."

데스디아가 안전벨트를 풀고 일어나더니 좌석 위의 짐칸에서 가방을 꺼냈다.

빛을 빨아들이는 듯한 검은색의 가방 한가운데에는 큼지막한 장식이 박혀 있었다. 장식은 은색의 장미였는데 그 장미의

잎은 해골을 잔뜩 모아놓은 형상이었다.

"자신 있어?"

질문하는 치프는 걱정보다 기대감에 차 있었다.

"지금 못 하면 앞으로도 얕보일 거야. 두 번은 그렇게 살아갈 수 없어."

그녀의 각오가 너무 확고한 탓에 치프가 당황했다.

"아니, 상대가 드래곤이면 못 해도 괜찮거든요?"

데스디아는 가방에서 파프니르의 제어장치를 꺼냈다. 그녀가 며칠 전에 받은 시험 제품과 달리 지금은 각종 특수 처리가 된 금속으로 깔끔하고 단단히 보호되어 있었다.

물론 색은 검은색이었다.

제어장치를 본 승객 중에 몇 명이 눈을 휘둥그레 떴다.

"어이, 지금 뭐하는 짓이야? 지금 건하운드를 꺼내봤자 소재가 없어서 본체를 만들지도 못하잖아!"

그들은 치프 일행과 마찬가지로 그라니트 행성을 밟을 기대에 차 있던 헌터들이었다.

데스디아는 눈웃음을 지은 채로 그를 돌아봤다.

"소재가 될 고철들은 지금 밑에서 만들어지고 있는데?"

창가에 앉은 승객들이 일제히 지상을 봤다.

방금 나타났던 생물, 녹색의 드래곤이 공항에 있는 비행선들과 대공포, 그리고 자신을 공격하기 위해 떠오른 무인 항공기들을 철저하게 때려 부숴 '고철'로 만들고 있었다.

"그럼 갔다 올게, 치프."

데스디아는 가방을 치프에게 맡긴 후 승무원들의 만류를 뿌리치며 한 층 아래에 있는 여객선의 출입구로 향했다.

"하아, 그래. 다시 태어난 기분이야."

눈이 황색으로 빛나게 된 데스디아는 곧장 발로 출입문을 걷어찼다.

우주의 부유물질에 충돌해도 끄떡없는 여객선의 두꺼운 출입문이 한 방에 부서져 날아갔다.

기압 차이로 인해 데스디아의 몸이 여객선 밖으로 튕겨 나갔다.

허공에 떠버린 그녀는 두 손으로 파프니르의 제어장치를 잘 잡고는 전원 레버를 돌렸다.

드래곤이 만들어 지상에 뿌려 버린 고철들이 입자로 변하여 하늘로 솟아올랐다. 그 푸른색의 입자들이 데스디아의 곁에서 하나로 뭉쳐 파프니르 특유의 길고 늘씬한 포대로 변했다.

포대 위에 착지한 데스디아는 파프니르에 내장된 중력조절장치를 수동으로 조작하면서 스케이트보드를 타듯 상쾌하게 망토를 휘날리며 하강했다.

"과연, 좋은 공기군."

건하운드를 그런 식으로 조작하여 사용할 줄 꿈에도 몰랐던 헌터들은 입만 벌린 채 말을 하지 못했다.

데스디아는 벌써 폐허가 된 공항 활주로에서 자신을 기다리는 드래곤을 향해 다가갔다.

파프니르의 포대에서 내려온 그녀는 마치 애완동물을 칭찬해 주듯 손으로 포대의 표면을 만졌다.

"후후, 여전히 착한 아이네. 치프가 우리를 만나게 해주지 않았다면 우리 둘 다 어떻게 됐을까?"

한편, 머리 높이만 수십 미터에 이르는 그 녹색 비늘의 드래곤이 불타오르는 호박색의 눈으로 데스디아를 노려봤다.

"가소롭군. 고작 그러한 장난감으로 나에게 도전하겠다는 건가?"

드래곤이 우주연합 공용어로 데스디아의 의사를 물었다.

드래곤의 목소리에 섞인 초저주파가 공항 건물 안쪽에 대피해 있는 사람들을 주저앉혔다. 몇몇은 근육이 풀리는 바람에 그 자리에서 대소변을 뿌려야 했다.

짐승들의 그러한 울음소리에 익숙한 데스디아는 싱긋 웃었다.

"음, 하지만 널 죽일 생각은 없어. 왕녀 전하에게 감사하도록 해."

그녀의 도발적인 발언에 드래곤이 턱을 벌리며 분노했다.

"네년의 하반신은 내 위장에, 상반신은 내 꼬리에 장식하여 침략자들에게 경고할 것이다!"

드래곤이 입을 벌리고는 사납게 불꽃을 충전했다.

"귀여운 아이네."

창날처럼 날렵한 외모의 건하운드, 파프니르도 데스디아의 조작에 맞춰 살기를 품고 떠올랐다.

연한 은색을 띠던 데스디아의 눈동자가 증가되는 집중력에 반응하여 붉은색의 빛을 뿜었다. 그 빛은 공항의 경고등만큼이나 밝았다.

땅과 공기의 정령들이 땅에서 아지랑이처럼 솟아올라 활주로 전체를 울렁거리게 만들었다.

"솔직히 실망이야, 드래곤. 주제를 파악할 기회를 주지."

데스디아와 마주한 녹색의 드래곤은 활주로를 녹일 만큼 강력한 전자기 폭풍을 몸 전체에 갑옷처럼 두르고 있었다.

그 전자기 폭풍의 보호막은 날아오는 탄환도 절연파괴로 튕겨낼 수 있었다. 주변에 잔뜩 쌓인 대공포탄의 잔해가 그 사실을 확실히 증명해 주었다.

드래곤은 호박색 눈동자를 불태우며 괴성을 질렀다.

"침략자여! 네가 다루는 그 무쇠의 사냥개는 나를 상처 입힐 수 없다!"

"내기할까?"

파프니르의 제어장치를 한 손에 든 데스디아가 해맑게 웃었다.

다음 순간 갑작스러운 충격에 꿈틀해 버린 드래곤은 활짝 펼치고 있는 자신의 날개를 돌아봤다.

왼쪽 날개의 한가운데에 큰 구멍이 뚫려 있었다.

당황하여 다시 데스디아를 본 녹색의 드래곤은 파프니르가 뿜어낸 탄환에 오른쪽 날개마저 구멍이 뚫리자 뒷걸음질을 쳤다.

"무슨 짓을… 어떻게 한 것이냐!"

"궁금한 게 많은 아이네?"

데스디아가 제어장치를 아래로 내렸다.

드래곤의 급소를 노린 채 살기를 흘리던 파프니르도 주인의 행동에 맞춰 총구를 내렸다.

"오늘은 좋은 날이니 이만하지. 네가 민간인을 한 명이라도 죽였으면 골통을 끊었겠지만 공항 시설만 곱게 부셨으니까 봐줄게."

데스디아가 아예 돌아서자 녹색 드래곤의 눈에서 불똥이 튀었다.

"이 계집이!"

격분한 드래곤이 불꽃을 뿜으려는 찰나, 갑자기 수십 발의 탄환이 드래곤을 향해 날아왔다.

드래곤이 진하게 두른 전자기 폭풍에 탄환들은 모조리 부서져 공항 이곳저곳으로 튀었다.

하지만 드래곤을 쏜 그 황토색 더벅머리 소녀는 포기하지 않고 사격을 계속하면서 데스디아의 곁으로 달려갔다.

"합류하겠습니다! 저도 헌터예요!"

"흠?"

그리 반갑지 않은 표정으로 콧소리를 낸 데스디아는 그 소녀의 건하운드를 곁눈질로 살펴봤다.

"그 건하운드, 자동 보호막이 설치된 신형이네?"

"예! 이것은 아버지께서 선물로 주신 지구의……."

데스디아가 돌려차기로 더벅머리 소녀를 걷어찼다.

공 모양의 녹색빛에 감싸인 채 축구공처럼 날아간 소녀는 공항 7층의 유리창을 깨고 그 안에 있는 기둥에 처박혔다.

"비싼 건하운드……! 쿨럭!"

하려던 말을 마저 하고 기침을 한 소녀는 포대가 해제된 건하운드와 함께 누운 채로 머리를 흔들었다.

"아아……! 뭐야, 이게!"

건하운드가 주인을 보호하기 위해 보호막을 작동시키지 않았다면 소녀는 방탄유리창에 충돌하여 즉사했을 것이다.

아니, 그전에 데스디아에게 걷어차인 시점에서 등골이 부러져 즉사했겠지만.

몸이 쑤시긴 해도 보호막 덕에 외상이 전혀 없는 소녀는 다시 일어나 밖을 봤다.

그녀의 안색이 만화영화의 등장인물처럼 정말 파랗게 됐다.

그녀가 걷어차이기 전에 서 있던 자리에 드래곤의 두꺼운 꼬리가 땅속 깊숙이 박혀 있었다.

만약 데스디아가 그녀를 차서 날리지 않았다면 보호막 여부에 상관없이 소녀는 죽었을 것이다.

"설마, 내 건하운드의 자동 방어막 기능을 알고 여기로 걷어찬 거야?"

땅에서 꼬리를 다시 뽑은 드래곤은 마치 날아가듯 땅을 질주하는 데스디아를 전력으로 추격했다.

"이 버릇없는 이방인이!"

드래곤이 천지를 찢듯 포효했다.

"끈적끈적한 놈이군."

중얼거린 데스디아는 자신을 충성스럽게 따라오는 파프니르의 포대에 손을 댄 뒤 기계체조 선수처럼 우아하게 다리를 펼치며 뛰어올라 그 위에 앉았다.

그녀가 다리를 꼬자마자 파프니르가 기사를 태운 군마처럼 용맹하게 방향을 틀고 드래곤에 맞서 돌격했다.

데스디아에게 걷어차여 7층에 서게 된 황토색 더벅머리의 소녀는 그 모습에 충격을 받았다.

"뭐지? 건하운드 위에 사람이……?"

건하운드가 만들어낸 포대는 인공지능의 제어에 따라 주인과 일정한 거리를 두게 되어 있다.

그것은 안전을 위한 장치인데, 데스디아는 수동 조작을 통하여 인공지능의 배려를 깡그리 무시하고는 포대를 탈것처럼 이용하고 있었다.

돌진해 오는 파프니르를 향해 녹색 드래곤이 푸른 불꽃을 뿜었다.

용암처럼 쏟아질 것 같던 불꽃이 도중에 광선처럼 변하여 일직선으로 날아갔다. 드래곤들의 최대 무기라 할 수 있는 열방사선이었다.

04
날개 달린 자들의 왕녀

데스디아는 그 열방사선을 파프니르와 함께 가볍게 피했다.

"하하, 여기 오길 정말 잘했어!"

스릴감에 기뻐 웃은 데스디아는 제어장치로 드래곤을 겨눈 채 속도를 올렸다.

아직 파악할 수 없는 그녀의 사격에 대비하여 녹색의 드래곤은 주변의 중력을 조절했다.

중력 조절은 드래곤들이 하늘을 날게끔 해주는 진정한 힘이자 그들의 몸을 지켜주는 또 하나의 갑옷이었다. 출력이 낮은 광선 형태의 무기는 그 중력의 갑옷을 뚫기 힘들었다.

녹색의 드래곤은 자신의 방어 대책이 잘못됐다는 사실을 파프니르의 아래쪽에서 펼쳐 오르는 칠흑색의 대형 칼날을 보면서 어렴풋이 깨달았다.

'칼날? 저 무기는 공격 방식을 바꿀 수 있단 말인가?'

데스디아가 파프니르에서 뛰어올랐다. 동시에 칼날을 앞세운 파프니르가 미사일처럼 튀어 나갔다.

상대의 중력 장벽을 상쇄시킨 파프니르의 칼날이 전차의 장갑판보다 튼튼한 드래곤의 가슴 껍질을 쪼개고 오른쪽 폐를 찔렀다.

급소 중에 하나를 뚫린 녹색의 드래곤은 입에서 불꽃 대신 핏줄기를 길게 토했다.

파프니르의 포대는 몸을 이리저리 비틀었다. 칼날을 뽑기 위한 행동이었는데, 거기에 찔린 입장인 녹색 드래곤에게는 고문과도 같은 일이었다.

상대에게서 빠져나온 파프니르는 데스디아에게 돌아갔다.

부상당한 녹색 드래곤을 향해 천천히 걷던 데스디아는 제어장치를 위로 들었다. 그러자 손잡이와 제어장치의 형태가 칼자루처럼 변했다.

파프니르의 포대 뒷부분에 그 칼자루가 꽂혔다.

데스디아는 완성된 그 커다란 검을 좌우로 휘둘러 칼날의 핏물을 뺐다.

칼날의 길이만 10미터가 넘는 칠흑의 대검이 데스디아의 손에서 움직이고 있었다.

그녀의 힘이 센 게 아니라 건하운드의 중력조절장치가 그녀의 근육에 흐르는 신호를 읽고 그녀의 움직임을 보조해 주는 것이었다.

데스디아는 숨을 헐떡이는 드래곤의 앞에 당당히 섰다.

"내가 하는 질문에 충실히 대답하면 죽진 않을 거야."

"으음……!"

드래곤이 신음하며 천천히 일어났다.

그 드래곤을 죽이기 위해 혈안이 되어 달려오던 헌터들이 다시 일어나는 드래곤의 모습을 보고는 일제히 다리를 멈췄다.

드래곤의 등과 가슴에 난 관통상이 삽시간에 아물었다. 그러나 더 이상의 전투는 무리라고 판단한 드래곤이 주변에 깔린 헌터들을 빙 둘러 노려본 후 데스디아에게 성큼성큼 다가갔다.

"돈을 노리는 침략자들과는 다르군. 왜 자객인 나에게 선택의 기회를 주는 것인가, 이방인이여?"

"내가 질문한다고 하지 않았어? 아직도 위아래가 구분이 안 되나?"

데스디아의 고압적인 태도에 드래곤은 마른침을 꿀꺽 삼켰다.

"알고 싶은 것을 말하라, 이방인."

"흠, 우선 말이지……."

파프니르의 포대를 다시 분리시켜 머리 위에 띄운 데스디아는 곧장 방아쇠를 당겨 드래곤의 옆을 쐈다.

휴대용 미사일 발사기를 드래곤의 등판에 조준했던 어떤 헌터의 조준경이 데스디아의 사격에 날아가고 말았다.

덕분에 눈가에 충격을 입은 헌터는 비명을 지르며 땅을 굴러다녔다.

"자, 됐어. 치프는 왜 노린 거지?"

"치프… 그는 우리의 적이다."

"드래곤들에게는 이방인 모두가 적 아닌가?"

"그는 이 축복받은 행성을 더럽힌 죄의 뿌리다. 증오하지 않을 수 없지."

"그렇군. 알았으니 어서 돌아가. 나와 치프는 당신들을 사냥하러 온 게 아니니까."

"사냥이라는 단어로 우리의 성스러운 전쟁을 모욕하지 마라!"

눈동자에 다시금 불을 밝히는 드래곤의 이마에 파프니르의 총구가 닿았다.

"그래, 전쟁이라고 해줄게. 난 회사로 가서 짐을 풀어야 하니 당분간 내 앞에 나타나지 말라고. 알았지?"

"…이방인이여, 네 이름은 무엇인가?"

"데스디아리아 헤이파 알타이르 브라토레. 데스디아 브라토레라고 해도 돼."

"기억해 두겠다, 데스디아 브라토레."

힘겹게 날개를 펼친 드래곤은 힘껏 날개를 움직여 상승하고는 지평선을 향해 날아갔다.

데스디아는 파프니르의 제어장치를 두 팔로 껴안았다.

"정말 잘했어, 파프니르. 영특한 아이로구나."

그녀는 제어장치의 조준기, 즉 정보입력장치와 눈을 마주했다.

총을 거꾸로 잡고 조준경의 대물렌즈를 보는 꼴이었기 때문에 헌터들의 표정은 미묘해졌지만 데스디아와 제어장치 사이에 가느다란 실선이 무수히 이어지는 것을 보고는 아무 말도 하지 않았다.

"파프니르여, 이제부터 이 행성에서 나와 함께 긴 시간을 즐겨보자꾸나."

파프니르의 제어장치 전체에 흰색의 빛이 거미줄처럼 올라오더니 이내 가라앉았다.

헌터들은 임무를 마치고 부스러지는 건하운드, 파프니르의 포대가 뿌리는 푸른 입자를 헤치며 공항 쪽으로 걷는 데스디아의 모습을 숨죽이고 지켜봤다.

그들 사이에는 파프니르에 불순한 군침을 흘리는 자들도 있었다.

"그런데 내가 써야 할 입국 심사장이 어디였더라? 파프니르, 알고 있니?"

데스디아는 자신의 여객선 표를 파프니르의 조준경 앞에 놓아주었다. 조준경에서 역으로 쬐여진 빛이 여객선 표를 순간적으로 훑었다.

"2의 3이라고? 으음, 똑똑한 아이로고."

2—3 입국 심사장을 향해 걷던 데스디아는 낯익은 인물과 함께 작은 카트를 타고 달려오는 치프를 발견했다.

"데스디아, 무사해?"

치프가 카트에서 뛰어 내려와 그녀에게 달려갔다. 데스디아는 자신의 이곳저곳을 살피는 치프의 머리를 쓰다듬어 주었다.

"운이 좋았지. 나의 파프니르도 일을 잘해주었어."

"파프니르? 그 이름을 쓰기로 한 거야?"

"당신도 이제 이 아이를 파프니르라고 불러줘."

"으, 으음… 뭐, 어려운 일도 아니니 괜찮겠지."

치프가 타고 왔던 카트가 그들의 옆에 멈췄다. 그 카트를 운전한 자는 칼날처럼 다림질이 된 군청색 제복을 입은 도마뱀 남자, 레투가였다.

"오랜만이오, 데스디아리아 헤이파 알타이르 브라토레. 이렇게 당신을 다시 만날 줄은 몰랐소."

레투가가 두 팔을 벌렸다. 그들의 행성에서는 진심으로 환영한다는 뜻이 담긴 제스처였다.

"다시 뵈어 반갑습니다, 레투가 브라브리오 보안국장님."

"하하, 레투가라 부르시오. 아무튼 인상적인 데뷔였소, 브라토레 워치프."

"이제는 워치프가 아닙니다."

"알겠소. 아무튼 환영하오."

둘 사이에서 얘기를 들은 치프는 카트의 옆자리에 앉은 데스디아를 팔꿈치로 콕콕 찔렀다.

"그런데 워치프라는 계급이 정확히 뭐야? 난 군단장 정도의 계급이라고만 알고 있거든."

"군단장도 틀린 얘기는 아니지만 지구의 계급 체계로는 참모총장과 비슷하지. 단 세 명의 워치프가 오로지 폐하의 명령에 따라 움직이거든."

"허……."

"이젠 옛날 얘기야."

잊자는 듯 치프의 뒷머리를 두드려 준 데스디아는 앞에서 운전을 하고 있는 레투가에게 머리를 가까이했다.

"그라니트에서는 드래곤이 이렇게 자주 나타납니까?"

"빅시티 공항에 나타난 것은 정말 특이한 경우라오. 오늘은 뭔가 목적이 있어서 온 것 같소. 몸집을 봐서는 기병 계급인 것 같은데, 혹시 특별히 들은 말은 없소?"

"치프를 노리고 있었습니다."

"치프를 말이오?"

"그가 죄의 뿌리라고 하더군요."

곁에 있는 치프는 말없이 웃기만 했다.

"하하, 앞으로 자주 듣게 될 것이오. 그럼 나를 따라오시오."

레투가는 자신의 가슴에 단 황금색 별 모양의 배지 아랫부분을 치프와 데스디아에게 보여주었다.

소형 마이크가 대놓고 달려 있었다. 레투가 역시 누군가에게 감시당하고 있다는 뜻이었다.

레투가가 그들을 인도한 곳은 주차장이었다.

주차장에는 첨단의 느낌이라고는 전혀 없는 투박한 형태의 트럭이 세워져 있었다.

모래색으로 무광 도색된 그 트럭은 인류가 20세기 초에 군용으로 쓰던 것과 거의 모든 면에서 비슷했다.

다른 점이라면 엔진인데, 기본 연료는 휘발유지만 전기로도 돌아가고 각종 자연산 폐기물, 예를 들어 과일 껍질을 연료로 쓸 수도 있었다.

"다 좋지만 닭 뼈는 넣지 말게. 이상하게 닭 뼈를 넣으면 걸리더라고."

레투가의 말에 치프가 피식 웃었다.

"무슨 애완견이야?"

"난들 아나."

레투가는 귀찮아서 생각해 본 적도 없다는 투로 눈두덩을 움직였다.

트럭의 적재함에는 치프가 지구에서 함께 가져온 물건과 레투가에게 부탁한 물건 등이 한가득 쌓여 있었다.

"저건 뭐지?"

데스디아는 예상보다 많은 짐을 보고 깜짝 놀랐다.

"우리가 쓸 식량과 개인 용품, 그리고 톰의 회사에서 보낸 테스트용 무기들이야. 신형 건하운드와 블레이드하운드의 시제품이지."

치프가 짐짝들 가운데 하나를 손으로 툭툭 치며 웃었다.

"블레이드하운드?"

레투가가 의아한 표정으로 물었다.

"건하운드는 큰 총이고 블레이드하운드는 큰 칼이라고 생각하면 돼. 지구에서는 일단 뭐든 여기서 시험할 생각인 거 같더라고."

"블레이드하운드라……. 내가 보기엔 화약을 지고 불속으로 들어가는 것 같은데?"

레투가가 비관적인 평을 했다.

"실전에서 사용된 블레이드하운드가 데스디아의 것밖에 없으니 나도 뭐라고 말을 못하겠네. 하하."

"후후."

마지막으로 레투가는 치프가 그라니트에서 쓰게 될 단말기를 전해주었다.

"전화번호부를 보면 익숙한 이름이 있을 것이네."

"전화번호부? 흠……."

시선으로 단말기를 이리저리 조작한 치프는 명단 맨 위에 셀레스티아라는 이름이 있는 것을 보고 깜짝 놀랐다.

"그쪽에서 이런 단말기까지 쓸 수 있었나?"

치프는 도청을 의식하여 일부러 드래곤이라는 말을 쓰지 않았다.

"만나보면 알 것이네. 자, 어두워지기 전에 어서 출발하게. 중간부터 자네 회사 건물까지는 비포장도로거든. 단말기에 있는 지도를 이용하게."

"그래, 그럼 도착하면 연락하지."

"으음."

레투가와 주먹을 마주친 치프는 곧바로 트럭의 운전석에 올라탔다.

"저 친구를 잘 부탁하오, 데스디아."

레투가의 말에 데스디아가 미묘한 미소를 지었다.

"뵙는 분들마다 모두 저에게 치프를 부탁하시는군요."

"재미있고 용기 있는 친구지만 그래도 좀……."

레투가가 말끝을 흐렸다.

"알겠습니다. 알타이르의 여성으로서 치프를 반드시 지키겠습니다."

"부탁드리오."

치프가 모는 트럭이 출발한 뒤, 레투가는 품속에서 자신의 단말기를 꺼내 어딘가에 연락했다.

"보안국장이오. 음, 지금 출발했소. 복잡하게 만들지 마시오."

통화를 끊고 단말기를 거둔 레투가는 사고 수습을 위해 자신을 찾는 공무원을 향해 조용히 걸어갔다.

*　　　　*　　　　*

차를 타고 공항을 떠난 치프는 두꺼운 초코바를 베어 물며 그라니트 행성의 인터넷 망을 점검했다.

"흠. 기지국은 빅시티 말고는 설치가 안 됐네. 위성전화를 구입해야겠는데?"

치프의 차가 비포장도로로 들어섰다.

차가 심하게 덜컹거리자 데스디아는 머리에 쓴 터번을 오른손으로 꼭 눌렀다.

"도로가 여기까지만 깔린 이유는?"

"아까 그 도로의 끝자락이 빅시티의 영역이야. 그 이후로는 공룡이나 드래곤들이 자주 나타나서 결국 공사가 중단됐다고 들었어."

"흠……."

데스디아는 차의 백미러를 봤다.

아홉 대 이상의 중소형 차량이 치프의 트럭을 맹렬하게 쫓아오고 있었다.

"치프, 저들은?"

"글쎄? 레투가가 보낸 도우미들인가?"

순간 날아온 탄환이 치프가 보고 있는 백미러의 아랫부분을 때려 날렸다.

"하, 그래. 도로가 없는 황량한 땅에서 비명을 지르며 쫓아오는 악당들. 바로 이거야! 저 모히칸 스타일 머리들을 좀 보라고!"

치프는 껄껄 웃더니 바로 차를 세웠다.

데스디아는 흰색 셔츠를 만지작거리며 차에게 내리는 치프를 물끄러미 바라봤다.

"악당들을 혼내주려고?"

"적당히 돈 줘서 보내야지."

대답을 듣고 한숨을 쉰 데스디아는 차에서 천천히 내렸다.

치프의 차를 순식간에 포위한 차량은 모두 반중력을 이용한 공중부양차량이었다. 바퀴를 쓰는 치프의 차가 그들을 따돌리는 것은 애초부터 무리였다.

치프가 있는 방향으로 돌아 나온 데스디아는 패거리의 보스로 보이는 자와 마주 섰다.

모히칸 스타일로 가운데 머리를 부채처럼 세운 사내는 데스디아를 보자마자 활짝 웃었다.

"그래, 이 여자야! 이 알타이르 여자의 건하운드가 드래곤을 쓰러뜨렸다고! 그 엿 같은 드래곤의 보호막을 뚫었단 말이야! 어이, 여자! 어서 그 건하운드를 내놔!"

데스디아는 대답이 없었다. 대신 앞에 서 있는 사내를 내려다보면서 그를 어떻게 박살 낼지 고민했다.

사내들은 자신들이 어떤 상황에 처했는지 전혀 몰랐지만 치프의 눈에는 상대를 보는 데스디아의 눈빛이 꼭 뼈에 붙은 고기를 살피는 발골사의 그것처럼 보였다.

"그건 좀 무리야. 내 파트너가 그 건하운드에 이름까지 붙여놨다고."

둘을 말리듯 사이에 끼어든 치프가 사내를 보며 어깨를 으쓱했다.

"닥치고 내놓으란 말이야!"

고함을 지른 사내가 권총을 꺼내는 것과 동시에 치프가 두 손을 들었다.

치프는 사내의 권총을 손으로 감싸는 듯하더니 권총의 방향을 돌리면서 부드럽게 자신의 손으로 옮겼다.

치프는 권총을 강탈당한 것에 놀라 물러나는 사내를 한심하다는 표정으로 쳐다봤다.

"연장질을 이상하게 배웠네? 응?"

사내의 표정은 이내 하얗게 변했다.

"어, 어이? 헌터가 사람을 죽이면 그 자리에서 면허가 취소되고 사형까지 각오해야 하는 거 몰라?"

"응, 그래서 일부러 헌터 면허를 안 땄어. 면허에 신경 쓰다가는 인간 청소를 못 하게 되잖아?"

치프가 씩 웃었다. 사내도 놀랐지만 데스디아도 자못 놀란 얼굴로 그를 봤다.

"오늘은 좋은 날이니 죽이진 않을게. 집에 가서 머리나 정리해."

총을 분해하여 바닥에 뿌린 치프는 데스디아에게 다시 타라는 손짓을 했다.

"착한 애들 같으니 건드리지 말자고."

"흠."

등에 장비한 정글용 도검에서 손을 뗀 데스디아는 다시 자신의 자리로 향했다.

"이, 이 더러운 지구인이!"

사내가 결국 참지 못하고 곁에 있는 부하의 총을 빼앗아 쏘려는 순간이었다.

그 도적들이 타고 온 자기부상차량들이 모두 불똥을 뿜으며 바닥에 내려앉았다. 단말기들도 치프와 데스디아의 것을 제외하고는 모두 배터리가 부풀어 폭발했다.

당황한 그들의 곁에 아주 거대한 생물체가 날갯짓을 하며 내려왔다.

그 생물체의 뒤편에는 검은색의 모래폭풍이 절벽처럼 높게 솟아 있었다.

그 생물체, 아니, 검은색의 드래곤을 본 도적들은 모조리 그 자리에 주저앉았다.

"루, 루할트! 모래폭풍의 루할트다!"

"영주 루할트다!"

도적들의 보스는 자신의 자기부상식 오토바이에 올라타더니 비명을 지르면서 시동 버튼을 눌렀다. 그러나 드래곤이 마비시켜 놓은 오토바이는 꿈쩍도 하지 않았다.

검은색의 드래곤이 고개를 돌려 그들을 내려다봤다.

"꺼져라. 파리만도 못한 것들."

다음 순간 무용지물이 된 줄 알았던 자기부상 차량과 오토바이들이 일제히 힘을 되찾았다.

도적들이 뒤도 돌아보지 않고 도망치는 사이 치프는 싱글싱글 웃으며 그에게 다가갔다.

"여어, 나의 오랜 친구! 나 없는 동안 심심했지? 요즘 루할트라는 예명으로 잘나가나 봐?"

"왕녀 전하만 아니었다면 넌 여기서 내 손에 죽었다."

"훙, 부끄러워하지 말라고. 그보다 내 위치는 누가 가르쳐 줬지?"

"레투가 보안국장이다. 네놈 걱정을 많이 하더군."

치프가 드래곤들의 영주, 루할트와 대화를 하는 동안 데스디아는 정령들의 힘을 빌려 루할트의 힘을 계측해 봤다.

루할트는 데스디아가 공항에서 상대한 녹색 드래곤보다 무려 100배에 근접한 힘을 갖고 있었다.

"그럼 내 친구를 소개해 주지. 2년 전엔 인사 제대로 못했지?"

치프가 데스디아를 향해 손을 내밀었다.

데스디아가 앞으로 걸어 나와서는 그에게 공손히 고개를 숙였다.

"데스디아리아 헤이파 알타이르 브라토레입니다. 데스디아 브라토레라고 불러주십시오."

"으음. 난 하늘을 지키는 검은색의… 하아, 됐소. 루할트라고 불러주시오. 왕께서 내리신 이 주변의 땅을 다스리는 영주라오."

"다시 뵙게 되어 영광입니다, 루할트 경."

"나도 반갑소. 그런데 데스디아, 그대는 정령과 이야기할 수 있소?"

"그렇습니다."

"과연, 그래서 '알케온'이 보낸 자객을 쓰러뜨릴 수 있었던 것이구려."

치프가 의아해했다.

"알케온? 그게 누구야?"

"나와 같은 날개 달린 자들의 영주다. 본명은 '유성을 바라보며 하늘을 나는 불꽃의 날개'지."

"그래? 그런데 그놈이 왜 자객까지 보내서 나를 공격하려고 한 거야?"

"가면서 이야기해 주마. 나를 따라와라."

루할트가 날개를 펼친 뒤 날아올랐다. 치프의 트럭이 이동하자 루할트는 바로 옆으로 다가와 트럭과 속도를 맞췄다.

"우리 날개 달린 자들은 지금 전례가 없는 파벌 싸움에 휘말려 있다. 대다수의 영주가 왕녀 전하의 생각에 반대하고 있지. 물론 나 역시 반대하는 자 중에 하나다."

"왕녀의 생각이 뭔데?"

치프가 물었다.

"어떻게든 버텨서 우주연합으로부터 원주민으로 인정받는 것이 전하의 뜻이다."

"뭔가 알기 힘드네. 그럼 반대하는 자들의 생각은?"

"우주에서 온 자들을 모조리 쓸어버리는 것이지."

루할트의 말에 치프가 입술을 뾰족 내밀었다.

"그럼 나는 반대파인 너에게 언제 죽어도 이상할 게 없다는 뜻이네?"

"말하자면 그렇지."

루할트의 두 눈이 새빨갛게 빛났다. 그에 맞서 데스디아의 눈도 붉은색으로 발광했다.

데스디아와 눈을 마주하던 드래곤, 루할트는 웃으며 눈을 감았다.

"힘의 격차가 어느 정도인지 알면서도 나와 진심으로 싸울 생각을 하다니, 정말 위험한 여성이구려."

루할트로부터 뿜어지던 살기가 깔끔히 사라지자 빛을 내뿜던 데스디아의 눈도 본래대로 돌아왔다.

"본론을 얘기하도록 하지. 잘 들어라, 지구인."

루할트가 말했다.

"난 반대파이긴 하지만 그보다 왕실과 왕녀 전하에 대한 충성이 우선인 자다. 만약 왕실에서 이 행성의 멸망을 선택한다면 난 그에 따를 것이다."

"하, 목숨조차 아깝지 않다 이거야?"

"신하된 자가 자신의 목숨을 아까워한다면 그것이야말로 불충이 아닌가?"

"흠."

치프는 건성으로 고개를 끄덕끄덕했다.

사실 치프는 '충성'이라는 개념에 대해 굉장히 회의적인 사람이었다.

12년 전, 목성 식민지의 반란을 진압할 때 그가 이끌던 우주해병대, UNSMC는 중요 인물 제거를 맡았다.

A프로젝트를 거치면서 인간의 한계점까지 강화된 UNSMC 대원들은 불과 몇 분 만에 건물 안에 있는 반란군 수뇌부를 깔끔하게 처리했다. 또한 식민지의 최고 중요 시설인 인공태양도 아무 문제없이 지켜냈다.

그러나 반란군에 이끌려 행동하는 민중들을 막기 위해 투입된 일반 보병들은 그렇지 않았다.

목성 식민지의 주민 대부분은 최초 이민 후 몇 세대를 거치면서 지구인들과 다른 육체를 가지게 된, 이른바 '목성인'이었다.

목성인 남성의 평균 신장은 2.1미터였고 여성은 1.9미터였으며 뼈와 골격도 일반 지구인보다 강인했다. 골격의 구조만 따지자면 인간이라기보다는 짐승에 가까워졌다.

그 때문에 반란 진압을 위해 지구에서 투입된 보병대와 기갑부대는 승용차를 던지며 저항하는 그들의 모습에 너무 놀란 나머지 명령을 무시한 채 사격을 해버렸다.

치프와 우주해병대들이 그들을 진정시키기 위해 내려왔을 때, 길이 1.6㎞의 6차선 도로는 이미 목성인들의 시체로 가득 채워진 상태였다.

치프는 건어물 시장의 멸치들처럼 엉망진창으로 굴러다니는 목성인들의 시체를 보면서 처음으로 군에 대한 회의감에 빠졌다.

거기서 그는 기계적인 충성심의 대부분을 잃고 말았다.

치프가 무엇을 추억하고 있는지 이제는 읽을 수 없는 루할트였지만 대강 감을 잡은 그는 지평선 쪽으로 눈을 돌렸다.

"지금 우리가 지나가고 있는 길은 왕녀 전하의 땅이다. 하늘 역시 마찬가지지. 내가 의탁하여 관리하고 있음에도 불구하고 안전을 보장할 수 없을 정도로 영주들의 반발이 크다. 특히 영주 알케온은 왕녀께서 허락하신 '사냥'의 규칙을 무시하는 것은 물론 사냥터에 나온 헌터들을 습격하곤 하지."

"그럼 우리 충성스러운 루할트 경께서 그 영주를 혼내주면 되겠네?"

치프가 운전석의 창틀에 왼팔을 걸치며 말했다.

루할트는 한참 뒤에 말했다.

"명분이 없다."

"명분? 그놈은 왕녀 전하의 명령을 어긴 놈이잖아?"

"외부에서 온 생명체들 때문에 동포들끼리 목숨을 걸고 싸우는 것은 말이 안 되지."

데스디아가 말없이 끄덕이며 루할트의 말에 동의했다.

"역시 지구인들과는 다르군요."

권력을 위해, 번영을 위해, 그리고 법을 지킨다는 명목아래 수많은 동족을 죽여왔고 그것에 너무 익숙해져 버린 종족. 심지어 무기까지 찬양하는 자들. 그것이 다른 행성에서 지구인들을 보는 시각이었다.

동족상잔을 즐기는 종족이라 비난을 받는 지구인으로서, 치프가 루할트에게 말했다.

"흠… 그럼 우리가 그놈을 없앤다면?"

"너희가 알케온과 그의 부하들을? 후후, 가능할지 모르겠지만 할 수 있으면 해봐라. 만약 성공한다면 난 정말 기쁠 것이야."

"기쁘기까지 하실 이유는? 동포라며?"

"알케온이 우주연합 내의 어떤 조직과 뒷거래를 한다는 첩보가 있거든."

"우주연합 군부 쪽 애들 말이야?"

루할트가 눈두덩을 올리며 치프를 다시 봤다.

"정보가 빠르군."

"내가 그놈들에게 갚아줄 게 많다는 걸 알잖아?"

"흠… 그렇다면 위험하다는 느낌이 드는군."

"뭐가?"

"우주연합의 군부 정도 되는 조직이라면 언제든 큰일을 저지를 수 있거든. 아르마다 군부장관부터 시작해서 구린 구석이 너무 많아."

치프는 루할트의 이야기를 통해서 루할트 스스로도 우주연합 군부에 대하여 깊게 조사를 하고 있음을 느꼈다.

"진짜든 가짜든 나와 데스디아는 그걸 알아보려고 여기에 온 거야. 그 점에선 너도 나랑 마찬가지잖아, 루할트? 놈들에게 이 행성이 더럽혀지는 건 너도 싫을 텐데?"

"더럽혀진다고? 흠……."

루할트가 머리를 움직였다.

"그 이야기는 나중에 하도록 하지. 저기가 너희가 쓸 건물이다."

치프는 지평선 끝에 걸쳐 있는 8층 규모의 큰 건물을 목격했다. 그것은 본관일 뿐, 그 외에도 회사 부지 내에는 크고 작은 건물 몇 개와 넓은 훈련장이 존재했다.

"누가 지은 거야?"

"레투가 보안국장의 감독하에 지었지. 시설의 완성도는 내가 보장한다."

"그래?"

치프는 말이 나온 김에 왜 단말기의 전화번호부에 드래곤들의 왕녀, 셀레스티아의 이름이 적혀 있는지 질문하려 했다.

그러나 루할트가 그보다 앞서 말했다.

"데스디아 님."

"예, 루할트 경."

"당신이 보여준 정령과의 교감 능력은 나를 놀라게 할 만큼 뛰어났다오. 당신의 종족 모두가 당신만큼의 능력을 갖고 있소?"

"그렇지 않습니다."

"그렇다면 당신의 위치는 당신의 고향에서 어느 정도였소?"

"저는 알타이르의 '워치프'였습니다. 워치프는 정령과의 교감 능력과 전투 능력 모두를 인정받아야 오를 수 있는 자리지요. 선발 과정에 걸리는 기간만 15년이며 참가자 전원이 불합격될 수도 있습니다."

"그 과정을 모두 거치고 워치프가 된 자는 몇 명이오?"

"현재는 저를 제외하고 두 명이며, 워치프는 대강 100년에 한 명이 뽑히면 다행이라고 여겨지지요."

"으음, 과연."

루할트가 머리를 끄덕거렸다.

"그렇다면 도움이 될 이야기를 해주겠소."

"말씀하십시오, 루할트 경."

"우리는, 특히 영주 이상의 자리에 있는 존재들은 정령에 가까운 생명체라오. 그대가 이 행성의 정령들과 교감하는 것은 상관없지만 우리와는, 특히 죽어가는 자와는 교감하지 마시오."

"교감하면 어찌 됩니까?"

"그대는 그대와 교감한 날개 달린 자와 동일한 힘을 갖게 될 것이오."

"좋은 의미로 들리진 않는군요."

"그렇소. 이후에는 삶과 죽음 사이에서 피를 갈망하게 될 것이오."

"자세히도 아시는군요?"

데스디아가 의아해하자 루할트는 코웃음 소리를 냈다.

"선조들께서는 이 행성으로 터전을 옮기신 이후에 과거의 터전에 대한 기록을 자세히 남기셨소. 정령과 교감이 가능했던 인간 한 명이 그 '피의 갈망'에 빠져서 선조님들을 곤란케 했다오."

"결과는 어찌 되었습니까?"

"당시의 인간은 교감 능력이 희미했기에 선조들께서는 가볍게 처리하셨다고 쓰여 있었소. 그러나 당신처럼 강력한 교감 능력을 가진 자가 피의 갈망에 빠진다면 어찌 될지 잘 모르겠소."

운전대를 잡은 채 가만히 듣고 있던 치프가 왼손을 쓱 들었다.

"질문이 있는데, 당신네 조상이 터전을 옮겼다고?"

"그렇다. 죄악(罪惡)의 선조, 엠페라투스와 대결하신 이후 이곳으로 오셨지."

"본래 터전이 어디였는데?"

"너희가 지구라고 부르는 곳이다."

깜짝 놀란 치프는 하마터면 브레이크 페달을 밟을 뻔했다.

"지구라니? 내 고향 말이야?"

"그렇다. 이 행성에서 살아가고 있는 일반 생명체들의 모습만 봐도 알 텐데?"

"공룡 말이야?"

"그렇지. 그만큼 큰 고깃덩어리들이 있어야만 우리가 충분한 포식을 할 수 있지 않겠나? 인간은 고기가 없고 잔뼈가 많아서 식용으로는 적합하지 않지."

결국 치프가 브레이크를 밟았다. 치프의 차가 땅을 끌며 멈추자 루할트는 그 주변의 하늘을 천천히 돌았다.

"공룡이 있는 곳으로 너희가 이주를 한 거야, 아니면 너희가 공룡을 가져와서 기른 거야?"

치프가 묻자 루할트가 별것 아니라는 표정을 지었다.

"가져와서 기른 것이지. 딱히 어려운 일은 아니야. 세월이 흐르면서 선조님들이 기르던 생물들과 생김새가 달라지고 좀 더 공격적인 성향을 갖게 됐지만 우리 입장에선 약간 매운맛이 첨가된 수준이지."

"제길!"

치프는 아예 차에서 내렸다.

"대체 뭐야! 그럼 우리가 너희를 따라 이 행성에 왔다는 뜻이잖아?"

"말하자면 그렇지. 하지만 인간이 별의 바다를 건너 우리를 추적할 수 있을 만큼 진화할 거라는 사실은 선조들께서도 예상 못 하셨던 것 같군. 인간에 대해서 들은 적이 없거든. 그분들의 배려가 너무 지나쳤어."

"배려가 지나쳤다고?"

"선조님들은 그 땅을 떠나시기 전에 인간을 비롯한 소형 생물들을 위한 배려를 확실히 하셨다. 환경 조절을 위한 소형 천체를 지구의 곁에 두신 것이지."

"가만, 설마 그 천체라는 게……?"

치프가 인상을 찡그렸다. 하늘에 있는 루할트는 그의 그러한 표정을 즐겼다.

"바로 달이다. 달이 지구에 끼치는 영향력은 너희가 알고 있는 것보다 크지."

"……."

치프가 할 말을 잃은 한편, 루할트는 콧김을 길게 뿜으며 씁쓸한 표정을 지었다.

"선조님들 가운데에서는 그 행성에서의 거주를 고집하신 분도 계셨다는군. 전설일 뿐이지만."

말을 일단 마친 루할트는 다시 치프를 돌아봤다.

"굉장히 당황하고 있군, 지구인이여."

"흠, 뭐, 그렇지. 토할 것 같아."

"운전이나 계속해라. 왕녀 전하께서 기다리시다가 지치시겠군."

"음……."

치프는 한숨을 쉬며 다시 차에 올랐다.

"그런데 아까 엠페라투스라고 했지? 죄악의 선조라고 했던 것 같은데?"

치프는 자신의 질문을 들은 루할트의 눈빛이 깊어지는 것을 목격했다.

"지금부터 내가 하는 이야기를 잘 들어라."

"뭔데?"

"이 땅에 있는 모든 존재가 '목소리'를 듣고 있다. 네가 이 땅에 발을 댄 이후에 일어나기 시작한 현상이지."

"목소리?"

"어둡고, 불길하고, 사로잡힐 것만 같은 목소리지. 우리 날개 달린 자들뿐만 아니라 이방인들도 가끔 듣는 것 같더군. 일부 영주는 그 목소리를 엠페라투스의 부름이라고 칭하며 두려워하고 있지."

"……."

"목소리를 들은 자는 아직까지 열 명도 안 되고 몸에 이상이 일어난 자도 없지만 만약 정말로 그 목소리에 사로잡히는 자가 나타난다면 어찌 될지 모르겠군."

치프는 자신도 그 목소리를 들은 것 같았지만 정확히 기억나지 않았기에 특별히 말을 하진 않았다.

"아무튼 우리가 너를 증오하는 이유가 그것이다. 왕녀 전하께서 너를 변호하시고 엠페라투스가 묻힌 곳에도 이상이 없기에 너를 가만히 놔두는 것일 뿐이니 주의하도록 해라."

루할트가 진심으로 말한다는 것을 느낀 치프는 슬쩍 웃었다.

"왠지 날 걱정해 주는 것 같은데?"

"모두를 걱정하는 것이다. 역대 장로님들께서 우리에게 이야기해 주신 엠페라투스의 힘은 믿고 싶지 않을 정도로 강대하고 두려운 것이었거든. 난 그다지 믿지 않지만."

루할트가 이야기해 준 드래곤들의 전설은 치프에게 딱히 와닿지 않았다. 오히려 그런 심령현상 때문에 자신이 모든 드래곤의 적이 된 거냐며 묻고 싶은 마음이었다.

"루할트 아저씨는 정말 믿지 않는 거야, 아니면 엠페라투스의 힘이라는 게 제발 그 정도가 아니었으면 좋겠다고 소원하는 거야?"

"……."

루할트는 자신에게 지적을 겸한 농담을 던진 치프를 불쾌한 눈빛으로 노려봤다.

"됐으니 닥치고 차나 몰아라, 이방인."

조금 뒤. 치프와 데스디아, 그리고 루할트는 높은 콘크리트 담장으로 단단히 보호된 회사 앞에 도착했다.

회사의 정문에는 허리가 잘록하게 들어간 흰색 원피스 차림의 여성이 서 있었다.

가죽 끈이 발목 위까지 올라오는 샌들을 착용한 그녀는 치프를 보며 한 걸음씩 다가갔다. 약간 결이 거친 흰색 장발이 그 무게가 의심될 만큼 가볍게 흔들렸다.

치프는 그녀가 낯설지 않았다.

감히 말을 걸기 힘들 정도의 미모였으나 치프의 눈에는 들어오지 않았다.

그의 시선이 꽂힌 곳은 그녀의 속눈썹이었다.

그 황금색의 속눈썹 속에서 페리도트처럼 아름다운 연녹색 눈동자가 치프를 반겨주었다.

"2년 만이네요, 치프. 건강해 보여서 다행이에요."

"어, 설마……."

"예, 맞아요. 셀레스티아입니다. 모습이 좀 변했죠?"

그녀가 밝게 웃었다.

"조금 변한 게 아닌데요?"

"우리에게는 모습을 바꾸는 능력도 있지요. 후후, 레투가 보안국장님도 처음에는 이 모습을 보고 정말 놀라셨답니다."

"하, 누구라도 놀랄 거예요."

치프는 믿을 수 없다는 표정으로 연신 고개를 저었다.

한편, 데스디아의 눈은 드래곤들의 왕녀, 셀레스티아의 길고 흰 머리카락에 고정되어 있었다.

그녀의 시선을 느낀 셀레스티아는 멋쩍은 미소를 지으며 데스디아 쪽으로 돌아섰다.

"아, 데스디아 브라토레 님! 다시 만나서 너무 반가워요!"

셀레스티아가 데스디아의 두 손을 잡고 기뻐했다.

그런 와중에도 데스디아의 눈은 셀레스티아의 머리카락에서 떨어지지 않았다.

데스디아를 지켜보던 루할트가 결국 인상을 썼다.

"왕녀 전하께 지나친 관심을 쏟으시는구려."

그의 지적에 흠칫 놀란 데스디아는 그녀답지 않게 우물쭈물할 뿐 대답을 하지 못했다.

루할트의 목에서 묵직한 울음소리가 들끓을 무렵, 데스디아가 품속에서 뭔가를 꺼내 들어 올렸다.

그것은 다름 아닌 빗이었다.

그 윤기 나는 검은색 빗은 알타이르 행성에서 왕족 여성들에게 평생을 아껴 쓰라며 주는 보물이었다. 알타이르 행성에서 가장 오래된 나무의 껍질을 수작업으로 가공한 것이라 금전적인 가치도 대단했다.

데스디아가 갑자기 빗을 빼 들자 치프와 루할트, 셀레스티아 모두 당황했다.

"그건 갑자기 왜?"

치프가 묻자 데스디아는 한참 머뭇거리다가 이윽고 대답했다.

"왕녀 전하! 알타이르의 여성들은 단정치 못한 머리카락을 용서하지 못합니다!"

실제로 셀레스티아의 머리카락은 야생동물의 꼬리털처럼 거칠었다. 방금 뽑은 비단처럼 깔끔한 데스디아의 머리카락과는 분명한 차이가 있었다.

"이것이 문화의 차이라는 것이군요!"

셀레스티아의 눈동자가 호기심으로 듬뿍 반짝거렸다. 하지만 그녀의 머리를 빗겨주겠다는 데스디아의 마음을 쉽게 억누르지는 못했다.

"음, 아무튼……."

치프가 중얼거리며 회사 전경을 돌아봤다.

"여기가 이제 우리 회사라 이거죠? 이름은 그라니트 용역이고요. 하하, 행성의 이름을 회사 간판에 사용하는 건 쉽지 않은 영광인데 말이죠. 흥분되는군요."

치프가 혼자 두 팔을 벌리며 기뻐했다. 셀레스티아는 그냥 웃기만 했고 그녀의 머리카락에 꽂힌 데스디아의 시선은 아쉽게도 치프의 기쁨에 동조해 주지 않았다.

루할트가 치프에게 머리를 가까이했다.

"네놈이 왕녀 전하와 함께 일을 하는 것에는 조건이 있다. 조건만 잘 지키면 나와 우리 기사단이 너를 도와줄 것이야."

"조건? 뭔데?"

루할트가 회사 안으로 땅을 울리며 들어갔다.

"네 회사 직원들이 우리 날개 달린 자들을 선제공격하는 것은 금지다. 알케온의 부하들은… 그래, 왕녀 전하의 말씀을 잘 따르도록 하라."

"흠, 그 정도야 뭐. 어차피 드래곤들 잡으려고 온 것도 아니거든."

"그리고 직원의 문제인데……. 수컷들을 들일 생각은 마라."

"뭐?"

"다른 종족 수컷들의 구역질 나는 냄새를 우리 고결하신 왕녀 전하께 닿게 할 수는 없지. 이 회사에서 존재가 허락되는 수컷은 네놈뿐이다, 지구인."

치프는 어이가 없었다.

"장사를 하라는 거야, 말라는 거야?"

"장사를 하려고 이곳에 왔나? 실망이군."

뜨거운 콧김을 뿜은 루할트는 자신만만한 미소를 지으며 하늘로 솟아올랐다.

"우리 입장에서는 네놈의 회사가 흥하든 망하든 관계가 없지. 왕녀 전하의 심심풀이나 잘 해드려라, 지구인."

말을 남긴 루할트는 지평선 저편으로 날아가다가 갑자기 일어난 검은색 모래폭풍과 하나가 되듯이 사라졌다.

"저런 망할 놈 같으니!"

화가 치밀어 오른 치프는 땅바닥에 있는 돌멩이 하나를 집어 루할트가 날아간 쪽으로 던졌다.

물론 특별한 일은 일어나지 않았다.

데스디아는 허탈하게 웃었고 셀레스티아는 치프와 그녀 사이에서 우물거렸다.

"저어, 불편한 조건인가요?"

셀레스티아의 질문에 치프는 말이 없었다. 그냥 머리를 감싼 채 웅크려 앉을 뿐이었다.

데스디아는 치프의 어깨를 두드렸다.

"일어나, 치프. 정말 장사를 하려고 여기 온 건 아니잖아?"

"그래, 그렇지. 그렇긴 하지. 아아, 그렇고말고."

다시 일어난 치프는 검은색의 데스디아와 하얀색의 셀레스티아를 보면서 씩씩하게 웃었다.

셀레스티아의 표정은 얼마 못 가 시무룩해졌다.

"식사부터 대접해야 하는데… 여기까지 음식이 배달될지 잘 모르겠네요."

"식품 프린터기는 없나요?"

치프가 묻자 셀레스티아는 고개를 저었다.

"루할트 경이 그런 것에 의지해서는 안 된다고 하셨지요. 프린터기에서 나오는 음식은 그냥 배만 채워주는 나쁜 음식이라고 하더군요."

"틀린 말은 아니네요."

치프가 어깨를 으쓱했다.

"그럼 제가 만들어 드리죠."

"치프가요?"

셀레스티아가 놀라 묻자 데스디아가 역으로 웃었다.

"알타이르에서 요리는 남자들의 몫입니다."

데스디아의 말은 알타이르인의 사정 따윈 모르고 있는 치프를 조금 난감하게 만들었다.

"흠, 식당으로 가죠. 구경도 할 겸 말이에요."

치프가 말했다.

"제가 안내해 드리겠습니다, 여러분."

셀레스티아는 아무도 쓰지 않아서 모래와 흙이 잔뜩 깔린 회사의 땅을 사박사박 걸어갔다.

그녀의 뒷모습을 본 데스디아는 오늘 내로 저 짐승 갈기 같은 하얀 머리를 정리해 버리겠다며 깊게 마음먹었다.

식당으로 간 치프는 한참 동안 입구에서 가만히 서 있었다.

크기만 따지면 100명 정도가 함께 쓸 수 있을 정도로 크고 주방 시설도 훌륭했으나 그 모든 것이 오랫동안 관리가 안 된 탓에 노랗게 모래가 쌓여 있었다.

"이건 사막에서 발굴한 유적인가요?"

치프의 농담 섞인 질문에 셀레스티아가 가만히 그를 바라보더니 갑자기 박수를 한 번 치면서 즐겁게 웃었다.

"너무 재밌는 농담이었어요! 하하하하!"

"예……."

치프는 자신과 셀레스티아 사이에 '다른 차원의 상식'이라는 벽이 존재한다는 것을 어렴풋이 깨달았다.

"청소부터 해야겠군요, 왕녀 전하."

데스디아는 망토를 풀었다.

그녀는 망토 안에 목 아래를 완전히 감싸는 복장을 입고 있었다. 신발 역시 무릎 바로 아래까지 올라오는 부츠였다.

형태만으로 봤을 때는 짙은 회색의 잠수복처럼 보였지만 표면은 조금 거칠었다. 각종 도구를 넣기 위한 주머니들도 허리 쪽에 깔끔하게 달려 있었다.

그 옷은 간부급 이상의 알타이르 전사들에게 지급되는 특수 전투복이었다.

알타이르에 자생하는 어떤 나무의 잎을 재단하고 그것을 몇 겹 이상 겹쳐서 만든 것인데, 치프가 나중에 알게 된 사실이지만 그 전투복은 어중간한 권총의 탄환도 튕겨낼 수 있을 만큼 질기면서도 험한 동작을 고속으로 반복해도 피부를 상하게 하지 않는 옷이었다.

그러나 치프가 진짜 충격을 받은 옷의 기능은 따로 있었다.

검은색 청바지에 흰색 긴팔 셔츠 하나만 걸치고 있는 치프는 이미 셔츠가 몸에 달라붙을 만큼 땀을 흘리고 있었다. 식당의 공기조절장치가 꺼져 있는 탓이었다.

그러나 데스디아의 갈색 얼굴은 뽀송뽀송했다. 표정에도 변화가 없었다. 단지 머리카락만이 습기를 먹어 조금 반들거릴 뿐이었다.

"옷을 그렇게 빈틈없이 입었는데, 안 더워?"

치프의 질문에 데스디아가 그를 흘끔 봤다.

"이 전투복은 착용자의 몸에서 나오는 모든 수분을 관리해 주지. 오줌을 싸도 문제없어."

"그렇군요."

그녀가 오줌이라는 말을 너무 당당하게 한 나머지 치프는 엉겁결에 존댓말을 쓰고 말았다.

"전하, 2년 동안 치프를 기다리셨다고 들었는데 설마 이 건물에서 계속 계셨던 겁니까?"

"모든 건물은 1년 전에 지어졌답니다. 레투가 보안국장님과 루할트 경, 그리고 기사단이 고생했지요. 그 이후의 1년은… 좀 심심하긴 했네요."

셀레스티아는 즐겁게 웃었다.

'좀 걱정이 되는 아가씨로군. 아니, 지금 당장 걱정하고 싶어.'

데스디아는 참을 수 없다는 듯 빗을 꺼내 들었다.

"여성은 몸가짐뿐만 아니라 머리에도 신경을 써야 합니다. 제가 빗겨 드리지요."

"으음, 인간의 모습은 좀 불편하네요."

"제가 잘 모시겠습니다."

셀레스티아의 머리카락을 만지던 데스디아가 치프를 찌릿 노려봤다.

"치프는 어서 청소를 해."

"그래, 오랜만에 남자다운 일을 할 차례군."

치프는 뒷목을 긁적이며 청소에 쓸 도구를 찾았다.

"청소 정도는 제가 도와드릴게요."

셀레스티아가 말했다.

"예? 하지만 옷부터 말리셔야 제가 좀 편한데……."

셀레스티아는 치프의 말을 끊듯 망토 밖으로 오른손을 내밀었다.

그녀의 손바닥에서 파란색의 전류가 뚜렷하게 흐르더니 식당 안에 있는 모래와 각종 먼지들이 하나로 뭉쳐서는 식당의 창문을 통해 빠져나갔다.

"도움이 됐나요?"

셀레스티아는 칭찬을 기다리는 어린아이처럼 눈을 반짝거

렸다.

"앞으로도 잘 부탁드립니다."

치프는 정중히 허리를 굽혀 감사를 표했다.

그러한 반응을 기대한 것이 아니었던 셀레스티아는 인상을 찡그렸다.

치프는 식당 에어컨의 전원을 올린 후 밖에 세워둔 차에서 식재료를 꺼내 왔다.

그가 간단한 요리를 하는 사이 데스디아는 자신이 정령의 힘을 빌려 깔끔히 말린 셀레스티아의 머리를 빗겨주었다.

셀레스티아의 머리카락을 처음 만졌을 때, 데스디아는 자신이 생각을 잘못해도 한참 잘못했음을 깨달았다.

셀레스티아의 몸은 인간을 흉내 낸 것일 뿐, 인간과는 전혀 달랐다. 아까 흘렸던 땀부터가 소금이나 칼륨 같은 물질을 전혀 포함하지 않은, 그야말로 순수한 물이었다.

머리카락 역시 흉내 낸 것이었는데, 데스디아가 손끝으로 느낀 머리카락의 질감은 잘 세공된 보석에 가까웠다. 그런데도 빗살 사이로 빠져나가는 머리카락의 모양새는 우유처럼 부드러웠다.

데스디아는 깨끗이 빗겨진 셀레스티아의 머리카락에 자신의 검은색 그림자가 비치는 것을 보고는 조금 우울해졌다.

"데스디아 님?"

"아, 죄송합니다. 제가 잠시 딴생각을 해버렸습니다, 전하."

"음……."

셀레스티아는 빙글 돌아앉고는 데스디아의 얼굴 좌우를 두 손으로 감쌌다.

"왜 치프는 저에게 말을 놓지 않는 걸까요? 레투가 보안국장님도 그렇고 말이죠."

"예?"

질문을 들은 데스디아는 머릿속에 뭔가가 침범하려 한다는 느낌을 받았다.

"왕녀 전하."

데스디아는 손을 들어 셀레스티아의 손을 잡았다.

"그 문제는 치프에게 직접 물어보셔야 합니다. 제 기억을 들여다보실 필요도 없지요."

"예?"

데스디아가 기억을 읽은 것에 대해 약간의 불쾌감을 표시하자 셀레스티아는 의아해했다.

드래곤들은 중요하다고 생각하는 일을 이야기하기에 앞서 그 일에 관련된 서로의 기억을 숨김없이 나누는 습성이 있었다. 특히 제1왕녀인 셀레스티아의 권한은 표면적으로나마 절대적이었다.

셀레스티아는 그 습성에 따라 데스디아의 기억을 읽으려 한 것뿐이었다. 그것은 그라니트 행성에 떨어진 치프를 처음 만났을 때도 마찬가지였다.

"아, 우리의 습관이 당신들에게는 큰 실례가 되겠군요. 하지만 레투가 보안국장님은 어째서 저에게 불만을 얘기하지 않았을까요?"

"전하에게 숨기고 싶은 것이 없었기 때문이었겠지요. 레투가 브라브리오 보안국장은 그러한 사람입니다."

셀레스티아를 조금 이해한 데스디아는 부드럽게 웃었다.

"그와 달리 저는 남에게 드러내기에 부끄러운 생각과 행동을 오랫동안 해온 존재입니다."

"그런가요?"

셀레스티아는 데스디아를 보면서 고개를 좌우로 움직였다.

"설마요. 당신은 스스로를 이겨내는 것이 익숙한 분이에요. 당신의 절제와 용기, 그리고 상냥함은 저와 치프, 그리고 앞으로 이 회사에 찾아올 모든 사람의 긍지가 될 겁니다."

"……."

"그래서 부탁인데요, 부디 저와 친구가 되어주실 수 있으신가요?"

조르는 듯한 셀레스티아의 부탁에 데스디아의 갈색 얼굴이 조금 붉어졌다.

"전하와 친구라니, 어려운 이야기입니다."

"예? 제가 마음에 들지 않으신 건가요?"

"그건 아닙니다만……."

데스디아는 눈을 이리저리 움직여 셀레스티아를 피하려 했으나 드래곤의 왕녀는 그 움직임을 쫓아 몸을 움직이며 상대를 쫓았다.

"당신의 기억도 읽지 않을게요, 데스디아 님!"

이곳에서 일을 하게 된 이상 셀레스티아를 영원히 피하는 것은 불가능했다. 데스디아는 결국 세금 비슷한 거라 생각하자는 마음으로 셀레스티아를 받아들이기로 했다.

"그렇다면 잘 부탁드리겠습니다, 왕녀 전하."

"으응, 아니에요."

셀레스티아가 고개를 흔들었다. 데스디아가 빗어준 긴 머리카락이 살랑살랑 움직였다.

"친구라면 말을 놓아야지요."

"아, 예. 음……."

고향에서도 셀레스티아와 같은 여성을 만난 적이 없었던 데스디아는 어찌할까 고민하다가 자신의 동생을 떠올렸다.

친해지고 싶은 사람들에게 접근해 다짜고짜 껴안다가 자신에게 혼쭐이 나던 여동생의 어린 시절 모습이 데스디아의 뇌리에 스쳐 지나갔다.

다시는 볼 수 없는 동생을 추억하며, 데스디아는 셀레스티아를 두 팔로 껴안았다.

"그래, 나의 새로운 친구, 셀레스티아."

껴안길 줄은 몰랐던 셀레스티아였지만 그녀는 예상치 못했던 데스디아의 체온이 너무 좋았기에 두 팔을 뻗어 데스디아의 목을 느슨히 감았다.

"앞으로도 잘 부탁해, 데스디아."

다시 떨어진 둘은 서로를 보며 멋쩍게 웃었다.

셀레스티아는 이어서 열심히 뭔가를 굽는 중인 치프에게 시선을 돌렸다.

"치프, 우리도 친구가 되는 거예요! 데스디아처럼 용기를 가지고 저에게 말을 놓으세요!"

"용기만으로 될까요?"

대답한 치프는 식당 저편의 유리벽을 프라이팬으로 가리켰다.

그쪽을 본 셀레스티아는 빨갛게 빛나는 눈으로 식당 안을 노려보고 있는 드래곤, 루할트의 시커먼 모습을 발견했다.

"목숨도 걸어야 할 판인데요?"

치프가 비아냥거리자 셀레스티아가 벌떡 일어났다.

"루할트 경! 지나친 간섭입니다!"

"소신은 인간이 전하께 말을 함부로 하는 참사는 죽어도 볼 수가 없습니다!

"양보하세요, 루할트 경! 이것은 제1왕녀로서의 명입니다!"

셀레스티아가 맞서 소리치자 루할트의 거대한 몸이 부들부들 떨렸다. 그 진동으로 인해 식당 전체가 흔들렸다.

"운캄타르 님께서 깨어나시면 대체 어찌 말씀을 드려야……!"

눈을 질끈 감은 채 고민한 루할트는 결국 유리벽이 열에 뒤

틀릴 정도로 뜨거운 한숨을 쉬었다.

"알겠습니다, 전하. 소신은 영주로서 전하께 충성을 다하기로 맹세한 자. 이 자리에서 한 번 죽었다는 마음가짐으로 전하의 명을 따르겠습니다."

셀레스티아는 묵직한 말을 연달아 내뱉는 루할트를 보면서 허리 양쪽에 손을 얹었다.

"항상 말씀드리지만 루할트 경은 관용을 단련하셔야 합니다."

"심장에 새기겠습니다, 전하."

쓸쓸히 돌아선 루할트는 날개를 펼친 뒤 하늘로 사라졌다.

"후후, 이제 됐어요, 치프. 이리 와서 저를 안으세요!"

"서로 껴안는 건 알타이르 행성의 관습이에요."

"예?"

치프는 자신의 말을 듣고 당황한 셀레스티아에게 오른손 엄지를 펴 보였다.

"셋이서 잘해보자고, 셀레스티아."

"응, 치프!"

셀레스티아는 과거 자신이 구해냈고 이제는 이 행성을 구해내려 하는 그 남자를 향해 미소를 활짝 피어 보였다.

잠시 후, 셋은 치프가 만들어온 요리를 그 큰 식당의 한가운데에 모여 앉아 함께 먹었다.

"맛은 없네."

데스디아가 과감히 평을 던졌다.

“내가 여자에게 매너도 좋고 친구들의 뒤치다꺼리도 잘하면서 요리까지 끝내주는 사람으로 보였어?”

“셋 중에서 요리는 그나마 발전 가능성이 보이는군.”

“흥.”

코웃음을 친 치프와 쓴웃음을 지은 데스디아는 옆에서 갑자기 피어오른 영롱한 빛에 고개를 돌렸다.

셀레스티아가 손에서 나오는 빛으로 접시 위에 놓인 스테이크와 치즈감자구이를 흡수하고 있었다.

“으응, 난 맛을 잘 모르겠는데?”

“…미안한데 혀를 좀 보여줄래?”

치프의 요청에 셀레스티아는 입술 아래로 혀끝을 살짝 내보였다.

“맛을 느끼는 감각기관은 그거야. 손이 아니라고.”

“그래? 어렵네.”

“음…….”

치프가 그녀의 반응을 보고 난감해하자 데스디아는 방금 자른 스테이크 조각을 셀레스티아의 입안에 넣어주었다.

“어때?”

“음… 인간들은 이런 감각을 좋아하는구나. 이게 매운맛이랑 짠맛이지?”

“그냥 형편없는 맛이라고 하면 돼.”

데스디아가 설명했다.

"하하, 그렇구나!"

밝게 웃은 셀레스티아는 계속해서 손으로 요리들을 흡수했다.

그 순진무구한 태도가 치프를 더욱 괴롭게 만들었다.

셋은 식사를 마친 뒤 탄산음료를 마시며 시간을 보냈다.

"이 식당, 너무 크게 지었나 봐. 혼자 있을 때는 몰랐는데… 목소리가 메아리치네."

셀레스티아의 목소리는 쓸쓸했다.

"앞으로 많은 사람이 빈자리를 채울 거야. 걱정하지 마, 셀레스티아."

데스디아가 그녀를 응원해 주었다.

"그래, 여자들로 잔뜩 말이지."

치프가 비꼬듯 말했다.

앞서 루할트가 말했던 조건을 잠시 잊었던 데스디아는 손으로 이마를 짚었다.

"…요리사부터 고용하자."

데스디아가 희미하게 말했다.

"가사 전용 로봇이 더 효율이 좋을걸?"

"그래?"

"최신형은 애완견도 인간 대신 산책시켜 주지."

"……."

셀레스티아는 무슨 말인지 잘 몰라 그냥 웃었고 데스디아는 한숨을 길게 쉬었다.

그것이 '행성개척 용역회사 그라니트'의 깊은 첫걸음이었다.

05
모자 속에서 빛나는 눈

그라니트 용역의 사장실은 개인용 밀실이라기보다는 회의실 내지는 휴게실에 가깝게 실내장식이 맞춰져 있었다.

공간은 회사 본관 8층의 절반을 차지할 정도로 넓었고 벽은 승강기와 출입구가 붙은 한쪽을 제외하면 3면이 훤한 유리벽으로 되어 있었다.

물론 유리는 일반 건물용 유리가 아니라 레투가 보안국장이 직접 골라 수입한 우주선용 미네랄 크리스털이었다.

항성 관측용으로 만들어진 재료이기 때문에 일반적인 폭약으로는 뚫을 수 없었고 방사능도 투과할 수 없었다.

치프는 그 사장실의 사장석에 앉아 있었다. 공식적으로 그는 그라니트 용역의 사장이었고 셀레스티아는 공동대표로서 이름을 올리고 있었지만 신분이 신분인 관계로 실제 서류에는 이름이 없었다.

치프는 데스디아에게 전무이사를 맡아달라고 요청했으나 그녀는 팀장으로 만족한다고 대답했다.

"팀장? 왜?"

치프가 묻자 사장석 건너편에 놓인 검은색 가죽 소파에 비스듬히 누워 있던 데스디아가 한심하다는 눈빛으로 상대를 봤다.

"회사에 임원만 잔뜩 있는 건 좀 그렇잖아?"

"팀원 없는 팀장도 마찬가지 아닌가?"

치프와 데스디아가 잠시 눈싸움을 벌였다.

결국 데스디아가 먼저 불만을 내놨다.

"우리가 이곳에 와서 회사를 개업한 뒤로 열흘이 지났어, 치프. 하지만 사원은 한 명도 모으지 못했지. 우리 말고 회사에 들어오는 사람이라고는 목숨 걸고 여기까지 피자를 가져오는 배달부뿐이야."

사장실 내의 스낵바에 앉아 있던 셀레스티아가 그 말을 듣고 친구들을 돌아봤다.

그녀는 그 피자 배달부가 가져온 피자를 혼자서 다섯 박스째 먹고 있는 중이었다.

"나 그 배달부 마음에 들어! 직원으로 삼자!"

"그랬다간 루할트가 나랑 그 배달부를 같이 매달아 구워버릴 걸? 우린 여직원밖에 못 받는다고."

지적한 치프가 어깨를 으쓱 올렸다. 풀이 죽은 셀레스티아는 여섯 번째의 피자 박스를 열었다.

맛에 대해 깨달은 후, 셀레스티아는 피자를 먹는 것으로 하루하루를 즐기고 있었다.

그녀가 피자를 좋아하게 된 계기는 개업 둘째 날 치프가 시도했던 장난이었다.

회사는 외부인들의 안전지대라 할 수 있는 빅시티의 경계에서 1시간 거리에 위치해 있었는데, 치프는 과연 회사까지 배달을 해주는 업체가 있을까 궁금하여 모든 배달 음식점에 주문을 넣어봤다.

배달 도중에 음식 냄새를 맡은 그라니트의 위험 생물, 즉 공룡들과 마주칠 수도 있고 행여 성격이 나쁜 드래곤들에게 음식만 강탈당할 수도 있기에 대부분의 업체가 양해를 구하며 주문을 취소했다.

그러나 단 한 곳, '키드 피자'라는 곳에서 치프의 배달 주문을 받아들였다. 대신 배달 조건은 최대 사이즈의 피자 10박스였다.

그들이 어떻게 배달을 할지 궁금했던 치프는 1시간도 안 되어 도착한 배달부를 보고 깜짝 놀랐다.

배달용 차량이 지구에서 1년에 20대밖에 생산하지 않는 초고가의 스포츠카였기 때문이다.

검은색 가죽 재킷에 가죽 바지를 입은 배달부는 피자 박스를 들고 당당하게 회사 안으로 들어와 치프를 아연실색하게 만들었다. 당시 그는 피자 배달부가 자신을 왠지 알아보는 듯했다는 사실도 잊어버릴 만큼 충격을 받았다.

하루의 식사 관리를 철저하게 하는 데스디아는 피자를 한 조각도 먹지 않았기에 치프는 10박스의 피자를 어찌 처리해야 할까 고민했으나 해답은 의외로 간단하게 나왔다.

먹은 것이 대체 어디로 가는지 알 수가 없는 신비의 존재, 셀레스티아가 방석만큼 큰 10박스의 피자를 혼자 처리한 것이다.

그녀가 박스를 신나게 열어젖히는 사이에 치프가 먹은 피자는 단 세 조각이었다.

'두 조각을 붙여서 먹으면 샌드위치처럼 즐길 수도 있어!'

당시 셀레스티아가 했던 그 말은 치프의 머릿속에 아직도 맴돌고 있었다.

데스디아는 셀레스티아가 피자를 그렇게 먹어도 문제가 없는 것을 목격한 후 그녀에 대해 몇 가지 조사를 해봤다.

우선 셀레스티아의 머리에는 '뇌'가 존재하지 않았다.

머리는 물론 그 어디에도 뇌를 대신할 기관은 없었다. 게다가 심장조차 없었다. 혈관처럼 보이는 것들 전체가 전기를 이용하여 피를 흐르게 해 심장의 역할을 대신했다.

제대로 존재하는 것은 골격과 근육, 그리고 소화기관뿐이었다. 그리고 소화기관으로 들어간 음식은 어딘가로 순식간에 사라졌다.

그녀는 일단 셀레스티아의 실제 육체, 즉 드래곤의 모습이 어딘가에 따로 보관되어 있을 것이라는 결론을 내렸다.

현재 데스디아가 걱정하는 것은 하루하루 지불되고 있는 피자의 가격이었다.

“치프, 우리에게 자금이 있긴 있어?”

데스디아가 처음으로 돈 얘기를 하자 치프도 움찔했다.

“그러게?”

“……”

데스디아의 눈빛이 냉랭해지자 치프가 황급히 손을 저었다.

“농담이야. UN에서 입금해 준 초기 지원금이랑 톰의 회사에서 준 계약금이 좀 되긴 해. 얼마인지 알아보진 않았지만.”

치프가 즐겁게 말하는 모습을 본 데스디아는 당장 자리에서 일어났다. 경제권까지 가지는 것이 보통인 알타이르의 여성에게 있어서 치프의 느슨한 모습은 용납할 수 없는 태만이나 마찬가지였다.

“회사 자금과 관련된 모든 정보를 나에게 넘겨, 치프.”

“고작 팀장한테?”

“경리회계 비서도 겸해주지! 여자라서 경제권을 맡겠다는 소리가 아니야!”

“뭐, 나야 좋지.”

치프는 단말기를 들어 생체인식을 거친 뒤 회사의 자금 권한 정보 일체를 데스디아가 있는 방향으로 밀었다.

자신의 단말기에 정보가 들어온 것을 확인한 데스디아는 선 채로 금액의 흐름을 한참 확인하다가 조금 뒤에는 다리 자리에 앉아 그 긴 다리를 꼬았다.

"나쁘진 않군."

데스디아의 말에 셀레스티아가 손을 들었다.

"아, 맞다. 나도 회사 통장에 돈을 넣어야 한다고 루할트 경이 말했어."

"루할트가?"

치프의 표정이 이상해졌다.

"응. 그래야 공동대표로서 권한을 행사할 수 있을 거라고 했거든. 돈에 대한 건 잘 몰라서 깜박 잊고 있었어."

"흐응."

치프는 살짝 코웃음을 쳤다. 드래곤들이 돈은 무슨 돈이냐며 비웃은 것이다.

셀레스티아는 허리에 찬 작은 가죽 가방에서 단말기를 꺼냈다.

"응… 이렇게 해서, 이렇게 하는 건가?"

셀레스티아의 생체정보를 인식한 단말기가 은행용 프로그램을 열었다. 데스디아는 왜 셀레스티아가 드래곤의 모습 대신 인간형의 모습을 이용하는지 그 모습을 보고 깨달았다. 드래곤의 모습으로는 단말기 등의 기계장치를 통한 상호 행동마저 제한받기 때문이었다.

"회사 계좌 정보를 보내줄게."

데스디아가 말했다.

조금 뒤, 회사 계좌에 입금된 금액을 확인한 데스디아는 귀가 바짝 설 정도로 놀랐다.

"이건 치프가 준비한 자금의 20배잖아?"

"뭐?"

치프도 경악했다.

"드래곤들이 2년 동안 도둑질이라도 한 거야? 어떻게 그런 금액이 나올 수 있어? 내가 준비한 돈의 20배면 어지간한 선진국의 1년 치 국가 예산이라고!"

"그, 글쎄?"

돈에 대한 개념이 정말 없는 셀레스티아는 어설프게 웃었다.

"감히 전하께 목소리를 높이는 것인가, 지구인이여?"

갑자기 들린 루할트의 목소리에 치프는 움찔하여 자신의 뒤쪽 유리벽을 돌아봤다.

검은색의 드래곤, 루할트가 날개를 접으며 붉은색의 눈을 번뜩였다. 그의 입에는 표준 사이즈의 컨테이너가 물려 있었으나 드래곤들은 발성기관이 외부에 있기 때문에 말하는 것에는 문제가 없었다.

"아주 매일 출근을 하시는군!"

치프는 짜증을 토했고 데스디아는 덤덤히 루할트를 바라봤다.

"루할트 경! 마침 잘 와주었어요!"

셀레스티아는 손을 흔들며 그를 반겨주었다.

입에 문 컨테이너를 땅에 곱게 내려놓은 루할트는 셀레스티아를 향해 고개를 숙였다.

"전하의 건강하신 모습에 소신은 하루하루가 즐겁습니다."

"감사합니다, 루할트 경. 예전에 저에게 건네주신 자금에 대해 설명을 해주실 수 있으신가요?"

"물론입니다."

셀레스티아를 향해 눈웃음을 짓던 루할트가 치프에게는 다시 매서운 눈빛을 보냈다.

"정당하게 사업을 하여 번 돈이다. 공장 확장과 임금, 자재 구입 비용 말고는 딱히 쓸 곳이 없어서 전하의 계좌에 잔액을 송금한 것이 쌓인 것뿐이지."

"사업? 드래곤이?"

"너희가 하는 것을 우리가 못할 거라 생각했나?"

치프는 당황했다.

"우주연합에서 드래곤들에게 사업 허가를 내려줄 리가 없잖아? 너희는 아직 원주민으로 인정받지도 못했다고!"

"신분이야 적당히 꾸미면 되지. 디지털 신호도 감청할 수 있는 우리에게 있어서 해킹은 간단한 일이다. 단말기 없이, 맨몸으로 말이지."

루할트의 콧김이 사장실의 유리벽을 잠깐 뿌옇게 만들었다.

"참고로 네놈이 여태껏 뿌린 구인 광고는 내가 모두 삭제했다."

"뭐? 진짜 우릴 망하게 할 거야? 그건 너무하잖아!"

치프가 목에 핏대를 세우며 흥분하자 루할트는 고개를 저었다.

"전하께서도 참여하신 일을 그렇게 유치하게 훼방할 이유는 나에게 없다. 화를 내기 전에 네놈이 뿌린 광고나 확인해 봐라."

움찔한 치프는 당장 단말기를 들어 자신이 만든 광고를 봤다.

"뭐가 문젠데?"

"빅시티에서 이 험지까지 혼자 기어올 만큼 간이 부은 헌터가 과연 몇 놈이나 될 거라 생각하나? 오는 도중에 성질이 나쁜 헌터들이나 공격성이 높은 동물들에게 당할 확률이 높은데?"

치프는 자신이 회사에 오던 첫날 어떤 도적들에게 습격당했던 일을 잠깐 떠올렸다.

"하지만 피자 배달은 왔다고!"

"그 배달부는 우리 기사단에서 보호한 것이다. 전하께서 드실 음식인데 혹시라도 상하게 놔둘 리가 있겠나?"

"……."

할 말을 잃은 치프는 밀려 올라오는 짜증으로 인해 두 손으로 얼굴을 덮었다.

"후후, 무능한 네놈의 모습은 나에게 있어서 큰 활력소이지."

"아, 됐어, 됐다고! 그럼 돈이랑 피자는 그렇다 치고, 오늘은 왜 왔어? 컨테이너는 또 뭐야?"

치프가 묻자 루할트가 빙긋 웃었다.

"도움이다."

"도움?"

"직원 한 명을 지원해 주지. 내 여동생이다."

"드래곤을 우리 회사에 넣겠다고? 무슨 기부 입학이야?"

"물론 모습은 인간이다. 컨테이너에 들어 있는 것은 그 아이가 쓸 짐이니 잘 부탁하지."

그때 여유만만하게 웃는 루할트를 향해서 갑자기 공격적인 기세가 파고들어 왔다.

여태껏 가만히 듣고만 있던 데스디아가 용납할 수 없다는 눈빛을 그에게 보내고 있었다.

"데스디아 님, 불만이 있소?"

"회사 외부자인 당신이 직원까지 관리하려 드는 것은 참을 수 없군요. 아무리 당신의 여동생이라 해도 제대로 된 면접 절차를 거쳐야만 우리 밑에서 일할 수 있을 겁니다."

"절차를 무시할 생각은 없소. 그 아이는 약 20분 뒤에 회사로 올 것이니 당신이 직접 그 아이의 면접을 봐주시오. 착한 아이니 살살 부탁드리오."

"…그러지요."

날개를 펼친 루할트의 모습이 검은색 모래폭풍에 휩싸인 후 그 자리에서 사라졌다.

치프는 화를 가라앉히는 데스디아를 슬며시 돌아봤다.

"정말 살살 할 거야?"

"어떤 암컷인지 몰라도 반쯤 죽여야지."

데스디아는 옷걸이에 걸어둔 자신의 검은색 망토를 걸친 뒤 사장실을 빠져나갔다.

치프는 아무리 그래도 루할트의 동생인데 데스디아가 대적할 수 있을지 모르겠다는 표정으로 창밖을 봤다.

반면 루할트의 동생이 누구인지 알고 있는 셀레스티아는 입술을 한 번 뾰족하게 내민 후 자신이 비워 버린 피자 박스를 손에서 나오는 빛으로 깔끔하게 정리했다.

그리고 20분 뒤.

회사 입구에는 검은색 야구 모자를 깊게 눌러쓴 여성이 서 있었다.

10대 후반 정도로 보이는 그녀의 체구는 작은 편이었다.

상의는 엉덩이 아래까지 내려올 만큼 커다랗고 펑퍼짐한 검은색 저지였고 하의는 무릎 아래가 드러난 타이즈 반바지였다. 그 반바지 역시 검은색이었다.

단거리 육상선수처럼 탄탄한 다리 근육이 대단히 호전적으로 보였으나 그 근육을 덮고 있는 연분홍색 피부는 흉터 하나 보이지 않았다.

신고 있는 신발은 발목까지 완전히 보호하는 민간용 전투화였다.

하지만 무엇보다 눈에 띄는 것은 모자의 그늘 속에서 빛나는 그녀의 눈동자였다.

그녀의 눈동자는 루할트와 달리 파란색이었다.

"어… 루할트 경의 여동생?"

일단 확인을 한 치프를 그냥 지나친 그 모자의 여성은 쓰고 있던 모자를 벗으며 셀레스티아의 앞에 웅크리고 앉았다.

"모래폭풍의 날개 기사단 소속이자 하늘을 지키는 검은색의 모래폭풍날개의 누이동생, 작은 모래바람의 검은색 날개가 지금 이 자리에서 왕녀 전하께 예를 올립니다."

그녀의 헤어스타일은 거칠고 투박했으나 뒷목의 곡선이 깔끔했고, 날카로우면서도 예쁘장한 얼굴은 나름대로 귀여웠다.

셀레스티아는 그녀를 반갑게 맞이했다.

"어서 오세요, 작은 모래바람의 검은색 날개여. 이제 당신은 저와 함께 일하게 될 것입니다."

셀레스티아는 상대의 양쪽 어깨를 오른쪽부터 순서대로 누른 뒤 마지막으로 머리에 손을 댔다.

"부디 성심을 다하여 저와 제 친구들을 도와주세요."

셀레스티아의 앞에 앉은 그 매서운 눈매의 여성은 주변의 공기를 달구며 자신의 의지를 뚜렷이 드러냈다.

"제 영혼과 육체는 이제부터 전하의 것입니다. 마음껏 사용해 주십시오."

"알겠습니다, 작은 모래바람의 검은색 날개여. 이제 일어나세요."

"소신이 해야 할 일을 말씀해 주십시오."

셀레스티아는 모두를 향해 두 팔을 벌렸다.

"제 친구들과 인사를 나누세요. 친구가 되는 겁니다!"

"알겠습니다."

모자를 다시 눌러쓴 그녀는 치프와 데스디아를 차례로 봤다.

좌우로 움직이던 그녀의 파란색 눈동자가 먼저 멈춘 곳은 치프 쪽이었다.

"당신이 우두머리로군. 그대가 치프인가?"

"응?"

"과연, 오라버니의 말씀대로 영혼의 깊이가 다르군."

치프는 루할트가 무엇을 근거로 동생에게 그런 말을 했는지 궁금했다.

그녀가 치프를 향해 손을 내밀어 악수를 청했다.

"인간의 이름으로는 '젝스 하인케스' 라고 한다. 이제 당신을 사장으로 모시도록 하지."

"젝스 하인케스? 하인케스라고? 꽤 낯익은 이름인데?"

치프는 일단 그녀와 악수를 하며 질문과 고민 사이에 놓인 말을 했다.

젝스가 눈을 깜박거렸다.

"오라버니와 기사단이 운영하는 회사의 이름이 하인케스 무역통상이다."

"하인케스 무역통상? 여긴 무기 제조까지 하는 군수무역회사 잖아? 요즘 잘나간다고 들었는데?"

"우리 회사 제품은 평이 좋아."

젝스의 무덤덤한 대답이 치프를 멋쩍게 만들었다.

"아니, 그건 아는데……."

"뭔가 문제라도?"

"하아, 아냐. 능력 좋네, 루할트 씨."

치프는 1년 전에 톰에게서 하인케스 무역통상이라는 회사가 우주 단위 무기거래시장에 갑자기 나타나 급격하게 점유율을 늘리고 있다며 투덜거린 것을 떠올렸다.

'드래곤들이 무기제작기술과 정보를 어떻게 얻은 거지? 게다가 하인케스 무역통상의 주된 품목은 건하운드라고?'

치프는 그 부분이 이해가 가지 않았다.

치프와 어색한 인사를 마친 젝스는 데스디아 쪽으로 돌아섰다.

신장 160㎝ 언저리의 젝스는 2미터가 넘는 데스디아를 아득하게 올려다볼 수밖에 없었다.

"데스디아 브라토레, 이 별이 사랑하는 정령술사. 직접 마주하니 그 압력이 다르군."

"응. 날 따라와, 젝스 하인케스. 그리고 앞서 했던 인사들은 다 잊도록 해. 면접시험을 통과해야 우리 회사의 직원이 될 수 있거든."

"그, 그러한가?"

"네 오라버니와도 얘기가 된 거야."

젝스는 앞서가는 데스디아를 따라가면서 고개를 갸웃거렸다. 면접시험이라는 말과 달리 데스디아에게서 풍겨오는 기운이 너무 살기등등했기 때문이다.

고철이 한쪽 구석에 잔뜩 쌓인 회사의 훈련장으로 이동한 데스디아는 자신의 건하운드, 파프니르를 들었다.

"면접시험을 어떻게 볼지는 대충 알겠지?"

"응."

고개를 끄덕인 젝스는 가방에서 단검 두 자루를 꺼냈다. 칼날까지 검은색인 그 단검은 날은 서 있지 않았지만 금속으로 되어 있었기에 장난감처럼 보이진 않았다.

치프는 왜 뜬금없이 단검을 꺼내는지 몰라 의아했으나 그 물건의 정체는 금방 드러났다.

회사 훈련장에 쌓여 있던 고철 더미들이 분해되어 파란색의 입자로 변해 하늘을 날았다. 그리고 그 입자들은 7미터 정도의 길이를 가진 두 자루의 단검으로 변했다.

'블레이드하운드? 실전형이라고?'

치프는 젝스의 손짓과 몸짓에 맞춰 고속으로 움직이는 두 자루의 칼날에서 상당한 위협감을 느꼈다. 젝스의 블레이드하운드는 그만큼 완성도가 높았다.

"후후."

낮게 웃은 데스디아는 파프니르의 제어장치를 기동시켰다. 입자가 뭉쳐 완성된 파프니르의 포대가 칼날을 펼치며 제어장치와 결합되었다.

데스디아는 초대형 검의 형태가 된 파프니르를 한 손으로 휘두른 후 자세를 잡았다. 그녀의 검은색 망토가 검풍에 휘날려 그녀의 왼쪽으로 쏠렸다.

데스디아의 집중력이 치솟으면서 그녀의 눈이 새빨갛게 빛을 냈다. 훈련장 바닥의 흙 알갱이들이 정령들의 힘에 이끌려 파르르 떨렸다.

"혹시 점심 먹었니?"

데스디아의 질문에 젝스는 고개를 흔들었다.

"잘됐네. 네가 토한 것에 내 옷을 버리진 않겠어."

"……."

도발을 당한 젝스가 그렇지 않아도 사나운 눈매를 더욱 흉하게 구겼다.

'이방인 따위가!'

데스디아의 '면접시험'은 잔인했다.

시험 시작부터 압도적으로 두드려 맞은 젝스는 몇 번이나 블레이드하운드를 해체당했으나 데스디아는 다시 구축할 것을 명령했고 오기가 발동한 젝스는 계속해서 그녀에게 도전했다.

하지만 상황은 어린 집고양이가 야생에서 단련될 대로 단련된 흑표범과 대적하는 것이나 마찬가지였다.

데스디아의 파프니르는 치프는 물론 셀레스티아까지 놀라게 할 만큼 위력적이었다.

공항에서 녹색의 드래곤과 싸울 때보다 검의 압력이 증가했고 검의 속도도 정령들의 도움을 받아 가속된 데스디아의 움직임을 제대로 소화해 냈다.

치프는 그 강화 현상이 파프니르에 심어진 인공지능 덕분이라고 판단했다. 실제로 데스디아와 파프니르의 인공지능은 교감을 통해 서로의 능력을 강화시키고 있었다.

결국 30분 내내 얻어맞은 젝스는 탈진하여 쓰러지고 말았다.

데스디아의 평가는 합격이었다. 그리고 직접 젝스를 의무실에 눕혀준 뒤 뒷일을 치프에게 맡기고 숙소로 돌아갔다.

젝스가 다시 눈을 뜬 것은 기절한 후 2시간이 지난 뒤였다.

"인간의 모습으로 싸우는 건 익숙지 않지?"

치프는 눈을 스르륵 뜬 젝스에게 물었다.

젝스는 종이로 된 만화책을 옆에 든 채 자신의 곁에 앉아 있는 치프를 훑어봤다.

의식을 되찾자마자 치프의 질문을 받은 젝스는 오른손으로 얼굴을 덮었다.

"난 얼마나 오랫동안 의식을 잃은 것인가, 우두머리여?"

"치프라고 불러. 사장이라고 해도 좋아."

"우두머리라는 호칭은 싫은가?"

"지휘관 같은 역할을 너무 오래 해버렸거든. 좋은 일을 지휘한 것도 아니고 말이야."

"동족상잔 말인가?"

"하하, 다른 행성 사람들은 우리의 일을 그렇게들 부르지. 금성, 화성, 목성… 해왕성 등의 위성궤도에 자리 잡은 지구의 식민지들은 온갖 범죄로 자주 시끄럽거든."

치프는 젝스의 질문에 일일이 답을 하며 읽고 있던 만화책의 책장을 넘겼다.

젝스는 수십 년 동안 임무라는 이름하에 동포를 죽여왔던 기억을 아무런 감정 변화 없이 추억하는 그의 모습에서 가벼운 충격을 느꼈다.

"너, 아까 데스디아와 싸울 때 보니까 기본 육체 능력은 정말 좋아 보이더라. 근력, 순발력, 지구력 모두 지구인의 한계를 능가하고 있었어. 맞아, 알타이르인 정도는 되어 보였지."

치프가 감탄과 응원을 섞어 말했다.

"그렇게 설계된 육체니까."

"흠. 설계라."

"그래도 인간 형태의 몸은 불편해. 날개도 없고, 꼬리도 없고, 목도 너무 짧아. 손톱은 연약하고 뼈는 무르지. 치아의 구조도 마음에 안 들어."

젝스의 파란색 눈동자에는 허망함이 깃들어 있었다.

"그보다는 데스디아한테 깨진 게 분하시겠지."

치프가 웃으며 말했다.

"내 생각을 읽었나?"

젝스가 베개에서 고개를 들었다. 치프는 만화책에 눈을 둔 채 고개를 설렁설렁 저었다.

"설마? 나에겐 너희처럼 생체 파장을 읽어서 기억을 더듬는 능력 따위는 없어."

"그럼 어떻게 내 본심을 알았지?"

"본래의 몸이었다면 데스디아를 이겼을 거라는 말투였거든. 그 정도는 느낄 수 있지. 우리 지구인들은 기본적으로 의심쟁이거든."

"그렇군."

치프는 만화책을 덮었다.

"기초 훈련부터 해볼래? 내가 그런 거 가르치는 건 전문이거든."

"동족상잔을 통해 진화한 전투 기술을 배우란 말인가?"

"싫어?"

"데스디아에게 배우는 게 낫다고 판단되는군."

"하, 개한테 어지간히 반했구나?"

치프가 키득거리자 젝스의 얼굴이 조금 붉어졌다.

"하지만 관두는 게 좋아. 데스디아는 사람 가르치는 재주가 없어."

"어째서인가?"

"약자의 입장이 된 적이 없다고 자기 입으로 말하는 여자거든."

치프는 팔짱을 끼며 말했다.

"사실 지구에 있는 친구들한테 요청해서 데스디아의 뒷조사를 좀 해봤지. 알타이르에서 데스디아에 대한 정보 은폐를 하긴 했지만 그럴수록 들여다보고 싶어지는 게 지구인이라서 말이야."

"뒷조사? 당신은 데스디아를, 친구를 믿지 않나?"

"물론 믿지. 회사 통장까지 넘겨줬는데?"

치프는 웃자고 한 얘기였으나 젝스는 천박하다는 눈초리로 그를 마주 봤다.

"겨우 돈 따위로 신뢰를 하는 관계였단 말인가?"

"어이, 믿는 것과 아는 것은 조금 다르잖아?"

치프가 따졌다.

"잘 모르겠군."

중얼거리듯이 말한 젝스는 천천히 침대에서 일어나 앉았다. 모른다고 말은 했지만 그녀의 눈빛과 표정은 치프의 다음 이야기를 기다리고 있었다.

"데스디아는 알타이르 왕족 중에서도 100년에 한 번 나올까 말까 한 천재야. 그런 존재가 대단히 성실하게 200년 이상을 단련했지. 실제 나이는 올해로 253세라더군. 지구와 알타이르는 1년의 단위가 다르니 지구 나이로 따지자면 더 많을 거야."

"내가 느끼기엔 그 숫자보다 더 강한 것 같은데?"

"물론이지. 알타이르 왕족들은 혈통이 워낙 좋아서 천재라고 할 만한 재능을 가진 사람은 수도 없이 태어난다더라고. 그런데 그중에서 워치프의 계급에 오르고 꾸준히 유지하는 자는 모든 알타이르인 가운데 세 명 정도라고 해. 그들의 한 세기 동안 말이야. 데스디아는 그 세 명의 워치프 가운데에서 행성 밖의 임무를 맡는 유일한 존재야. 그건 알타이르 행성 최강자나 마찬가지라는 뜻이지."

"한 행성의 최강자라면 납득이 가는군."

"그렇지?"

치프는 미리 준비해 온 작은 생수 한 통을 젝스에게 던져 주었다. 그것을 받은 젝스는 즉시 뚜껑을 열고 물을 마셨다.

그녀는 그만큼 지쳐 있었다. 치프 역시 물을 마신 후 이야기를 계속했다.

"육체적 능력, 정령과의 강력한 교감 능력, 그리고 천부적인 전투 감각 등등. 완전히 하늘의 축복을 받은 싸움꾼이라고 생각하면 돼."

"하늘의 축복을 받아서 하는 일이 고작 싸움이라니, 이해가 안 가는군."

치프는 젝스의 그 말에서 가치관의 차이를 확실히 느꼈다.

"지구식의 표현이야. 아무튼, 데스디아는 그렇게 살아와서 남을 평가하는 재주는 있어도 가르치는 재주는 없어."

"너무 확정적으로 말하는 것 아닌가?"

"데스디아 본인이 나한테 말한 거야. 자신은 항상 강자였기에 약자를 이해하지 못한다고 하더군."

"그런가……."

젝스는 아쉬움에 한숨을 쉬었다.

"근데 사실 그렇지는 않을 거야."

치프가 말을 덧붙이자 젝스는 아래로 내렸던 시선을 움직여 다시 그를 봤다.

"항상 강자였네 어쩌네 하면서 자만하는 사람치고는 너무 성실하거든. 아침에 단련을 거르는 걸 본 적이 없어."

"그럼 왜 가르치는 재주가 없다고 당신에게 말한 건가?"

"일단 성격이 너무 급하고… 보기보다 상대를 좀 가리는 편이기도 하고."

"상대를 가린다고?"

"낯가림이 심해. 부끄럼쟁이일지도?"

"…데스디아 본인의 앞에서 그 평을 그대로 했다가는 얻어맞을 것 같군."

"그래, 우리만의 비밀로 하자고."

치프는 만화책의 모서리로 자신의 입술 위를 두드렸다.

"어때, 나에게 배워보겠어?"

"당신은 나를 가르칠 자신이 있나?"

"지금 당장 내 생체 파장을 읽어서 전투 기술과 경험을 흡수

해도 돼."

치프의 말에 젝스는 고개를 흔들었다.

"그건 못해. 이제는 그 어떤 날개 달린 자들도 당신의 기억을 읽을 수 없어. 겉핥기 정도밖에 못할 거야."

"응? 왜?"

"운캄타르 성왕 폐하를 제외하고 이 행성에서 가장 우월한 존재인 왕녀 전하의 일부가 당신에게 녹아 있거든."

"오, 내가 그렇게 대단한 존재란 말이야?"

치프는 밝게 웃었으나 젝스는 옆에 벗어두었던 검은색 야구 모자를 다시 눌러쓰며 상대의 분위기를 억눌렀다.

"너무 좋아할 필요는 없어. 왕녀 전하께서 만약 목숨을 잃으신다면 당신도 그분께 얻은 모든 것을 잃게 되거든. 그 한쪽 눈과 팔다리, 그리고 중추신경까지 말이야."

"흐음."

젝스에게 의외의 이야기를 들어버린 치프였지만 내색하진 않았다. 젝스도 그런 말을 들었으면서도 콧소리만 내는 치프에게서 거리감을 느꼈다.

"주의해야겠네."

"음."

"아무튼 나에게 배울 생각은 있어?"

치프가 다시 물었다.

"데스디아가 당신을 친구로 삼은 만큼 당신에게 배울 것은 분명 있겠지. 훈련은 언제부터인가?"

"내일 아침. 지금은 노을이 질 무렵이고 너도 지쳤으니 일단은 기숙사에 가서 쉬도록 해."

"그러지."

젝스가 침대 아래에 놓인 자신의 신발을 신은 후 치프가 수습해 온 자신의 짐을 들었다.

그녀와 함께 의무실을 나간 치프가 만화책을 흔들며 말했다.

"아, 근데 인간의 형태가 된 드래곤은 어떻게 하면 죽어?"

치프의 입장에선 툭 던진 말이었으나 젝스는 아예 멈춰서 치프를 경계할 만큼의 충격을 받았다.

"질문의 목적이 뭐지?"

"셀레스티아가 죽는다면 나도 죽는다며? 알아서 나쁠 건 없잖아?"

"…알고 싶다면 왕녀 전하께 여쭙도록. 내 입으로 발설할 문제는 아니니까."

"아, 그게 낫겠네."

치프는 끄덕끄덕한 뒤 젝스보다 앞서 걸어갔다.

젝스는 오른손에 만화책을 든 채 걷는 그 지구인을 어디까지 믿어야 할지 가늠하기 힘들었다.

하지만 루할트가 치프에 대해 '너무 순수하게 사악한 존재라서 오히려 신뢰할 수 있다'라고 평했기에 일단 그를 계속 따르기로 했다.

본관의 로비에는 셀레스티아가 서 있었다. 치프는 그녀를 향해 만화책을 흔들며 다가갔다.

"계속 거기서 기다린 거야?"

"응, 방금 전까지 손님이 있었거든."

"손님? 누구?"

"알케온 경."

알케온이라는 이름을 들은 젝스는 자신도 모르게 주먹을 쥘 만큼 긴장했다.

"전하!"

젝스가 자신을 소리 높여 부르자 셀레스티아는 빙긋 웃었다.

"나는 괜찮아요, 젝스. 알케온 경도 인사를 하기 위해 온 것일 뿐이었지요. 그리고 그는 원래 착하잖아요?"

"하지만 지금은……!"

젝스는 말끝을 어설프게 흐렸다.

치프는 로비의 창밖을 봤다. 긴 불꽃이 하늘 저편에 지평선처럼 걸린 채 하늘의 색을 바꿔놓고 있었다.

그 불꽃은 이내 사라졌지만 치프는 그 불꽃의 규모로부터 상당한 인상을 받았다.

"알케온이라는 영주는 불꽃을 쓰나 봐? 루할트는 검은색의 모래폭풍이었잖아?"

"응, 저 현상들은 영주들이 가진 힘의 상징이야."

셀레스티아가 대답했다.

"루할트의 모래폭풍은 전자기력에 의한 공간왜곡인데… 불꽃은 뭐지? 실제로 뜨거워?"

"지구식으로 얘기하자면 주변의 물질들을 괴롭혀서 플라즈마로 바꾸는 거야. 지금은 자신을 드러내기 위한 꾸밈에 불과하지만 알케온 경이 마음을 먹으면 불꽃으로 바위도 녹일 수 있어. 신기하지?"

셀레스티아는 생글생글 웃으며 대답했다.

치프는 젝스를 한 번 쳐다본 뒤 다시 셀레스티아를 봤다. 의무실에서 젝스에게 들었던 이야기가 떠올랐기 때문이다.

"젝스 말로는 루할트나 알케온보다 네가 더 우월한 존재라고 하던데, 맞아?"

"어떻게 봐주느냐에 따라 달라. 우월함이라는 것은 시간과 장소, 그리고 마음먹기에 따라서 얼마든지 달라지거든."

셀레스티아는 치프를 향해 부드럽게 손을 내밀었다. 잠잠했던 치프의 오른쪽 눈동자가 그에 반응하여 상감색으로 환하게 빛났다.

"힘을 필요로 하는 곳에서는 힘이 최고이고 돈을 필요로 하는 곳에서는 돈이 최고잖아? 그럼 우리 날개 달린 자들의 세상에서는 과연 무엇이 최고일까?"

"어려운 질문이네. 모르겠어."

모르겠다고 대답한 순간 치프의 머릿속에 떠오른 기억은 지구의 식민지들을 돌아다니며 차가운 기계처럼 '적'들을 죽였던 자신의 모습이었다.

과거에 대한 혐오감이 그를 조금 우울하게 만들었다.

젝스는 그의 표정 변화를 알지 못했으나 셀레스티아는 더 상냥하게 웃어주었다.

"치프는 나와 연결된 그 오른쪽 눈으로 세상을 계속 보게 될 거야. 그렇다면 언젠가 알 수 있겠지. 이 행성에서 가장 소중한 것들을 말이야."

셀레스티아가 손을 내리자 치프의 오른쪽 눈도 잠잠해졌다.

"답은 이미 알고 있겠지만."

셀레스티아가 강조하여 말했다.

"그렇구나."

치프는 오른손으로 자신의 오른쪽 눈을 덮었다.

"역시 난 너에게 이걸 얻었을 때 변한 거였어."

"변한 게 아니야."

"그래?"

"뜨거워져서 녹은 거야. 눈사람처럼."

"하하."

치프는 즐겁게 웃었다. 셀레스티아도 잔잔하게 웃었다.

"그럼 난 젝스를 기숙사에 안내해 줄게. 저녁 시간에 보자고."

"응, 치프."

셀레스티아가 손을 흔들었다.

젝스를 데리고 본관을 나온 치프는 둘둘 말은 만화책으로 자신의 어깨를 툭툭 치며 걸어갔다. 젝스는 가만히 그를 따라갔다.

"컨테이너에 있는 짐은 뭐야?"

마침 아침에 루할트가 놓고 간 컨테이너가 보이기에 치프가 젝스에게 물었다.

"침대랑 가구."

"뭐?"

"인간의 모습으로는 잠들기가 어렵거든. 그래서 내가 회사에서 일할 때 쓰던 걸 가져온 거야."

"네가 가져다 달라고 한 거야, 아니면 루할트가 가져온 거야?"

"오, 오라버니가……."

"하, 이미지 깨네. 루할트 씨."

치프는 단말기를 조작하여 얼마 전에 구입한 로봇들을 창고로부터 불러냈다.

그 로봇들은 능숙하게 컨테이너 문을 열고 그 안에 있던 침대와 각종 가구를 꺼냈다.

"기숙사의 방 안에 침대니 뭐니 다 있지만… 뭐, 다 꺼내서 저걸로 채우면 되겠지. 방은 크니까 걱정하지 마."

"감사하지, 사장."

젝스가 고개를 꾸벅 숙였다.

"수고는 로봇들이 하니까 너무 신경 쓰지 마. 그보다 방은 어떻게 할래? 혼자 하나를 쓸래, 아니면 데스디아와 같은 방을 쓸래?"

"나 혼자 쓰는 게 데스디아에게도 좋을 거야."

"그건 또 무슨 소리야?"

"데스디아의 정령 교감 능력은 상상 이상이야. 아마 잠든 상태에서도 정령과 교감할 수 있겠지. 그렇게 되면 데스디아는 나와 교감할 수도 있어. 그러면 오라버니의 말대로 피의 갈망에 빠지겠지."

"그럼 더더욱 데스디아랑 같이 써야겠네."

"뭐?"

"그러면 데스디아에게도 연습이 되겠지. 드래곤과 교감하지 않는 훈련 말이야. 어때?"

"데스디아가… 데스디아 님께서 괜찮으시다면."

젝스의 얼굴이 붉어졌다.

"그럼 데스디아에게 의견을 물어볼게."

치프는 데스디아에게 전화를 걸었다.

—음… 무슨 일이지?

데스디아가 잠에서 덜 깬 목소리를 냈다. 그녀가 그렇게 피곤해하는 것은 처음이어서 치프는 자못 놀랐다.

'역시 데스디아도 젝스만큼 지쳤던 거군.'

치프는 젝스가 환멸하지 않도록 일부러 표정을 숨겼다.

"젝스가 너랑 같은 방을 쓰도록 할 건데, 괜찮겠어?"

—젝스가?

"네가 드래곤과 교감하지 않는 방법을 익힐 수 있을 것 같아서 말이야."

—그렇군.

"가구도 함께 옮길 거야. 루할트가 젝스의 전용 가구를 가져왔더라고."

—그 컨테이너로 말인가? 흠, 알았으니 10분 정도만 시간을 줘.

"좋아."

전화를 끊은 치프는 왼손을 허리에 대고 앞으로 밀듯이 하며 몸을 펴봤다.

"그럼 10분만 기다리자고."

"음… 그보다 사장."

젝스가 그의 앞에 다가섰다.

"왜?"

"어째서 전하께 여쭙지 않은 거지?"

"뭘?"

"인간의 형태를 한 드래곤은 어떻게 하면 죽는지 묻는다고 했잖아?"

"아, 맞다! 잊었어!"

치프는 말아 뭉친 만화책으로 자신의 손바닥을 쳤다.

"실은 일부러 안 물어봤지만."

"그런가? 어째서?"

"알케온이라는 자의 불꽃을 보니 내 목숨 같은 걸로 지킬 수는 없을 거 같더라고. 대신 회사나 잘 지키려고 다시 마음먹었지. 사장이니까."

"흠."

젝스는 조금 김이 샜다는 듯 한숨을 쉬었다.

치프가 만화책으로 그녀의 모자를 눌렀다.

"너도 이제 회사의 일부야. 어디 다치지 않도록 내일부터 잘 가르쳐 주지."

잠시 멍한 표정을 지은 젝스는 이윽고 불신에 가득 찬 비웃음을 지었다. 과연 인간 주제에 잘할 수 있겠냐는 표정이었다.

'역시 피는 못 속이는군.'

치프는 느낌상 루할트와 똑같은 그녀의 눈빛을 보며 짜증에 시달렸다.

06
싸우면서 크는 법

12년 전. 목성 식민지에서 대규모 반란 사건이 일어났을 때의 일이었다.

붉은 피부의 그 소녀는 자신이 어떤 선택을 해야 할지 알 수가 없었다.

좁은 돌무더기 사이에 아슬아슬하게 낀 몸은 그냥 쑤실 뿐이었다. 건물 파편에 맞았는지 머리는 아팠다.

소변을 벌써 두 차례나 봤지만 밖에서는 아무 소리도 들리지 않았다.

부모에 대한 생각은 그녀의 머릿속에 아예 없었다. 그녀가 마지막으로 본 것이 폭발에 휘말려 가루가 되는 부모의 모습이었다.

목성 식민지의 기후가 적당했던 것이 그나마 다행이었다. 하지만 그 기후는 그녀를 갈증으로 괴롭혔다.

목마름. 지금 소녀가 원하는 것은 한 모금의 물이었다.

그때 사람들의 목소리가 들렸다.

"치프, 뭐하시는 겁니까?"

"됐으니까 이쪽 건물 더미나 살펴봐! 적외선, 엑스선, 음파탐지, 다 괜찮으니까!"

"인명 구조는 임무 목록에 없습니다. 지금은 반란군들이 식민지 인공태양 조정실에 접근하는 걸 막아야……."

"제길, 내가 살펴볼 테니 기계를 내놔!"

"아, 알겠습니다. 말씀대로 하겠습니다만… 생존자가 과연 있겠습니까? 이 정도 규모의 붕괴라면 아무리 목성인이라고 해도 살 수가 없습니다."

"아까 봤다고! 어떤 부모가 자기 딸을 여기로 던졌어!"

"아, 그때 말씀이십니까? 그럼 폭발 시의 충격파와 파편, 후폭풍 때문이라도 생존 확률은 더……."

"내기할까?"

"흠, 알겠습니다. 생존자 없으면 맥주 사십시오. …어?"

"생존자 있잖아! 다들 이쪽으로 와! 도우란 말이야!"

파편들이 하나씩, 그리고 빠르게 제거됐다.

가까스로 해방된 소녀의 눈에 빛과 함께 들어온 것은 사막색의 군복과 군용의 강화외골격, 그리고 헬멧으로 얼굴을 감춘 UNSMC 군인이었다.

"여어, 잘 잤어? 아니, 아예 못 잔 얼굴인데?"

"치프, 맥주는 제가 사겠습니다."

권총 형태의 기계를 든 군인이 치프라고 불린 남자의 뒤편에서 중얼거렸다.

"맥주는 됐으니 이 꼬마의 상태나 확인해 봐."

헬멧을 쓴 남자는 그 기계를 든 군인을 가볍게 다그쳤다.

"타박상과 찰과상, 가벼운 탈수증상 외에는 이상이 없습니다. 오줌 냄새가 가장 문제네요."

"피 냄새보다는 낫지."

일단 소녀를 살살 꺼낸 남자는 그녀에게 자신의 전투복에 달린 급수 장치에서 호스를 꺼내 그 아이에게 물려주었다.

"조금씩 마셔야 돼. 군용 전해질 음료라서 속이 뒤집어질 수도 있어."

남자는 소녀의 하얀색 머리에 묻은 흙과 건물 파편을 손으로 털어주었다. 얼굴은 긁힌 상처가 많아 건드리지 않았다.

"이름이 뭐지, 아가씨?"

소녀는 말없이 호스만 빨았다.

고개를 젓던 남자를 향해 단말기의 레이더를 한참 바라보던 군인이 고개를 돌렸다.

"치프, 반란군 기갑부대입니다! 주력 전차 아홉 대 확인!"

"위치는?"

"약 1분 뒤에 접촉합니다! 정확히 우리를 향해 오고 있습니다!"

"합류 지점에 수송기는 언제 오지?"

"정확히 6분 42초 후입니다!"

"내가 시간을 벌 테니 너희들 모두는 생존자를 데리고 합류 지점으로 가. 거기서 보자고."

"예? 다른 방향에서도 반란군 기갑부대가 올 확률이 높습니다!"

"이 아가씨에게는 행운이 있어. 오줌 냄새 말고는 괜찮을 거야."

소녀의 입에서 호스를 뗀 남자는 하사 계급을 단 부하에게 소녀를 안겨주었다.

말이 소녀였지 목성 식민지인이기 때문에 덩치는 성인 여성에 가까웠고 체중도 묵직했다. 아마 그들이 운동 능력을 보조해 주는 강화외골격을 착용하지 않았다면 소녀를 안아서 데려간다는 발상은 아예 하지도 못했을 것이다.

"치프, 혼자 괜찮으시겠습니까? 구형 장갑차라고 해도 보행기동기능과 대인추적기능은 확실합니다! 건하운드로 잡기 전에 박살 나실 수 있습니다!"

"데토네이터로 맞서면 되겠지. 어서 가!"

"그럼 합류 지점에서 뵙겠습니다!"

군인들은 뛰었고 치프라 불리던 남자는 소총 대신 건하운드의 제어장치를 들었다.

치프를 볼 수 있는 방향으로 안긴 채 군인들과 함께 이동하기 시작한 소녀는 골목을 돌아 나타난 장갑차들이 일제히 거인들처럼 일어나는 모습을 봤다.

더불어 치프의 눈앞에 수없이 프린팅되어 뭉친 포대들이 얼핏 인간의 형상을 하고 있는 것도 목격했다.

함께 뛰던 군인 중 한 명이 소녀를 안은 하사에게 말했다.

"하사님, 민간인한테 건하운드 데토네이터 모드를 보여줘도 괜찮겠습니까?"

"이 아가씨에겐 행운이 있다고 하셨잖아? 어떻게든 되겠지!"

제어장치를 든 채 건하운드의 포대 덩어리에 탑승하는 것이 그날 소녀가 마지막으로 본 치프의 모습이었다.

*　　　*　　　*

12년 후, 현재.

그라니트의 빅시티 공항은 점점 더 분주해지고 있었다.

몸이 손실될 정도의 부상을 입고 고향으로 가는 자들의 어두운 모습도 있었지만 그들의 모습을 완전히 가려 버릴 만큼 많은 사람이 성공의 희망에 취하여 혼자서, 혹은 가족과 함께 공항에서 빠져나왔다.

공항 앞에는 수많은 차량이 주차되어 있었지만 그중에서 눈에 띄는 것은 바퀴가 여덟 개 달린 수송용 장갑차였다.

민간용으로 전환되어 무장과 감지장치는 모두 제거된 상태였으나 카키색으로 도색된 그 큰 덩치와 부양식 차량들이 가질 수 없는 커다란 바퀴의 모습은 압도적이었다.

그 차량에 기댄 채 시간을 보내고 있는 여성도 다른 이들과 달랐다.

차량보다 조금 어두운 카키색의 건빵 바지와 같은 색 군화, 그리고 검은색 민소매 셔츠로 두꺼운 근육질의 몸을 감싼 그 여성은 단말기의 화면을 보면서 시간을 보내고 있었다.

흰색 머리는 말의 꼬리처럼 뒤로 한 번 묶고 있었다. 그와 대비되는 붉은색 피부는 그녀가 목성인, 정확히는 목성에 있는 지구 식민지 출신이라는 증거였다.

그녀에게 가방을 멘 황토색 더벅머리 소녀가 뛰어갔다.

"저어, 그라니트 용역에서 나오신 분인가요?"

소녀가 말을 걸자 붉은색 피부의 그녀는 보고 있던 단말기를 내렸다. 그랬음에도 불구하고 그녀는 자신의 큰 가슴 때문에 앞에 선 소녀의 모습을 이마까지밖에 볼 수 없었다.

"정확히는 오늘 입사할 예정이지만."

"그, 그렇군요! 저랑 입사 동기가 되시겠네요, 하하!"

붉은색 피부의 여성은 헤벌쭉 웃는 소녀를 흘끔 내려다봤다.

190㎝가 훨씬 넘는 신장의 그녀와 150㎝가 겨우 넘는 소녀의 체격 차이는 덩치 때문에라도 더 대단했다.

"10시 정각까지 앞으로 2분 남았으니 조금 더 기다리자."

"예! 아, 저는 포프 베르자르라고 합니다! 오파로아 행성 출신입니다!"

오파로아 행성인이라고는 해도 지구인과는 외모에서 다를 바가 없었다. 그러나 그들 특유의 작은 신장과 밑도 끝도 없는 쾌활함만은 뚜렷했다.

"사만다 카터라고 해. 목성 출신이야."

붉은색 피부의 여성, 사만다는 자신의 풍성한 앞머리 사이로 포프가 메고 있는 가방을 봤다.

"지구의 H&KB사 제품이군. 그것도 최신형인 HKB417이잖아?"

"오, 알아보시네요? 도둑들도 못 알아봐서 이것만은 안 가져갔어요! 하하하!"

"…그렇군. 난 카터 인더스트리에서 잠깐 일했거든."

"KI에서 일하셨다고요? 거기 제품도 정말 좋죠!"

"H&KB보다는 못하지. 대신 저렴하지만."

"하지만 KI쪽 물건은 튼튼하죠!"

포프는 주먹을 꽉 쥐며 팔을 굽혔다. 쾌활함이 온몸에서 넘치긴 했지만 옷은 조금 지저분했고 얼굴도 좀 야윈 상태였다.

"도둑들한테 언제 당했지?"

"이틀 전이요. 그 이후로는 현금이 없어서 물밖에 못 마셨어요. 하지만 도둑치고는 착한 분들이라서 건하운드랑 신용카드는 안 가져가셨어요! 제 몸도 안 건드리셨고요!"

건하운드와 신용카드는 위치 정보를 확인할 수 있기 때문에 가져가지 않은 것이고 몸을 건드리지 않은 것은 그라니트 보안국 정책상 미성년자 성폭행은 관련자들까지 무조건 사형이기 때문이었다.

"행운이네."

사만다는 그런 이유들 대신 그 한마디를 포프에게 던졌다. 물론 사만다의 표정은 돌처럼 변함이 없었다.

사만다는 단말기를 바지 주머니에 넣었다.

"출발하자. 시간 됐어."

포프는 어제 신용카드로 새로 산 단말기를 봤다. 시간은 10시 3분이었다.

"회사 지원자가 별로 없나 보네요?"

"글쎄?"

사만다와 포프를 태운 장갑차가 우렁찬 엔진 소리를 내며 출발했다.

보조석에 탄 포프는 장갑차의 이곳저곳을 구경하다가 사만다에게 고개를 싹 돌렸다.

"저기, 혹시 아세요? 저 생각보다 유명인이에요!"

"그렇군."

사만다는 묵묵히 운전대를 움직였다.

"2주 전에 빅시티 공항이 드래곤에게 습격당한 일이 있었거든요! 그런데 당시 뉴스 동영상에 제가 나왔어요!"

"아… 그… 7층으로 걷어차인?"

"맞아요! 그 동영상의 조회수가 무려 24억이었어요!"

깔깔 웃은 포프는 더욱 신이 난 얼굴로 얘기를 계속했다.

"그때 저를 걷어차서 구해주신 분이 그라니트 용역에 계시다는 걸 며칠 전에 알았어요! 으아, 정말 멋졌죠!"

"음, 데스디아 브라토레 씨. 그분이 아마 지금 팀장이실 거야. 입사하게 되면 그분의 지휘를 받겠지."

사만다는 오른손 검지로 조수석의 사물함을 가리켰다.

"사물함 안에 먹을 것이 있어. 물도 있을 거야."

"앗, 감사합니다!"

사물함을 즉시 열어젖힌 포프는 사물함 안에 잔뜩 들어 있는 군용 비상식을 보고 눈을 반짝거렸다.

"우와, 진짜 군용인가요? 그런가요?"

즉시 하나를 꺼내 내용물을 씹은 포프는 몸을 부르르 떨었다.

"으음! 소문대로 맛이 없네요! 너무 달고 너무 짜요! 아하하하!"

"……."

그녀에게 뭔가를 먹여야 조용해질 것이라 생각했던 사만다는 이후 그라니트 용역 본사에 도착할 때까지 포프의 수다에 시달려야 했다.

정문을 통과한 사만다는 회사 본관까지 장갑차를 몰았다.

"정문이랑 외벽은 교도소 같았는데 안쪽은 그럴싸하네요! 하하하하!"

물론 포프의 수다에는 여전히 시달리고 있었다.

본관 앞에는 치프가 혼자 서 있었다. 햇살이 강했기에 선글라스를 쓴 치프의 모습은 조금 피곤해 보였지만 사만다는 그를 보자마자 여태까지 굳어 있던 표정을 조금 풀었다.

치프는 장갑차 소리를 듣고는 팔을 흔들었다. 사만다는 자신도 왼손을 흔들어 답례할까 하다가 그만두었다.

"그냥 흔드시죠?"

포프가 다시 불쑥 끼어들었지만 사만다는 대꾸조차 하지 않았다.

장갑차에서 내린 사만다에게 치프가 다가왔다.

"이게 얼마 만이야, 사만다? 저번에 봤을 때보다 더 큰 것 같은데?"

"아닙니다, 아저씨."

"하하, 아무튼 널 보니까 이 회사에 절대적으로 부족했던 것들이 잔뜩 채워지는 느낌이네."

특히 가슴 사이즈라는 말을 치프는 절대 꺼내지 않았다. '컵'

으로 따졌을 때 데스디아의 가슴은 B가 조금 넘었고 젝스는 명확한 A였다. 반면 사만다는 G를 넘는 사이즈를 자랑했다.

"아저씨께 도움이 될 수 있도록 노력하겠습니다."

"뭘, 사만다 정도의 전문가라면 괜찮을 거야."

치프는 근육으로 팽팽한 사만다의 등판을 툭툭 쳐주었다.

"넌 행운도 있잖아?"

"하하."

사만다는 치프의 느낌이 꽤 달라졌음을 느끼고 있었다.

치프가 그라니트 행성에서 혼자 살아 돌아왔다는 소식을 들은 순간, 그녀는 이야기를 전해준 자신의 양어머니를 처음으로 엄마라고 부르며 부둥켜안았다.

하지만 돌아온 치프는 많이 달라져 있었다. 히말라야 산맥처럼 냉랭했던 그의 분위기가 봄을 맞은 언덕처럼 느슨해져 있었다.

사만다는 그 이유를 알고 싶었기에 양부모의 반대를 무릅쓰고 군대를 그만둔 후 그라니트 행성으로 왔다.

"부모님들은 건강하시고?"

치프가 물었다.

"예. 두 분 다 건강하시고 오빠들도 잘 있습니다."

"하, 표정을 보니 단단히 싸우고 온 것 같은데?"

치프가 쓴웃음을 짓자 사만다는 면목이 없다는 듯 자신의 뒷목을 만졌다.

마침 망토를 걸치지 않은 데스디아가 오른쪽 어깨를 손으로 만지작거리며 회사 로비에서 나왔다.

사만다는 주변의 공기까지 눌러 제압하는 듯한 데스디아의 고고한 모습에 긴장했다.

시가를 꺼내 입에 물려던 데스디아는 치프 앞에 서 있는 그 붉은색 거인, 사만다를 보고 행동을 멈췄다.

"호오, 땅과 나무의 정령에게 가호를 받는 아가씨로군. 그 아가씨가 오늘 온다고 했던 사만다 카터인가?"

그녀의 질문에 치프는 고개를 끄덕거렸다.

"맞아. 톰 아저씨의 손녀지."

"응? 아, 그래서 성씨가 카터였군."

데스디아는 기분 좋게 시가를 물고 불을 붙였다.

12년 전, 목성 식민지에서 치프에게 구조되어 지구로 간 사만다는 치프의 강력한 요청에 의해 톰의 아들 부부에게 입양되었다.

톰은 부인과 사별한 후 자식들과는 거의 연락을 끊다시피 했지만 사만다의 입양 이후 톰과 아들 부부의 관계는 조금 개선되었다.

치프는 행운이 있는 아이라며 사만다를 자랑했으나 정작 그녀가 그 행운을 살려 군대에 들어가겠다고 말했을 때는 긴급 휴가를 내서까지 달려와 그녀를 말렸었다.

목성 식민지 보안부대에서 일하다가 전역하여 톰의 회사로 들어간 그녀는 톰의 요청에 따라 그라니트 용역에 지원하게 되었다.

치프는 젝스의 경우처럼 데스디아가 또 면접시험을 시도하지 않을까 생각했으나 데스디아는 시가만 신나게 필 뿐, 아무 행동도 하지 않았다.

"저기, 면접은?"

치프가 묻자 데스디아는 무슨 소리냐는 얼굴로 치프를 마주봤다.

"사장이 결정할 일을 왜 나에게 떠밀지?"

"……."

오늘 아침에도 젝스를 훈련시키느라 조금 피곤한 상태였던 치프는 시가의 향을 만끽하는 데스디아의 얼굴에 소화기를 뿌리고 싶었다.

사만다의 기대감, 데스디아의 만족감, 치프의 짜증 속에 존재감을 잃은 자가 있었다.

사만다의 옆에 선 포프였다.

"아, 오는 길은 괜찮았어? 빅시티의 경계를 넘으면 길이 좀 험한데 말이야."

치프가 사만다에게 물었다.

"드래곤이 몇 보이긴 했지만 그들은 거리를 유지한 채 비행하다가 회사 근처에서 사라졌습니다."

"음… 음?"

루할트의 기사단이 일을 참 부지런하게 한다며 칭찬하려 했던 치프는 그제야 포프를 발견하고 깜짝 놀랐다.

"같이 온 애는?"

"예? 10시까지 회사 지원자들을 기다리다가 데려오라고 아저씨께서 말씀하셨지 않습니까?"

"그, 그랬지. 정말 입사 지원자란 말이야?"

"예, 포프 베르자르라고 합니다! 사장님!"

포프가 건강하게 대답했다.

"믿을 수 없어! 우리랑 아무 관계도 없는 입사 지원자가 드디어 나타났다고! 여길 좀 봐, 데스디아!"

치프는 포프의 어깨를 잡고 흔들며 그녀를 자랑했다. 시가에만 집중했던 데스디아는 덤덤한 시선을 포프에게 돌렸다.

"음? 우리 어디서 만나지 않았나?"

"예! 공항에서 절 걷어차셨죠! 아하하하!"

"아, 흠……."

데스디아는 시가의 연기를 오랫동안 불어내며 생각하다가 다시 포프 쪽을 봤다.

"괜찮겠지. 그래, 환영해. 치프가 마침 가르치는 아이가 있으니 함께 기초부터 배우도록 해."

치프는 포프를 자신에게 떠넘기는 데스디아를 흘겨봤으나 데스디아는 그 뻔뻔함을 정의로운 표정으로 유지했다.

"옙, 감사합니다! 그럼 근로계약서는 언제 받을 수 있나요? 아버지께서 계약서를 받으면 보여달라고 그러셨거든요."

"…날 따라와."

치프는 데스디아를 계속 노려보면서 사만다와 포프에게 손짓한 후 그녀들과 함께 본관으로 들어갔다.

마침 훈련에 지친 몸을 풀 겸 회사의 장벽을 따라 달리던 젝스가 본관에 들어가는 세 명을 발견하고는 데스디아에게 달려갔다.

"데스디아 님, 누가 또 들어온 겁니까?"

"사만다 카터라고, 소질이 꽤 훌륭한 아이가 들어왔지. 그리고… 음, 그래. 한 명 더 들어왔어. 그 이름 모를 한 명은 아마 너와 함께 치프에게 훈련을 받게 될 거야."

"감히 데스디아 님께 이름을 밝히지 않다니, 용기가 대단한 신입이군요. 기대됩니다."

포프의 이름을 기억해 내지 못한 데스디아는 무심하게 시가의 연기를 뿜을 뿐이었다.

그 모습에 가슴이 두근거린 젝스는 달궈진 표정을 감추듯 서둘러 달리기를 계속했다.

시가를 절반쯤 피운 데스디아는 문득 손가락을 꼽아봤다.

"나를 포함해서 현장 직원만 이제 네 명이군."

그녀는 시가의 연기가 담배에 흐트러지는 것을 보며 웃었다.

"그럼 사냥을 시작해 볼까?"

데스디아가 던진 시가가 공기의 정령에 의해 폭파되었다. 더불어 파편들은 불의 정령에 의해 땅에 내려오기도 전에 재가 되었다.

*　　　*　　　*

“예, 선생님의 따님은 제가 잘 가르치겠습니다. 계약서는 보신 그대로입니다. 고용 3년 보장을 원하신다고요? 선생님, 여기는 학교가 아닙니다. 아, 농담이시라고요? 예, 하하. 저도 농담은 좋아합니다. 단말기요? 물론 단말기 사용은 자유입니다만 훈련 중이나 작전… 아니, 영업 중에는 꺼놓을 수밖에 없습니다. 예, 그럼 자주 연락드리겠습니다.”

사장실에서 포프의 아버지와 통화를 마친 치프는 인내심이 무겁게 실린 신음 소리를 내며 자신의 책상에 엎드렸다.

“아버지께서 걱정이 좀 많으시죠?”

스낵바에 앉은 포프가 과자를 오물오물 먹으며 물었다. 그녀의 옆에 앉은 셀레스티아는 포프가 마음에 들었는지 포프의 머리와 어깨, 목을 연신 쓰다듬으며 귀여워했다.

잠시 가만히 엎드려 있던 치프는 힘이 빠진 미소를 지으며 허리를 폈다.

“부모님들 마음이 다 그렇지. 아무튼 계약서는 됐고… 사만다?”

"예, 아저씨."

"식민지 보안부대에서 일했다며?"

"예. 보안부대 훈련소 훈련교관이었습니다."

그녀의 전직을 듣는 순간 치프의 얼굴에 생기가 좌르르 흘렀다.

"그 경험을 살려서 젝스와 포프의 훈련을 맡아주면 안 될까?"

사만다는 그가 얼마나 힘들었으면 저렇게 기뻐할까 생각했으나 아쉽게도 그녀는 그의 부탁을 받아들일 수가 없었다.

"건하운드나 블레이드하운드 실력은 저도 변변치 못합니다. 아, 기초체력훈련 정도는 제가 도와드릴 수 있습니다만……."

"그것만 해줘도 돼! 난 요즘 나이를 느끼고 있다고!"

그의 외침에 셀레스티아와 데스디아의 표정이 이상해졌다.

"거짓말은 나빠, 치프."

셀레스티아의 지적에 치프는 아무 말도 못했다.

"그럼 아침 기초체력훈련은 제가 맡겠습니다."

사만다가 서둘러 대답했다. 그러나 그녀의 좋은 마음씨는 데스디아에게 가로막혔다.

"안 됩니다, 사만다 카터. 당신은 제가 맡을 것입니다."

"예?"

사만다가 흠칫했다.

"당신은 당신 스스로가 얼마나 훌륭한 재능을 가졌는지 잘 모르는 것 같군요."

사만다가 앉은 소파에 두 팔을 대며 허리를 굽힌 데스디아는 자신에게서 고개를 돌리려는 사만다의 턱에 검지를 걸쳐 움직임을 막았다.

사만다는 은색에서 보라색으로 변하는 데스디아의 눈동자를 보고 자못 겁에 질렸다.

"당신은 건하운드를 다룰 수 없는 몸이군요. 훈련교관도 스스로 자원해서 된 게 아니지요?"

사만다는 답변을 거부했고 치프는 사만다의 그런 모습에서 불길함을 느꼈다.

"괜찮아요, 사만다 카터. 당신은 블레이드하운드에 대한 재능이 있습니다. 게다가 당신은 땅과 나무의 정령들에게 가호를 받는 존재지요. 육체적 소질뿐만 아니라 정령 교감에 대한 소질도 있어요."

"예?"

정령이니 어쩌니 하는 말에 사만다는 강한 당혹감을 느꼈다. 그러나 데스디아가 어떤 인물인지 여러 사람에게 들어왔고 실제 분위기도 심상치 않았기에 거부하진 못했다.

"제가 증명해 주지요. 저를 따라오세요, 사만다 카터."

데스디아가 사만다의 어깨를 쳤다. 살짝 쳤는데도 불구하고 사만다의 큰 몸이 용수철처럼 소파에서 밀려 나왔다.

"우선 당신에게 어울리는 블레이드하운드를 골라보지요."

사만다는 데스디아에게 팔목을 잡혀 끌려 나가는 와중에 치프를 돌아봤다. 치프는 괜찮다는 표정으로 고개를 끄덕일 뿐이었다.

사만다가 나간 후, 치프는 바로 단말기를 들어 어딘가에 전화를 했다.

"톰 아저씨? 예, 저예요. 하하, 사만다는 방금 만났죠. 그보다 좀 여쭤보고 싶은 게 있는데요. 예, 사만다가 훈련교관을 했다고 하던데……."

치프가 톰에게 급히 전화를 한 이유는 그가 마지막으로 들었던 사만다의 군 소속이 테러진압부대였기 때문이다.

그것 때문에 치프는 사만다의 부모가 쏟아내는 걱정에 시달렸다. 사만다의 양아버지이자 톰의 아들인 '제이크 카터'는 어렸을 때부터 치프와 형제처럼 지내온 사이였기에 스스럼없이 치프를 괴롭힐 수 있었다.

아들과 며느리 못지않게 사만다를 걱정한 톰은 군복을 벗을 각오를 하고 사만다의 소속 부대를 바꿔보려 했으나 사만다 스스로가 거절하였기에 소용이 없었다.

그런데 오늘 치프가 들은 사만다의 소속은 훈련소였다. 치프는 처음엔 다행이라고 생각했으나 방금 톰과의 통화로 들은 진실은 그를 씁쓸하게 만들었다.

맨몸을 이용한 임무에서 올린 사만다의 전과는 어린 나이에도 불구하고 화려했다.

목성인 특유의 강인한 육체와 부모가 물려준 영리함, 그리고 치프가 매번 강조하는 행운 덕분에 그녀는 온갖 어려운 임무를 손쉽게 완수했다.

하지만 건하운드를 사용해야 하는 임무에서 사만다는 매번 표적을 놓치는 실수를 저질렀고, 급기야 인질이 범인에게 살해되는 일까지 벌어졌다. 결국 목성 식민지 주둔군에서는 강제로 그녀의 소속 부대를 바꿔 버렸다.

"건하운드로 사격을 못한다고 증명된 애한테 끝까지 건하운드를 밀어붙인 머저리가 누굽니까? 어느 부대 무슨 계급이냔 말입니다!"

너무 흥분하여 군인의 말투가 되어버린 치프의 모습은 칼날처럼 예리했다.

포프는 옆구리에 손을 걸치느라 굽혀진 그의 팔꿈치에 행여 찔리는 것이 아닐까 싶은 느낌까지 받았기에 자신도 모르게 숨을 죽였다.

답답함에 한탄한 치프는 이윽고 옆구리에서 손을 떼었다.

"소리쳐서 죄송해요, 아저씨. 사만다에 대해서는 다시 생각해 보죠. 아뇨, 데스디아가 뭔가 발견한 거 같아요. 다시 전화할게요."

단말기를 책상에 내려놓은 치프는 한숨을 푹 쉬었다.

뒷덜미와 뒷머리를 만지작거리던 그는 이내 사장석을 떠났다.

"미안, 잠깐 바람 좀 쐬고 올게."

셀레스티아는 대답 대신 고개만 끄덕거렸다.

치프가 나간 뒤, 포프가 옆에 앉은 셀레스티아를 돌아봤다.

"사장님은 의외로 무서운 분이네요."

"사만다는 가족이니까 그런 거야."

셀레스티아는 포프의 더벅머리에 턱을 얹었다. 포프는 셀레스티아의 따끈따끈한 몸이 마음에 들었기에 그냥 가만히 있었다.

본관을 나온 치프는 아직도 뛰고 있는 젝스에게 손짓을 했다. 수백 미터 거리에서 그 손짓을 본 젝스는 더욱 속도를 높여 그에게 달려갔다.

"무슨 일이야, 사장? 무서운 얼굴이네?"

"그래?"

치프가 손으로 자신의 입가를 만졌다.

"당신 가족이라도 다친 건가?"

젝스의 질문에 치프는 실소를 터뜨렸다.

"넌 어쩌면 그렇게 감이 좋니?"

"날개 달린 자니까."

"흠, 동물적인 감이라는 거군."

"이봐."

젝스가 눈살을 찌푸리며 불쾌해하자 치프는 손으로 젝스의 모자챙을 푹 내렸다. 치프가 그녀에게 자주 하는 장난이었다.

"사장의 표정은 너무 뻔했어. 누구라도 알아봤을걸?"

젝스가 모자를 바로 쓰며 말했다. 치프는 드래곤이라기보다는 시베리안 허스키 강아지 같은 젝스를 한참 보다가 다시 웃었다.

"그래, 가족 일이야. 진정이 안 되네."

"칠칠치 못하군."

"그러게 말이지. 사장님이 이러면 안 되는데."

치프가 다시 젝스에게 손짓했다.

"따라와. 네가 좀 봐줬으면 하는 게 있어."

"내가?"

"블레이드하운드를 사용할 것 같은 애인데, 난 건하운드에 대해서만 좀 아니까 네가 낫겠지."

"신입에 대한 얘기로군."

치프는 데스디아가 사만다를 데려갔을 것이라 추정되는 무기고 쪽으로 걸어갔다. 예비용 건하운드와 블레이드하운드 및 각종 대인무기는 대부분 그곳에서 관리하기 때문이었다.

"블레이드하운드의 개념에 대해서 얘기해 볼래? 난 건하운드 전문이라 그러니 너한테 좀 듣고 싶군."

치프의 말에 젝스는 모자 뒤쪽으로 흘러나온 머리카락을 만지작거리다가 이내 말했다.

"블레이드하운드는 강력한 보호막 기능을 갖춘 중력 무기지. 건하운드와 달리 동력의 대부분을 보호막과 중력조절장치에 집중할 수 있기에 사냥감을 압박하고 동료들을 보호할 수 있어."

거기까진 사전적인 개념이었으나 치프는 인상을 찌푸렸다.

"근데 넌 왜 나한테 공격 기술만 가르쳐 달라는 거야?"

"내 블레이드하운드는 공격용으로 설계됐거든."

"……."

"데스디아의 파프니르보다는 양심적인 무기야."

"흠."

차고를 따라 걷던 치프와 젝스는 무기고가 보이는 방향으로 나왔다.

거기서 둘은 누가 먼저랄 것 없이 우뚝 멈췄다.

사만다는 철봉처럼 생긴 제어장치를 들고 있었다.

그러나 그녀의 머리 위에 떠 있는 것은 15미터가 넘는 길이의 초대형 대검이었다. 그 대검의 칼날은 주황색으로 투명하여 마치 불꽃 속에서 달궈진 것처럼 보였다.

사만다의 좌우에는 그릇을 반으로 잘라 만든 것처럼 생긴 방호벽이 중력조절장치의 힘에 의해 둥실 떠 있었다.

"오, 저게 바로 톰 아저씨가 그렇게 자랑했던 듀란달이군. 근데 칼날이 저랬나?"

"듀란달?"

"우리 회사의 스폰서 중 한 곳인 카터 인더스트리의 테스트 모델이야. 여기 올 때 같이 가져왔지. 저것도 편법적으로 등록한 무기라서 사양이 굉장하다고 들었어."

"편법적으로 등록했다니?"

"현재 법규상 민간용 무기는 100메가와트(MW) 이상의 발전기를 달지 못하게 되어 있잖아? 그래서 저건 99.99메가와트짜리 발전기 세 개를 달았지. 파프니르처럼 말이야."

루할트와 함께 회사에서 무기를 설계, 제조했던 젝스는 경악했다.

"99.99메가와트짜리 세 개? 군용 무기를 조금 넘잖아? 편법이 아니라 불법이지 않나?"

"발전기 숫자와 합계 출력은 항목에 없거든. 99메가와트 발전기 100개를 달아도 불법이 아니야. 아직까진 말이지."

"지구인스럽군."

한탄하던 젝스의 눈빛이 바뀐 것은 혼자 있을 줄 알았던 사만다의 곁으로 데스디아가 다가가는 것을 본 순간이었다.

타이즈 위로 갈라진 선이 드러날 만큼 탄탄한 젝스의 다리 근육이 사만다를 뿌듯하게 바라보며 얘기하는 데스디아의 모습에 자극을 받아 무쇠처럼 긴장되었다.

"흠, 듀란달은 칼날의 균형을 맞추기가 어려워서 운영체제를 아예 바꿔야 한다고 들었는데, 사만다는 잘 들고 있네? 저것도 힘이 좋으면 어떻게 되는 건가? …응?"

치프는 자신의 곁에서 성큼성큼 떠나는 젝스를 보고 깜짝 놀랐다.

젝스의 파란색 눈동자에는 데스디아와 사만다 외엔 아무것도 들어 있지 않았다.

식사를 할 때도 데스디아의 표정과 눈빛은 대부분 무심했다. 셀레스티아의 머리를 빗겨줄 때만 조금 누그러질 뿐이었다.

그러나 지금은 자신이 고생하여 졸업시킨 동생을 대하는 언니의 것처럼 따스했다.

젝스는 그들에게서 눈을 뗄 수 없었다.

방에 두었던 그녀의 블레이드하운드가 어느새 그녀의 손에 나타나 쥐어져 있었다.

데스디아가 마침 젝스 쪽을 봤다.

"무례하구나, 젝스."

"면접시험일 뿐입니다, 데스디아 님."

젝스의 블레이드하운드 제어장치가 하늘에 단검을 생성시켰다.

그 커다란 단검들의 날은 파란색이었다. 젝스가 사만다에게 가진 반발심이 무의식적으로 투영된 것이다.

"할 수 없군. 상대해 주세요, 사만다."

"브라토레 팀장님?"

"방심하면 당신 목이 날아갈 겁니다."

다음 순간 쇠가 갈리는 소리가 났다.

젝스의 블레이드하운드 칼날 중 하나가 사만다의 왼쪽 방호벽을 반쯤 가르고 들어와서는 데스디아의 목 바로 옆에서 멈춰 있었다.

머리카락이 상하지 않도록 칼날의 반대편으로 쥐어 넘기고 있던 데스디아는 따끈하게 달아오른 젝스의 칼날을 본 척도 하지 않고 돌아섰다.

"목이라는 것은 당신의 직장 자리가 아니라 진짜 목입니다."

방호벽의 영역 밖으로 나가는 데스디아의 걸음은 냉랭했다.

파랗다 못해 아예 빛을 내기 시작한 젝스의 눈을 본 사만다는 당황함에 떨리던 마음을 금방 움켜쥐어 진정시켰다.

'다른 종족인가? 인간은 확실히 아니야.'

상대를 살피던 사만다가 흠칫하여 몸을 젖혔다.

젝스의 칼날이 방호벽 하나를 흠뻑 베어 날렸다. 칼날의 예리함과 속도가 며칠 전 데스디아에게 면접시험을 받던 때와는 깊이부터 달랐다.

"잘 훈련시켰네?"

데스디아가 치프의 옆에 서며 말을 걸었다.

"젝스가 감각은 원래 좋은 애잖아? 그런데… 진심이야?"

"뭐가?"

데스디아는 시가를 입에 물며 치프를 봤다.

"저거 말려야 하는 거 아냐?"

"여자애들은 원래 싸우면서 크는 법이야."

"……."

"그리고 서열 관계는 확실히 해야지 않겠어?"

"싸움으로? 여기가 유인원 집단은 아니잖아?"

"치프는 자연에 대해서 너무 모르는군."

데스디아가 시가의 연기를 흘렸다.

말싸움을 하는 둘 앞에서 사만다의 커다란 칼날이 상하좌우로 큼직하게 움직였다. 젝스는 날쌔게 피하는 것과 동시에 칼날들을 꾸준히 움직여 공격을 멈추지 않았다.

둘의 거친 싸움에 콘크리트로 다져진 땅이 잘리고 장벽도 숭덩숭덩 날아갔다.

"내가 너만큼 자연에 대해서 잘 알 리가 없잖아? 네가 정령과 교감한다면서 새벽에 훌떡 벗고 훈련장을 둥실둥실 떠다닐 때는 놀라 자빠지는 줄 알았다고!"

"그 시간까지 잠을 안 자고 뭐한 거야? 만화책을 봤나?"

"내가 보는 만화책은 그야말로 자연의 일부야! 요즘 시대에 무려 종이책이라고! 그나마도 최근에는 훈련 시간에 맞춰 일찍 일어나느라 볼 수도 없어!"

"일하는 것에 보람을 느끼도록 해, 치프. 남자처럼 칭얼대지 말고."

데스디아가 뿜어낸 시가의 연기가 사만다의 칼날이 일으키는 바람에 흐트러졌다.

사만다가 휘두른 칼날 위에는 젝스가 달라붙어 있었다. 그 모습에 시선을 빼앗긴 사만다는 좌우에서 날아오는 젝스의 칼날들을 보지 못했으나 방호벽에 심어진 인공지능들이 반응하여 칼날들을 막아냈다.

그 공격으로 두 개의 방호벽이 모두 파괴되었다.

사만다는 방호벽을 다시 구축할까 했으나 엄청난 탄력으로 뛰어올라 착지하고는 곧바로 자신을 향해 뛰어오는 젝스를 보고 생각을 바꿨다.

'굉장한 신체 능력이군. 방호벽의 인공지능이 저 아이를 집요하게 따라다니는 통에 오히려 내 눈을 방해하고 있어.'

방호벽 재구축을 포기한 사만다는 벽에 거의 붙다시피 하여 달려오는 젝스를 눈으로 추격하면서 제어장치를 휘둘렀다. 그 동작에 맞춰 사만다의 칼날이 젝스를 향해 움직였다.

상대의 주황색 칼날이 '어쩔 수 없이' 회사 장벽에 박힌 후 벽을 가르면서 자신에게 들어오는 것을 본 젝스는 곧바로 도약하며 자신의 칼날들을 움직였다.

장벽에 박힌 사만다의 칼날이 자신보다, 못해도 자신의 칼날들보다 빨리 움직일 리가 없다는 계산이었다.

그러나 뛰어오른 젝스의 앞을 가로막은 것은 회사의 장벽이었다. 사만다가 칼날의 각도를 틀어 장벽을 뜯어내 방해물로 삼은 것이다.

그 의외의 상황은 젝스의 움직임을 봉쇄했을뿐더러 젝스의 칼날들까지도 튕겨내 버렸다.

젝스는 칼날들을 다시 수습하기 위해 사만다가 떼어낸 벽을 밟으면서 자신의 칼날들 쪽으로 움직였다.

생성물들, 즉 포대나 칼날이 제어장치와 일정 거리 이상 강제로 떨어지게 되면 생성물들은 수 초 정도 지난 후 한순간에 분해되어 버린다. 환경오염이나 중복 프린팅을 막기 위한 조치였다.

만약 젝스의 칼날이 이대로 분해되어 재구축해야 할 상황이 닥치면 상황은 약 2초 정도 젝스에게 절대적으로 불리해지게 된다.

사만다는 그대로 장벽을 부수며 돌진했지만 젝스는 이미 자신의 칼날을 제어할 수 있는 장소까지 도달해 있었다.

'정말 빠르군!'

젝스는 칼날의 제어능력을 되찾자마자 돌아섰고 사만다도 방해되는 장벽의 파편을 칼날로 걷어치운 뒤 젝스에 맞설 준비를 했다.

그러나 둘 사이에 새로운 방해물이 나타났다.

단말기를 귀에 댄 치프가 슬슬 걸어 나오더니 둘의 시선이 교차하는 지점에 정확히 섰다.

"쉿."

치프가 검지를 입술에 대며 조용히 하라는 소리를 냈다.

사만다와 젝스의 움직임이 굳어진 한편, 치프는 자신에게 온 전화를 여유롭게 받았다.

"아, 레투가? 하하, 우리 보안국장님께서 웬일이야? 지금 일을 의뢰하러 이쪽으로 오는 중이라고? 나야 좋지. 그럼 있다가 보자고. 깔끔하게 정리된 우리 회사의 모습을 보여줄 테니까!"

단말기를 내린 치프는 사만다와 젝스를 한 번씩 본 뒤 손가락으로 주변을 가리켰다.

"들었지? 응?"

사장의 간접적인 지시에 움찔한 둘은 주변을 다시 봤다.

블레이드하운드 사용자 두 명의 짧은 격돌로 인해 무기고 주변은 마치 폭격당한 폐허처럼 변해 있었다.

눈빛이 다시 돌아온 젝스는 엄마의 화장품이라도 깨뜨린 애처럼 정말 당황했다.

"어, 어쩌지? 난 방 청소만 해봤는데?"

"괜찮아. 건설로봇들을 사용하면 돼. 내가 부대에서 자주 해봤어."

사만다가 믿음직한 목소리로 젝스를 진정시켰다.

제어장치를 동시에 끈 둘은 건설로봇들이 있는 창고로 달려갔다.

데스디아가 시가를 문 채 치프의 옆에 나란히 섰다.

"역시 당신은 남자답지 않게 배짱이 좋아. 벌써 몇 번이나 날 놀라게 했지."

"흠, 그보다 레투가가 오늘 직원이 두 명 더 들어온 걸 어떻게 알았지? 어디 뭐 심어놨나?"

"아까 내가 연락했거든. 일거리 있으면 달라고 했지."

데스디아가 뻔뻔히 실토하자 치프는 조용히 그녀를 돌아봤다.
“아예 사장도 겸하시죠? 부사장 하시라니까요?”
“천만에.”
데스디아는 웃으며 시가의 연기를 쭉 빨아들였다.

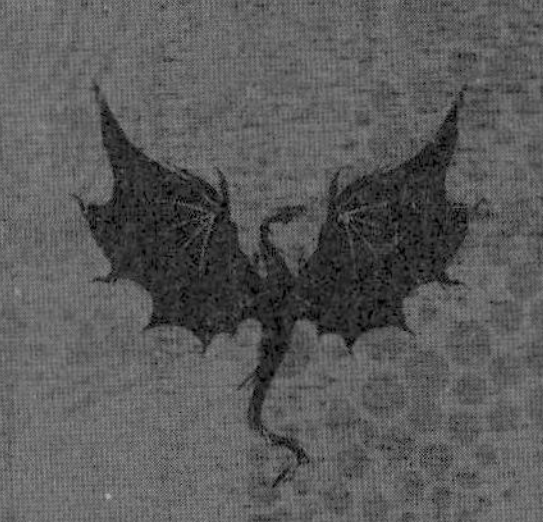

07
날개 달린 자들의 시각

사장실에서 보안국장, 레투가 브라브리오를 처음 만난 사만다는 그에게서 상냥한 눈의 도마뱀 인간이라는 인상을 받았다.

실제로 레투가는 매우 신사적이었고 허튼소리를 하지 않았다. 하지만 다소 지쳐 보이는 느낌도 풍겼다.

그럴 만도 한 것이, 개척 행성에 배치되는 우주연합의 관청들 가운데 가장 업무가 많고 서열이 높은 곳이 바로 그가 맡은 보안국이었다.

그라니트와 같은 개척 행성에서 꿈을 이루려는 사람들이 가장 걱정하는 것은 바로 안전이다.

개척 행성의 토착 생물들이 그다지 공격적이지 않거나 위협적이지 않다면 모르겠지만 그라니트 행성은 사정이 달랐다.

식물과 동물 모두 덩치부터가 남달랐다. 위험 역시 그에 비례했는데, 개척이 시작되면서 도착한 온갖 행성의 헌터 500여 명이 개척 개시 일주일 만에 3명으로 줄어들고 말았다.

그것이 셀레스티아와 루할트가 안전을 보장한 빅시티의 영역 밖으로 나간 대가였다.

그 사건은 우주연합에 등록된 모든 헌터에게 큰 파장을 일으켰고, 헌터조합은 우주연합 사무국과 각 행성에 그라니트의 생물들에 대한 처리 보상금 및 용역 요금을 더 올리라는 요구를 했다.

모든 금액은 그들의 요구대로 증가했으나 우주에서 대형 생물만 전문적으로 잡아온 극소수의 헌터들 외에는 제대로 된 사냥을 하지 못했다.

그라니트 행성에서 가장 위협적인 것은 대형 육식 곤충과 공룡들이었다. 특히 전자 장비를 마비시킬 만큼 강력한 전자기 파동이나 전자기 폭풍을 일으키는 개체들은 사냥이 거의 불가능할 정도였다.

무장에서 압도적으로 열세였던 헌터들에게 희망으로 떠오른 것은 지구의 무기회사들이 광고하기 시작한 수렵용 건하운드들이었다.

지구의 그 이색적인 무기는 신뢰성이 높고 취급이 간편했으며 무엇보다 공룡들과 곤충들의 외피를 어김없이 관통하고 폭파시키는 위력을 갖고 있었다.

가격은 비싼 편이었지만 종래의 대형 생물 전담 헌터들이 한정의 건하운드와 똑같은 힘을 유지하기 위해서 쏟아부어 왔던 온갖 비용에 비하자면 말도 안 되게 저렴한 대가였다.

이후 지구의 건하운드는 엄청난 속도로 팔려 나갔다. 그 외에도 민간용 수송기와 차량들이 인기를 끌었으며 군용 장비는 비싼 값에 밀거래되었다.

지구인들에 대한 반발심도 그만큼 격화되었다. 동족상잔으로 단련된 지구인들의 전투 기술을 배척해야 한다는 운동까지 일어났으나 그러한 비난을 들으며 장사하는 것에 익숙한 지구의 기업들은 눈도 깜짝하지 않았고 헌터 및 헌터 지망생들의 장비 구입 기세는 줄어들 기미가 보이지 않았다.

하지만 헌터들이 건하운드에 익숙해졌다고 해서 보안국의 일이 줄어드는 것은 아니었다.

고향의 모든 것을 처분하고 건하운드를 구입하여 그라니트에 왔다가 빅시티의 영역 외에는 미래가 없다며 다짜고짜 테러를 일으킨 자도 몇 명 있었다.

그로 인해 보안국의 인력은 빅시티의 영역 내부의 안정화에 집중되었고, 그 빈틈을 노려 도적으로 변하는 헌터들까지 발생했다.

"하지만 굳이 사냥이 아니더라도 수익은 훌륭하지. 빅시티의 영역 내에서 안전하게 채굴되는 광물은 질과 매장량이 좋고, 토지도 기름져서 광업과 농업이 활발하다네. 공업과 서비스업도 빠르게 증가 추세이며 고정 거주 인구 역시 꾸준히 증가하고 있지."

손님용의 큰 의자에 앉아 그라니트 행성에 대한 이야기를 느긋하게 한 레투가는 앞쪽 입술만 살짝 열어 컵을 대고는 뜨거운 커피를 천천히 마셨다.

남색의 제복을 입은 레투가의 모습은 말끔하면서도 두꺼웠다. 머리 이하는 인간과 거의 동일하기에 사이즈만 맞는다면 인간의 옷도 문제없이 입을 수 있었다.

치프를 포함한 그라니트 용역의 모든 직원도 각자 취향의 음료를 마시며 목을 축였다. 치프와 포프는 탄산음료였고 셀레스티아와 젝스는 생수였다. 사만다만이 직접 공들여 원두를 갈아 만든 커피를 즐겼다.

레투가는 사장실 밖으로 보이는 그라니트의 녹색 평야를 보면서 이야기를 계속했다.

"문제는 사냥인데… 어차피 영역 확장이 불가능에 가깝다는 것은 예상했던 일이라 신경은 안 썼네만 요즘은 그 방향이 좀 달라졌다네."

"방향이 달라지다니?"

"루할트 경에게 들었는지 모르겠네만, 원래 빅시티의 영역과 그 일대의 대지는 루할트 경의 관할이라네. 실제로 빅시티는 그의 영지 안에 포함되어 있지. 아, 이건 비밀이니 다른 사람들에게는 얘기하지 말게."

상황을 전혀 모르는 인물들, 사만다와 포프는 의아한 표정을 지었다.

"하지만 루할트 경과는 관계가 없는 드래곤들이 약 4개월 전부터 이상한 짓을 하고 있다네. 알케온이라는 별명의 영주와 가이우스라는 별명의 영주들이 이끄는 존재들인데, 루할트 경은 빅시티의 영역을 지키는 것도 힘겨워하더군."

"빅시티의 공항이 공격당한 것도 내가 온 날이 처음이었지? 그 녹색 드래곤이 알케온이라는 녀석의 자객이라고 루할트에게 들었어."

치프의 질문에 레투가는 고개를 끄덕거렸다.

"자네가 온다는 사실을 다른 영주들이 어떻게 알았는지는 나도 궁금할 지경이었지. 내가 그날 얼마나 바빴는지 자네는 모를 걸세."

레투가가 손으로 자신의 머리를 쓰다듬으며 한탄했다.

"빅시티의 영역은 절대 안전하다고 공언해 왔는데 그게 깨진 것이지. 그것도 무려 공항이 공격당했으니 거주민들의 마음이 어땠겠나? 항의는 쏟아졌고 난 기자회견을 해야 했다네."

"회견은 나도 봤어. 말 잘하던데?"

치프가 놀리듯이 말했다. 레투가는 실소를 터뜨렸다.

"후후, 됐네. 지금 생각해도 끔찍한 순간이니까. 그래도 저기 계신 분 덕분에 대탈출이라는 최악의 사태만은 피할 수 있었지."

레투가가 데스디아를 봤다.

"설마 진짜로 드래곤을 눕혀 버리는 헌터가 나타날 줄은 몰랐거든. 드래곤 버스터라는 별명까지 생겼지. 그날은 정말 멋졌소, 데스디아 브라토레 팀장."

"과찬이십니다, 보안국장님."

"후후, 아무튼 설명은 대충 된 것 같으니 내가 자네 회사에 제안하고 싶은 것을 이야기하겠네, 치프."

레투가는 자신의 단말기를 사장실의 대형 스크린 쪽으로 향했다.

단말기가 한 번 깜박이자 스크린에 빅시티와 빅시티의 영역, 그리고 주변 일대의 지도가 떠올랐다.

빅시티의 영역은 대강 호주 대륙의 4분의 1정도 크기였다. 그리고 그중에서 빅시티의 도심이 차지하는 비율은 아직 눈에 띄지도 않을 만큼 작았다.

"고위험군 공룡과 곤충들의 분포도를 보여주지. 우선 4개월 전의 것일세."

빅시티의 영역 서쪽에 크고 작은 붉은색의 점들이 거품처럼 일어났다.

"원래는 쭉 저 상태였다네. 서쪽만 가지 않으면 헌터들도 돈을 벌 수 있었지. 하지만 어느 순간 이상해졌네."

레투가가 단말기를 조작하자 붉은색의 점들이 빅시티를 포위하듯 무수히 일어났다.

"알케온과 가이우스의 부하들이 나타난 이후 고위험군 생물들이 저렇게 집중됐다네. 지구에서 양치기들이 양 떼들을 몰듯이 드래곤들이 고위험군 생물들을 집중시키고 있네. 그로 인해 빅시티의 영역 밖에서 위험에 빠지는 헌터들이 발생하고 있지."

"헌터 걱정만 하면 되는 상황 맞아?"

치프가 미심쩍은 표정으로 물었다.

"그건 조금 있다가 얘기하세. 내가 자네 회사에 제안하고 싶은 것은 위험에 빠진 헌터들이 발생했을 경우 그들을 구조해 달라는 것이네."

"그래? 설마 공짜로 해달라는 건 아니겠지?"

"물론 정식 외주일세. 자네들이 구조한 인원과 상황에 맞춰 금액이 지불될 것일세. 구조 도중에 쓰러뜨린 생물들에 대한 현상금도 받을 수 있고 보험사 및 헌터조합에서도 각종 금액을 추가로 지불하겠지."

"나름 보람된 일이겠네. 반대하는 사람?"

치프가 직원들을 돌아보며 물었다. 반대하는 사람은 아무도 없었다.

"좋아, 레투가. 받아들이지. 그밖에는?"

"우리끼리 할 얘기만 남았지."

"그럼 데스디아와 셀레스티아만 남고 다른 사람들은 자리를 좀 비켜줄래? 사만다 언니와 함께 식사라도 하고 와."

뭔가 중요한 얘기임은 모두 직감했지만 직접 호명된 사만다가 눈치 좋게 젝스와 포프의 등을 떠밀며 서둘러 자리를 비켰다.

방음장치를 켠 치프는 의자를 움직여 레투가 앞에 바짝 붙었다. 셀레스티아와 데스디아는 그의 좌우에 각각 섰다.

"지금 빅시티의 영역을 지키는 핵심은 보안국이 아니라 루할트의 기사단이잖아?"

치프의 말에 레투가는 고개를 끄덕거렸다.

"그렇다네, 치프. 혹시 루할트 경의 기사단에게 무슨 일이 발생한다면……."

레투가가 단말기를 한 번 더 조작했다. 그러자 영역 밖에 있던 고위험군 생물들의 붉은 점들이 빅시티의 도심 안으로 밀려들어 왔다.

"2시간 안에 저렇게 될 것이네. 굳이 영주들이나 그 휘하의 드래곤들이 직접 나설 필요조차 없지."

레투가의 시선이 셀레스티아 쪽으로 움직였다. 치프와 데스디아도 그녀를 봤다.

셀레스티아의 코끝에서 작은 한숨이 새어 나왔다.

"얼마 전에 알케온 경이 저를 찾아왔지요. 그는 동포들의 손을 더럽히지 않고 이 행성에 들어온 외부인들을 모조리 제거하겠다고 선언했습니다."

"그가 정해놓은 시일이 있습니까, 전하?"

레투가가 물었다.

"앞으로 21일 뒤입니다."

"21일… 3주라는 말씀이시군요. 혹시 방법에 대해서는 들으셨습니까?"

"듣지는 못했지만 방법은 간단해요. 알케온 경의 기사단과 가이우스 경의 기사단이 한꺼번에 루할트 경의 기사단을 몰아붙인다면 막을 방법이 없지요. 더불어 루할트 경의 기사단도 빅시티의 영역을 적극적으로 지키려 하지는 않을 겁니다. 명분이 희박하니까요."

치프는 그라니트 행성에 온 첫날, 루할트가 괜히 '명분'에 대해서 이야기한 게 아님을 셀레스티아의 말을 통해 이해했다.

"반역죄로 어떻게 안 되겠어?"

데스디아의 질문에 셀레스티아는 우울한 미소를 지었다.

"오히려 반역자는 나야, 데스디아. 알케온 경은 외적을 물리쳐 동포들과 이 땅을 지킨다는 명분이 확실하거든. 가이우스 경도 그에 동조하고 움직이는 거야."

"왠지 답답해지네. 방법이 없나?"

치프는 새빨갛게 물든 빅시티의 지도를 보며 중얼거렸다.

"가이우스 경은 설득할 수 있을지도 몰라."

셀레스티아가 말했다.

"오늘 처음 듣는 영주의 이름인데… 아무튼 그 친구는 왜?"

치프가 물었다.

셀레스티아가 차근차근 말했다.

"가이우스 경이 알케온 경에게 협력하는 조건은 드래곤들이 먼저 외부인들에게 해를 끼치지 않는 거야. 실제로 알케온 경의 자객은 공항을 습격할 때도 기물들만 파괴했고 사람들을 직접 죽이진 않았어."

그 말에 치프는 레투가 쪽을 봤다.

"진짜야?"

"사망자는 없었다네. 뛰다가 넘어져서 뼈가 부러진 경우가 가장 큰 부상이었지."

"이봐, 정신적 위해는 일도 아닌가? 당시 공항에 있던 사람들은 완전히 패닉 상태였다고! 공항 건물만 부서졌고 자기네들 몸은 멀쩡하다고 즐거워하면서 집에 가는 사람은 한 명도 없었어!"

"그거야 그렇지만……."

레투가는 치프의 말을 듣고 침울해하는 셀레스티아의 눈치를 봤다.

데스디아가 응원하듯 셀레스티아의 어깨에 손을 댔다.

"아무튼 그 가이우스라는 자와 협상의 여지가 있다는 말이지?"

"응. 가이우스 경은 중립적인 입장이야. 성격도 루할트 경보다 온건해. 하지만 알케온 경과 그는 형제 이상의 친구라서……."

"우정 때문에 왕녀의 뜻을 어긴다는 건가?"

"아니야. 그는 아직 저울질을 하고 있어."

"충성과 우정 사이에 저울이 위치할 공간이 있단 말인가? 이해가 안 가는군."

데스디아가 표정을 찡그리자 셀레스티아는 빙긋 웃으며 데스디아의 손 위에 자신의 손을 포갰다.

"충성과 복종은 다른 거야, 데스디아."

그 말에 가벼운 충격을 받은 데스디아는 셀레스티아에 대한 자신의 생각을 조금 바꿀 수밖에 없었다.

"그럼 가이우스를 만나서 얘기나 해볼까? 그런데 어떻게 만나지?"

치프가 말했다.

"응? 치프, 가이우스 경을 만나고 싶어?"

"날 물어뜯지만 않는다면 말이지."

"후후, 직접 만나보면 마음에 들 거야."

셀레스티아가 자리에서 일어나더니 사장실의 유리벽을 향해 걸어갔다.

"가이우스 경, 들리시나요? 건강하시죠? 우리 얘기 좀 해요!"

그녀는 노련한 연극배우처럼 미소를 담은 채 유리벽 너머로 보이는 그라니트의 하늘을 향해 소리쳤다.

'지구로 데려가서 배우를 시켜볼까?'

치프는 피식 웃었다. 그 웃음의 뒤편에는 방음 처리가 잘된 유리벽 밖으로 그녀의 목소리가 빠져나가긴 하겠냐는 약간의 비꼼이 섞여 있었다.

그 순간 본관 앞에 두꺼운 번개 한 줄기가 번쩍 떨어졌다.

치프와 레투가, 데스디아는 노란색 눈빛을 이글거리며 날개를 한껏 펼치는 검푸른색의 드래곤을 목격했다.

"이 검은색의 땀을 흘리는 번개의 날개, 전하의 부름을 받고 왔습니다. 전하의 건강하신 모습에 소신은 기쁨을 감출 수가 없습니다."

날개를 고이 접은 그 영주급 드래곤은 셀레스티아를 향해 고개를 숙이고 눈을 감았다.

"감사합니다. 어서 오세요, 검은색의 땀을 흘리는 번개의 날개 경이여. 다른 분들과 함께 있으니 가이우스라는 별명을 써도 될까요?"

"편히 말씀해 주십시오."

영주 가이우스의 분위기는 확실히 루할트보다 차분했고 적대감의 표출도 없었다. 성게의 가시처럼 공격적으로 솟은 채 붉게 달아올라 있던 가이우스의 머리비늘도 차분히 식으면서 몸에 붙듯 가라앉았다.

그러나 레투가와 치프의 안색은 납빛이었다. 데스디아도 당황했다.

지상에서 요란하게 솟아오른 건하운드의 탄환이 가이우스의 몸 주변에서 불꽃놀이의 불꽃처럼 반짝거리며 무더기로 불타고 있었다.

사격을 하는 자는 신입 사원, 포프였다.

기숙사에 짐을 정리하러 가자는 사만다의 제안에 따라 포프는 건하운드의 제어장치가 든 가방을 메고 본관을 나오던 중이었다.

갑작스런 낙뢰와 함께 나타난 존재는 머리부터 꼬리까지의 길이가 140미터가 훌쩍 넘는 검푸른색의 초대형 드래곤, 가이우스였다.

일명 영주급이라 불리는 그 드래곤의 등장에 놀란 사만다는 포프를 데리고 급히 본관으로 돌아가려 했으나 포프는 일찌감치 가방에서 제어장치를 뽑아 들고 포대를 출력해 버렸다.

기숙사 등록용 프로그램을 단말기에 다운로드받기 위해 본관 관리실에 갔던 젝스는 가이우스의 도착을 느끼자마자 밖으로 나왔지만 포프가 가이우스를 향해 사격하는 것까지는 막지 못했다.

정확하게는 포프의 존재감을 놓친 것이다.

"드, 드래곤! 드래고온!"

너무 가까이에서 드래곤 영주의 초자연적인 등장을 봐버린 포프는 기겁한 나머지 조준조차 하지 않고 방아쇠를 눌렀다.

포프의 건하운드는 중거리용 돌격소총이었다.

시간당 화력 투사에 중점을 둔 그 건하운드는 탄환이 포대 내부에서 1발씩 만들어지는 저격형 건하운드와 달리 60발 정도의 탄환을 미리 탄창 안에 프린팅하여 마음껏 쏠 수 있도록 고안된 무기였다.

자동 보호막 기능도 탑재되어 있었는데, 사용자를 즉사, 혹은 치명상으로 몰아갈 수 있는 물리적 움직임이 1㎞ 안에서 감지되면 보호막이 즉시 작동하여 사용자를 지키는 소중한 기능이었다.

바꿔 말하자면 공항에서 데스디아가 포프를 걷어찬 힘은 포프를 즉사시키고도 남는 수준이었다는 뜻이다.

물론 단점이 없는 것은 아니었다.

그 건하운드는 영주급 드래곤들의 방어체계를 뚫을 수 있는 무기가 절대로 아니었다.

가이우스는 목을 움직여 포프를 돌아봤다. 가이우스의 노란색 눈빛과 마주한 포프는 몸이 굳어져 더 이상 건하운드를 사용할 수가 없었다.

심장과 같은 중요 부위를 제외한 포프의 근육 전체를 가이우스가 맘대로 조종하고 있는 상황이었다.

사실 영주급 드래곤이 그라니트 행성에서 저지를 수 있는 테러 행위 가운데 가장 간단하고도 치명적인 것은 이방인들의 심장을 모조리 정지시키는 것이었다.

암호화된 음성신호까지 맨몸으로 도청할 수 있을 만큼 강력한 그들의 전기 관련 능력이라면 쇼크로 심장을 멈추는 것 정도는 일도 아니었다.

멈춰 버린 포프 앞으로 젝스가 뛰어나와 포프와 가이우스 사이에 섰다.

"검은색의 땀을 흘리는 번개의 날개 경이시여, 저를 봐서라도 이 어리석은 동료의 무례를 눈감아주십시오!"

"음, 자네는… 아, 그렇군."

젝스가 루할트의 여동생임을 감지한 가이우스는 머리를 아주 천천히 좌우로 움직였다.

"자네의 동료를 해칠 생각은 없다네. 아무리 나라고 해도 내 눈앞에 갑자기 이방인이 나타난다면 당황하여 팔다리를 날렸을 것이네."

가이우스는 젝스가 루할트의 동생이라는 의심을 할 만한 발언을 쏙 빼고 자신의 입장을 설명했다.

"이 작은 모래바람의 검은색 날개는 당신의 넓은 이해심을 잊지 않겠습니다."

그러나 가이우스의 배려는 젝스의 자폭으로 물거품이 되었다.

"…괜찮으니 동료를 데려가서 안정을 시켜주게."

가이우스가 포프의 자유를 돌려주었다.

몸이 풀려 맨바닥에 그냥 엎어질 뻔한 포프는 미리 뒤에서 대기하고 있던 사만다와 젝스가 앞뒤로 부축해 준 덕분에 다치지 않았다.

하지만 포프가 밑에 입고 있는 청색 반바지 밑으로 노란색의 물이 주르르 흘러내렸다. 깜짝 놀란 젝스는 포프를 놓고 뒤로 물러났으나 사만다는 자신의 옷이 젖는 것도 아랑곳 않고 포프를 등에 업기까지 했다.

"냄새나지 않아?"

젝스가 묻자 사만다는 훈훈하게 웃었다.

"피 냄새보다는 낫지."

그녀는 과거에 치프가 자신을 구해주며 했던 그 말을 지금 자신이 하게 될 줄은 몰랐기에 가슴이 조금 뛰었다.

사만다의 대범한 모습에 깊은 인상을 받은 젝스는 더럽다는 이유로 물러나 버린 자신을 내심 책망했다.

"포프의 짐을 들어줘, 젝스. 의무실… 아니, 일단 씻겨야겠네. 샤워 시설의 위치도 알려주고."

"안내해 줄게."

젝스는 전원이 자동으로 꺼진 포프의 건하운드와 건하운드 가방을 벼락같이 챙긴 뒤 본관 안으로 뛰어 들어갔다. 사만다도 신속하게 그녀를 따라갔다.

그들의 아기자기한 모습을 말없이 지켜보던 가이우스는 다시 목을 움직여 사장실에 있는 셀레스티아와 그 외의 사람들을 봤다.

"소란을 수습하기 위해 전하로부터 감히 목을 돌려야 했습니다. 소신을 벌해주십시오."

"가이우스 경은 역시나 상냥하시군요. 안심했습니다."

"황송합니다."

셀레스티아가 치프의 자리, 즉 사장실의 의자를 돌려 앉아 가이우스와 마주했다.

치프는 슬슬 앉을까 했지만 데스디아가 옆구리를 콱 찌르는 통에 그러지 못했다.

"왜?"

"이건 회담이야, 치프. 맞선 자리가 아니라고."

데스디아가 조용하고 강하게 속삭여 경고했다.

"맞선 말고 다른 용어를 좀 써주면 안 돼?"

"됐어. 회담이 끝날 때까지 여자들처럼 당당하고 똑바로 서 있도록 해."

"전 지구인 남자거든요?"

그들과 마찬가지로 일어나 있던 레투가는 지금까지 보아온 데스디아의 모습을 통해 치프가 참으로 좋은 친구를 얻었다고 생각하며 비로소 안심했다.

셀레스티아가 치프 쪽을 봤다.

"집중 좀 해줘, 치프."

불만스럽게 볼을 부풀린 셀레스티아가 탬버린이라도 흔들듯 두 주먹을 꼭 쥐고 위아래로 흔들었다.

"옙."

치프는 열중쉬어 자세를 한 후 시선을 약간 위로 들었다.

셀레스티아는 우선 레투가를 소개했다.

"가이우스 경, 저분은 우주연합 소속 보안국장이신 레투가 다르토리오 헨슬리 브라브리오 님입니다."

"레투가 브라브리오라고 불러주십시오, 영주 가이우스 경. 뵙게 되어 영광입니다."

레투가가 먼저 인사를 했고 가이우스는 고개를 끄덕였다.

"가이우스라고 불러주시오, 보안국장. 기억하실지 모르지만 우리는 예전에 한 번 만났다오."

"그렇습니까?"

"언젠가 보안국의 직원 중 한 명이 사라지면 그 사람이 바로 나라고 생각해 주시오."

가이우스는 자신이 보안국 안에 잠입해 있다는 말을 당당히 해버렸으나 레투가는 온후하게 미소를 지었다.

"알겠습니다, 가이우스 경. 부디 경께 좋은 인상을 드렸기를 바랍니다."

"충분히 좋은 인상을 받았소, 보안국장. 안심하시오. 그리고 반갑소."

둘의 인사가 마무리되자 셀레스티아의 소개가 이어졌다.

"그리고 저기 있는 제 친구가 데스디아리아 헤이파 알타이르 브라토레입니다."

순서상으로는 사장인 치프가 먼저 소개되어야 정상이지만 셀레스티아는 드래곤으로 하여금 피를 토하게 한 유일한 존재인 데스디아가 자신의 친구라는 것을 강조하고 싶었기에 그녀를 우선 소개했다.

"그라니트 용역의 팀장인 데스디아 브라토레입니다."

"오, 날개 달린 자를 무릎 꿇게 하고 관대함까지 보여준 정령들의 전사, 데스디아 브라토레여. 당신의 이름은 이미 우리들 사이에서 유명하다오."

"외출할 때 잘 꾸며야겠군요."

데스디아의 의미심장한 농담에 가이우스는 만족스러운 눈빛으로 고개를 끄덕거렸다.

"바깥에서는 날개 달린 자들의 수많은 젊은이가 당신에게 존경의 마음을 담아 도전할 것이오. 만약 동포들이 당신의 손에 죽게 되더라도 그 상황이 정당한 결투였다면 그 누구도 당신을 원망치 않을 것이오. 결투에 대한 철칙과 관습은 전하께 여쭤보기 바라오."

"알겠습니다, 가이우스 경."

데스디아는 가이우스가 묘하게 자신을 싸움으로 이끌려 한다는 인상을 받았지만 일단 잠자코 있었다.

셀레스티아 역시 그 점을 가이우스에게 따지고 싶었으나 시작부터 그럴 수는 없었기에 치프의 소개를 이어서 하기로 했다.

"마지막으로 가운데에 서 있는 제 친구가 그라니트 용역의 사장인 치프입니다."

"치프입니다, 가이우스 경. 반가워요."

치프가 간단히 인사하자 가이우스가 눈웃음을 지었다.

“반갑소, 기억을 읽을 수 없는 자여. 그대와의 불편한 만남이 좋은 추억으로 남길 바라겠소.”

가이우스는 대놓고 불편한 기색을 드러냈다. 치프 역시 쓴웃음으로 대응했다.

“가, 가이우스 경?”

셀레스티아가 놀라자 가이우스가 눈을 부릅뜨며 셀레스티아를 마주 봤다.

“저자는 전하의 마음을 흐리고 헛된 꿈을 심어버린 악의 뿌리입니다!”

“가이우스 경!”

셀레스티아가 맞서 소리쳤음에도 불구하고 가이우스는 그녀에게서 눈을 떼지 않았다.

[오만, 편견, 불손…….]

가이우스는 갑자기 머릿속에 들려온 정체불명의 목소리에 움찔했다. 그것이 이야기로만 들어왔던 ‘목소리’임을 깨달은 가이우스는 상당히 놀랐으나 그것을 떨쳐 내는 것이 어렵진 않았기에 그 자리에서 특별한 행동을 하진 않았다.

“소신은 전하께서 소신을 부르신 이유를 알고 있습니다. 무례를 무릅쓰고 먼저 말씀드리자면 21일 뒤에 소신과 알케온이 저지를 일을 막기 위함이시겠지요.”

“그렇습니다, 가이우스 경! 어찌하여 무고한 자들을 몰아붙이려 하시는 겁니까?”

셀레스티아의 말에 가이우스는 더욱 눈을 크게 떴다.

"전하, 전하께서는 어찌하시어 외부인들을 받아들이려 하십니까? 외부인들은 헝겊으로 스스로의 나체를 감추려 하지요. 그것은 우리가 이해할 수 없는 가치관 중에 하나에 불과합니다. 그러한 존재들과 우리 날개 달린 자들이 정말 서로를 이해할 수 있다고 생각하시는 겁니까? 진심이십니까, 전하?"

"가이우스 경……!"

이처럼 격렬한 불만을 듣기 위해 가이우스를 불러냈던 것이 아니었던 셀레스티아는 크게 상심했다.

"불손하다, 가이우스!"

그 순간 가이우스의 옆에서 일어난 검은색 모래폭풍으로부터 검은색의 드래곤, 루할트가 뛰쳐나왔다. 루할트의 두 눈은 인내심을 잃고 붉은색으로 불타고 있었다.

"하늘을 지키는 검은색의 모래폭풍날개여, 그대마저 나를 외부인들처럼 부르다니, 실망이로다!"

각자의 체중만 2만 톤이 넘는 두 거물이 서로 들이받는다면 그라니트 용역의 회사 본관은 아마 꼬마들에게 걷어차인 모래성 신세가 될 것이다.

셀레스티아는 황금색의 눈빛을 터뜨리며 오른손을 앞으로 내밀었다. 영주들이 충돌하기 전에 그들을 막아내기 위해서였다.

그러나 셀레스티아가 실제 행동에 나서는 것보다 루할트와 가이우스 사이에서 불꽃이 터지는 게 더 빨랐다.

"예를 갖추게, 친구들이여!"

고함과 동시에 둘을 밀어낸 강력한 화염은 이내 검붉은색 외피의 대형 드래곤으로 변했다. 그 드래곤의 눈에서 푸른색의 차가운 빛이 번쩍 터졌다.

"알케온 경?"

셀레스티아의 눈에서 황금색의 빛이 사라졌다.

그녀와 마주한 또 다른 영주, 알케온은 머리를 아래로 내렸다.

"이 유성을 바라보며 하늘을 나는 불꽃의 날개가 또 한 번 전하께 큰 실례를 저지르게 되었습니다. 소신에게 벌을 주십시오, 전하."

그의 좌우에서 서로를 노려보던 가이우스와 루할트는 알케온이 날개로 자신들을 쿡 찌르자 몸을 돌려 알케온과 나란히 선 후 머리를 내렸다.

"소신들께 죄를 물어주십시오, 전하."

이를 꽉 문 셀레스티아는 스낵바로 걸어가더니 그들을 향해 뭔가를 집어 던졌다.

유리벽에 손상을 주지 않고 통과한 그것들이 가이우스와 루할트의 머리에 짝짝 달라붙었다.

그것은 셀레스티아가 먹다 남긴 피자 조각이었다.

"고집쟁이들 같으니! 어렸을 때와 똑같군요!"

그녀가 소리치자 가운데에 선 알케온이 씩 웃었다.

"그것은 전하께서도 마찬가지……."

또 한 조각의 피자가 알케온에게 날아와 그의 눈꺼풀에 달라 붙었다.

"모르겠습니다! 돌아가세요! 이제 경들을 보고 싶지 않습니다! 혼자 있게 해주세요!"

셀레스티아가 소파에 웅크리고 앉은 후 무릎 사이에 얼굴을 묻었다.

그녀의 그러한 모습에 익숙한 영주 셋은 다급히 서로를 봤다.

"이, 이것은 전하께 가벼운 자극을 드리기 위한 소신들의 연극이었습니다!"

알케온이 수습을 위해 먼저 말하자 루할트가 서둘러 고개를 끄덕거렸다.

"그렇습니다! 전하께서 그렇게 화를 내시는 모습은 과거와 마찬가지로 너무나도 아름답고 귀엽습니다! 마치 겁에 질린 둥그스름 벌레처럼… 음……."

그냥 말을 막 꺼내고 본 루할트는 발언의 부적절함을 심하게 느끼고는 입을 다물었다.

알케온은 황망한 눈으로 루할트를 쳐다봤고 수습 발언의 기회조차 얻지 못한 가이우스는 한쪽 날개로 자신의 머리를 덮으며 좌절감을 드러냈다.

셀레스티아는 그 상태로 꼼짝도 하지 않았다.

얼굴빛이 안 좋아진 알케온은 사장실에 있는 다른 자들을 문득 봤다.

“편히 앉아도 좋고 다른 곳에서 조금 쉬다 와도 좋소. 일단 이 정도의 시간이 필요하오.”

알케온은 팔을 들어 손가락 두 개를 펼쳤다. 2시간이라는 뜻이었다.

“보안국장님과 함께 나가봐, 치프. 셀레스티아의 곁에는 내가 있도록 하지.”

데스디아의 말에 치프는 어깨를 으쓱했다.

“의외로 재밌어 보이는 친구들이잖아? 왠지 말이 통할 거 같은데? 혹시 게임 좋아해요, 영주님들? 사장실에 게임기 있거든요?”

“…….”

위엄을 펼칠 상황이 아니었던 영주들은 속으로 화를 가라앉힐 뿐이었다.

“그만 나가세, 치프.”

레투가가 치프의 팔을 잡았다.

“아니, 우리가 조심할 필요가 있어? 저 친구들 자세를 좀 보라고. 우리보다 딱히 나아 보이는 것도 없잖아?”

치프의 도발적인 발언에 영주 셋이 일제히 움찔했다.

“나가자니까?”

레투가는 치프를 거의 들듯이 하여 사장실을 나갔다.

"역시 저놈을 처음 만났을 때 내가 죽였어야……!"

루할트가 다시 눈을 붉은색으로 번뜩이며 으르렁거렸다.

알케온은 분노하는 루할트의 뒤통수를 꼬리 끝으로 후려쳤다.

"조용하게."

"……."

다시 얌전해진 루할트는 다른 영주들과 함께 두 날개를 땅에 대는 반성의 자세를 취한 채 셀레스티아의 화가 풀리기를 기다리기로 했다.

셀레스티아의 옆에 앉은 데스디아는 고개 숙인 영주들을 보며 다리를 꼬았다.

답답함과 실망감이 데스디아의 얼굴을 표독스럽게 만들었다.

"여성 영주는 없습니까? 당신들과 달리 유능한 여성 영주 말입니다."

이후 영주들은 데스디아에게 30분이 넘도록 알타이르의 방식으로 매도를 당해야 했다.

결국 듣다 못한 영주들이 어느새 고개를 들고는 남녀의 입장과 문화적 차이에 대한 뜨거운 논쟁을 벌였다.

"이미 우리는 왕녀 전하라는 뛰어난 여성을 모시고 있소! 그리고 당신들 알타이르 행성인들과 우리 날개 달린 자들은 입장이 다르오! 행성 간의 환경도 다르고!"

가이우스가 열변을 토했다.

"당신의 이야기는 우리에게 있어서 역차별이오! 그리고 날개 달린 자들의 여성은 알타이르 행성인의 여성보다 강하오!"

알케온이 목소리를 더욱 높였다.

"우리는 이성과 교제할 때 각자의 먹이를 각자가 잡는단 말이오!"

루할트의 마지막 발언에 알케온과 가이우스가 동시에 그를 봤다.

"그러니까 자네가 혼인을 못하는 것일세."

"무슨 말인가, 알케온! 그리고 혼인은 자네들도 못했지 않나?"

"각자 눈이 너무 높은 것은 인정해야겠지. 왕실 근위대에 서로 먼저 들어가겠다고 안달이었던 기억이 나는군."

가이우스가 씁쓸히 말했다.

데스디아는 다시 서로 싸우는 영주들을 한참 바라보다가 셀레스티아를 어깨로 건드렸다.

"더 사악하고 교활한 영주는 없는 거야?"

"……."

셀레스티아는 말이 없었다. 화가 풀리지 않아서 그런 것이 아니라 부끄러워 고개를 못 들고 있는 것이었다.

"알케온 경."

"아직 얘기 못한 알타이르 여성의 우월함이 또 있단 말이오? 데스디아 브라토레여."

알케온이 푸른색 눈을 그녀에게 돌렸다.

“얼핏 듣자 하니 경께서 우주연합 군부와 뒷거래를 한다고 하던데, 사실입니까?”

데스디아의 그 말에 루할트와 가이우스가 정색했다.

알케온은 피식 웃었다.

“그것이 뭔가 문제라도 되오?”

알케온의 공격적인 답변에 데스디아는 자리에서 일어나 험한 표정을 지었다.

“우주연합 군부야말로 일을 이렇게 만든 주범입니다!”

“그렇다면 해결책은 간단하오. 그들이 깔아준 길을 따르지 말고 다른 이방인들과 함께 떠나시오, 데스디아 브라토레여. 그것이 싫다면 당신은 당신네 종족의 우월함을 어떻게든 과시하고픈 자에 지나지 않소.”

알케온의 그 말을 들은 데스디아는 회담에 어울리는 자가 가이우스나 루할트가 아니라 알케온임을 느꼈다.

“이제야 뭔가 얘기가 될 것 같군요. 알케온 경, 당신의 이야기를 듣고 싶습니다.”

“그리하겠소, 데스디아 브라토레. 소신이 이야기를 계속할 수 있도록 허락해 주십시오, 왕녀 전하.”

어느새 똑바로 앉아 있던 셀레스티아는 부드럽게 고개를 끄덕거렸다.

“말씀하십시오, 알케온 경.”

"감사합니다, 전하."

발언권을 얻은 알케온이 몸을 제대로 펴고 일어났다.

"데스디아 브라토레여. 우주연합 군부의 위험성이나 부당함을 알아야 할 존재는 우리 날개 달린 자들이 아니라 이 땅에 헛된 꿈과 욕망을 품고 온 이방인들이오. 약간 현실적인 이야기를 해드리리다."

알케온의 주변에 빅시티에서 흔히 사용하는 입체 광고 영상이 무수히 떠올랐다.

알케온이 만드는 저온 플라즈마가 그 화면을 만드는 기반이었고 광고 영상의 데이터는 알케온의 머릿속에 저장된 것을 사용하고 있었다.

"이 광고들을 보시오. 이방인의 대다수는 우리를 말하는 짐승쯤으로 착각하고 있소."

데스디아의 갈색 피부와 검은색 머리카락이 광고 영상의 빛을 받아 반짝거렸다.

"헌터들의 조합에서는 처음으로 우리 날개 달린 자들을 사냥하는 자에게 상금을 주겠다며 분위기를 띄우고 있고 지구에서는 건하운드를 할부로 구입할 수 있게끔 해주는 대신 그라니트 행성에서 2년 이상 체류하며 돈을 분납해야 한다는 약정을 걸었소. 지구의 금융 시스템은 참으로 인상적이더구려."

알케온이 띄운 광고 영상의 내용은 가지각색이었다.

알케온이 말했던 헌터조합의 첫 사냥 상금과 건하운드 약정

할부 구입 광고는 당연히 있었고 건설과 광업, 농업, 중공업과 관련된 구인 광고도 무시할 것들이 아니었다.

일단 임금 조건이 엄청났다.

최저급여 보장 수준이 우주연합 평균 최저급여의 5배였다. 대신 1년 이상 근무하지 않으면 그동안 받은 급여를 전부 회사에 되돌려 놓고 가야 한다는 조건이 붙어 있었다.

각종 보험도 그라니트 행성에 실제로 거주하기만 하면 그 혜택이 대단했다.

"난치병에 걸린 가족을 지켜주기 위해 이 행성으로 오는 사람들도 있소. 아무리 비싸고 귀한 약을 써야 하는 질병이라 해도 최저 98%의 의료보험 혜택을 받을 수 있기 때문이오."

설명을 도운 자는 다시 사장실로 들어온 레투가였다.

금속 캔에 담긴 음료수를 마시면서 뒤따라 들어온 치프도 말을 덧붙였다.

"대출 관련 광고가 특히 죽여주지. 이자가 0.01%인데, 그런 마음씨 좋은 상품의 조건이 그라니트 거주 및 그라니트에 있는 업체에 취직, 단 두 개뿐이야. 하지만 그라니트 행성을 떠나는 순간 대출금 전액을 토해내야 돼."

치프가 씁쓸히 웃었다.

"포프의 아버지가 포프의 이름으로 저 대출을 썼어. 그 아저씨가 3년 고용 보장이라는 '농담'을 나에게 한 것도 대출과 관련된 이야기지."

치프의 말에 데스디아와 셀레스티아는 크게 놀랐다. 특히 포프에게 별다른 흥미를 못 느꼈던 데스디아는 격분을 감추지 못했다.

"포프의 부친은 자기 자식을 뭐라고 생각하는 건가?"

데스디아가 따지자 치프는 진정하라는 투로 고개를 저었다.

"걱정은 하지만 죄의식은 없더라고. 이건 네가 이해해야 하는 게, 지구에서 돈을 한 번 빌려본 사람이 아니면 순진하게 넘어갈 구석이 너무 많아."

"그렇소, 브라토리아 팀장. 오파로아 행성인 특유의 긍정적인 면도 작용했을 것이오. 그들은 너무 긍정적이라 뒷생각을 잘 안 하는 경향이 있다오."

레투가가 설명을 도왔다.

"그럴 수가……!"

데스디아의 주먹이 부르르 떨렸다.

광고 화면에 둘러싸인 알케온이 웃음소리를 냈다.

"데스디아 브라토레여. 희망의 불씨를 손에 쥐고 기름 구덩이로 들어가는 자들의 모습이 어떠하오?"

광고 화면들이 하나씩 불꽃으로 변하며 사라졌다. 푸른색 눈을 빛내는 알케온의 모습도 서서히 드러났다.

"이런 희극의 바탕에 사실 우주연합 군부가 있다면서 사람들을 설득해 보시오. 저런 조건을 서슴없이 받아들이며 이 땅으로 옮겨 온 자들이 과연 당신의 말을 따를 것 같소?"

알케온이 그녀를 보며 웃었다.

"설령 당신의 말이 사실이라 증명되어도 그들은 떠나지 않을 것이오. 도덕적 가치 따위로 그 절실한 자들을 설득할 생각은 마시오. 그들 대다수는 매우 도덕적이고 합법적인 방법으로 이 행성에 들어온 자들이니 말이오."

"……."

"후후, 체납액이 너무 밀려서 도적 떼로 변하는 헌터들의 모습은 정말 인상적이었소. 당신도 기회가 된다면 관찰해 보길 바라오, 데스디아 브라토레여."

알케온이 루할트를 돌아봤다.

"자네는 할 말이 없는가, 루할트여? 외부인들 틈에서 회사까지 운영하고 있는 자네라면 할 말이 아주 많을 것 같네만?"

치프는 알케온의 그 말에 레투가가 무슨 반응을 보일지 궁금했으나 레투가는 석상처럼 묵묵히 서 있었다.

"혹시 알고 있었어? 하인케스 무역통상 말이야."

"그 하인케스 무역통상이 사업 허가를 받을 수 있도록 뛰어다닌 게 나일세."

레투가의 대답에 치프는 어이가 없었다.

"…부정부패의 화신이 옆에 있었군."

"돈은 받지 않았네. 그리고 그 정도의 힘은 필요하지 않은가?"

치프와 레투가의 대화를 들으며 생각을 정리하던 루할트는 이윽고 데스디아에게 눈을 돌렸다.

"내가 사업을 하면서 느낀 것들을 말해주겠소, 데스디아 브라토레여. 무기를 출시하고 판매 전략을 짤 때마다 내가 깨달은 것은 바로 선전과 선동의 세련됨이었소."

"지구의 느낌이 나는 말씀을 하시는군요. 루할트 경."

"내 회사의 지사가 지구에 있소. 규모는 본사보다 더 크다오."

"……."

"아주 간단히 얘기하리다. 과거의 권력자들은 칼날과 거짓말을 앞세워 사람들의 등을 강제로 떠밀었소. 그 결과 사람들의 분노는 순수하게 폭발했고 일부 집단은 권력자들의 목을 날리기까지 했소. 그에 대한 보완 대책이 바로 돈에 의한 지배라오."

루할트는 자신의 오른손을 알케온의 어깨에 얹었다. 알케온의 플라즈마 발생 능력이 루할트의 힘에 의해 발동하여 아까와 마찬가지로 화면들을 공중에 출력시켰다.

알케온은 불쾌했지만 화면에 뜨는 것들이 헛된 내용은 아니었기에 그냥 가만히 있었다.

"권력자들은 돈과 독을 절묘하게 섞어서 준비하면 사람들이 자발적으로 그 혼합물을 먹어치운다는 사실을 배웠소. 권력자들은 사람들의 몸에 쌓인 독, 이른바 스트레스 및 질병을 풀기 위한 방법 또한 준비해 놨소. 그 대가는 물론 돈이라오. 결과적으로 사람들의 주머니에 남는 돈은… 0에 가깝소."

지구의 경제 역사와 관련된 루할트의 영상을 한참 보던 치프는 문득 무기 박람회에서 프레젠테이션을 하는 금발의 훤칠한 미남을 보고 깜짝 놀랐다.

"저기 저 화면의 잘생긴 남자는 누구지? 배우인가?"

"회사 운영에 필요한 나의 또 다른 모습이다, 지구인이여."

"빌어먹을!"

화를 내는 치프를 데스디아가 쏘아봤다.

"치프. 남자답게 얌전히 좀 있어."

치프는 답답하다는 표정으로 음료수를 마셨다.

루할트가 한숨을 쉬었다.

"경험담이오만, 금년 초에 내 회사의 직원들과 임금 협상을 준비할 때 있었던 일이오. 만약 하인케스 무역통상이 주식회사였다면 직원들에게 월급을 퍼주는 내 목을 주주들이 손수 따 버렸을 거라고 부하 직원들이 충고하더이다."

"됐으니 필요한 말씀만 하십시오, 루할트 경."

데스디아가 신경질적으로 지적했다.

"…미안하오."

루할트는 알케온의 어깨에서 손을 뗐었다.

데스디아는 지금 어떻게든 결론을 내야 한다 생각하고 있었다. 그녀는 조급함이라는 파도를 등에 진 채 차가움을 유지해야 하는 모래성이었다.

"알케온 경, 만약 당신이 계획대로 빅시티를 공격한다면 당신을 비롯한 모든 드래곤, 아니, 날개 달린 자들의 공포는 세상에 충분히 알려질 것입니다. 하지만 우주연합 군부는 포기하지 않겠지요. 그에 대한 대책은 있습니까?"

"우리는 설령 죽는다 해도 동물로서 죽고 싶은 생각은 없소."

"전쟁을 택하겠다는 뜻이군요?"

"난 어렸을 때부터 궁금하게 생각한 것이 하나 있다오. 데스디아 브라토레여."

알케온은 눈을 감은 후 자신의 눈과 심장을 불태워 버린 어린 시절의 추억을 떠올렸다.

그것은 수십만 년 만에 비로소 태어난 날개 달린 자들의 왕녀가 왕과 함께 그들의 고향 하늘을 처음으로 비행하던 모습이었다.

알케온은 이후 왕실 근위대에 들어가기 위해 노력했고, 결국 근위대를 성공적으로 거쳐 영주가 되었다.

그는 그 과정에서 얻은 여러 가지 의문점을 오늘 토해내기로 마음먹었다.

"우리 날개 달린 자들은 그동안 누구와도 싸울 필요가 없었소. 우리는 동족을 아꼈고 성왕 폐하께서 나누어 주신 다른 이의 땅을 탐하지도 않았소. 사소한 다툼 속에서도 서로가 동포이자 형제이며 나보다 뛰어난 점을 가진 친구라는 것을 잊지 않고 자랑스럽게 여겼소."

그의 양옆에 서 있는 루할트와 가이우스는 묵묵히 그의 말에 동조했다.

"그런데도 불구하고 기사단을 비롯한 군대의 체계는 대대로 이어져 내려왔소. 훈련은 했지만 적의 모습은 딱히 떠오르지 않았고 그 누구도 어떤 상황을 위한 훈련이라며 제대로 설명해 주지 않았소. 그러나 훈련은 놀라울 정도로 체계적이었다오."

알케온이 다시 눈을 부릅떴다.

"무엇을 위한 군대인지 이제 알았소! 어째서 내가 영주이며 기사단의 지휘권을 왕녀 전하께 위임받았는지 깨달았단 말이오! 바로 이 행성과 동포들을 위협하는 침략자들을 모두 격퇴하라는 선조님들의 가르침이었소! 그에 따르는 것이야말로 우리 영주들의 명분이오!"

한바탕 외친 알케온의 머릿속에 목소리가 들려왔다.

[헛된 자존심, 우월감…….]

여태껏 다른 이들이 들어왔던 그 음습한 목소리와 기어코 접촉해 버린 알케온은 온몸이 굳어지는 것 같았다.

하지만 그는 셀레스티아를 다른 일로 걱정시키고 싶지는 않았고 가이우스의 경우와 마찬가지로 이겨내는 것이 어렵지 않아서 평정을 유지할 수 있었다.

"데스디아 브라토레여, 외부인들의 욕망과 이 행성에 대한 우리의 마음은 타협의 대상이 될 수 없소. 그리고 잘 들으시오."

알케온의 눈빛이 점점 더 강해졌다.

"당신의 적들에게 신경질을 내고 싶다면 그들의 소굴로 찾아가시오. 당신에게는 이 행성을 싸움터로 삼을 자격이 없소."

알케온은 그 눈을 셀레스티아에게 돌렸다.

"왕녀 전하, 전하께서 추구하시는 방식은 전하처럼 아름답고 몽환적인 이상에 불과합니다."

"알케온!"

루할트가 펄쩍 뛰려 하자 알케온이 고개를 들고 그와 맞섰다.

"내가 무례하다고 생각되나, 친구여? 자네 눈에는 왕녀 전하만 보이겠지만 내 눈과 심장에는 왕녀 전하께서 거니셨던 이 행성의 하늘과 대지가 아직도 새겨져 있네! 지워지지도 않고, 지울 생각도 없는 영광의 화상이지!"

"잠깐 진정하게, 친구여."

가이우스가 왼쪽 날개로 알케온의 등을 두드렸다.

"왕녀 전하께서 터무니없는 이상을 추구하신다는 자네의 말은 틀렸네."

"무슨 말인가, 가이우스여?"

가이우스는 날개를 다시 접으며 셀레스티아를 봤다.

"전하께서는 외교를 하려 하시는 것일세. 우주연합은 침략자이지만 몽둥이를 휘두르는 야만인들이 아닐세. 실제로 왕녀 전하께서 생각하시는 것처럼 우리가 우주연합에서 인정하는 원주민이 된다면 이 행성은 개척지가 아니라 독립된 하나의 국가로서 인정받고 불가침을 정당화할 수 있게 된다네."

"그렇다면 더욱 용맹하게 싸워서 원주민이라는 사실을 인정

받아야겠군."

알케온은 고집을 꺾을 생각이 없었다. 가이우스는 그러한 친구의 모습이 걱정되었다.

"힘을 가진 자에게 힘을 들이대면 결과는 피밖에 남지 않는다네. 그들은 발견과 개척, 그리고 희망이라는 나름대로의 명분으로 선한 자의 가면을 쓰고 있지. 또한 우리 못지않은 힘을 갖고 있네."

가이우스가 턱으로 루할트를 가리켰다. 알케온이 자신을 돌아보자 루할트는 고개를 끄덕였다.

"회사를 운영하면서 우주연합 전체의 무기 체계와 위력에 대한 정보를 수집했다네. 지구는 물론이고 우주연합의 군대 역시 이 행성을 박살 낼 수 있는 무기를 갖고 있지. 하지만 이 땅이 폐허가 되면 곤란해서인지 우리에게 쓰지 않았을 뿐일세. 보병들이 건하운드 따위를 들고 우리에게 덤빌 거라는 생각은 하지 말게."

"그렇다고 수 년 동안 참아온 이방인들의 모습을 그냥 넘길 수는 없지 않나? 우리는 우리가 확실히 활동하고 있으며 타협의 여지가 없음을 적들에게 보여줘야 하네!"

영주들이 다시 말싸움을 벌이기 직전이었다.

이야기를 듣고만 있던 셀레스티아가 황금색의 눈빛을 발하며 오른손을 그들에게 펼쳤다.

고성을 지르던 영주들이 한순간에 격한 숨을 토하며 몸을 숙였다.

"그 수 년이라는 시간이 너무 길었나요? 고작 그 정도의 시간으로 평화를 얻는 것은 불가능하답니다, 여러분. 자칫 잘못하면 죄악의 선조가 깨어날 수도 있습니다."

"죄악의 선조는… 엠페라투스는 전설일 뿐입니다!"

알케온은 다시 일어나려 했으나 그의 육체는 지금 그의 것이 아니었다.

셀레스티아가 힘을 거두자 영주들이 다시 힘을 찾았다. 꺼져가던 그들의 눈빛도 다시 선명하게 불타올랐다.

"그럼 알케온 경은 경의 뜻대로 하십시오. 루할트 경과 경의 기사단은 알케온 경의 움직임을 막지 마십시오."

"소신의 뜻을 알아주셔서 감사합니다, 전하!"

알케온이 기쁨을 감추지 못하고 미소를 지었다.

루할트가 황급히 안색을 바꿨다.

"전하, 전쟁을 용인하시겠다는 말씀이십니까?"

"아닙니다."

셀레스티아는 고개를 저었다.

"저와 우리 회사의 모든 이가 알케온 경을 설득할 것입니다. 실패하면 전쟁이겠지요. 사실 전쟁도 하나의 방법입니다."

셀레스티아는 뚜렷한 모습으로 영주들에게 말했다. 피자를 먹거나 단말기에 내려받은 게임을 하며 시간을 보내던 평소의 모습과는 분위기가 달랐다.

"그리고 알케온 경. 제가 경의 계획을 용인하는 대신 조건이 있으니 들어주시겠습니까?"

"무엇이든 말씀하십시오, 왕녀 전하."

"경께서는 맛에 대해 탁월한 감각을 갖고 계시지요?"

"하하."

알케온은 조금 김이 샜다는 표정을 섞어 웃었다.

"부끄럽지만 이 자리에서는 인정할 수밖에 없겠지요. 그렇습니다, 전하."

이후 셀레스티아의 조건을 들은 알케온은 소꿉친구인 루할트나 가이우스조차 여태껏 들은 적이 없는 끔찍한 비명을 질렀다.

08
선조의 목소리

회담 사건으로부터 사흘이 지난 아침이었다.

정각 6시에 눈을 반짝 뜬 포프는 명랑하게 하품을 하고 기지개를 켰다.

"잘 잤니? 포프?"

포프와 같은 방을 쓰는 사만다는 1시간 전에 일어나 단말기를 통해 신문을 읽는 중이었다.

"언니도 잘 주무셨어요?"

"요즘 식사가 맛있으니까 잠도 잘 오네."

"그렇죠? 요즘은 식사 시간만 기다려지네요."

노란색 잠옷에서 훈련용 복장으로 갈아입은 포프는 피로 회복용 알약을 생수와 함께 마셨다.

"근데 말이죠, 데스디아 팀장님은 첫인상이랑 다르게 정말 친절하시지 않나요? 훈련할 때는 무섭지만요."

사만다는 회담 다음 날 아침의 일을 떠올렸다.

처음에 데스디아는 사만다만을 훈련시킬 생각이었으나 회담 날 저녁에 포프와 젝스의 훈련까지 맡겠다고 선언했다. 더불어 데스디아는 포프를 껴안으면서 반드시 훌륭한 헌터로 만들어주겠다는 말을 추가로 했다.

데스디아의 태도 변화가 포프 아버지의 대출 문제 때문임을 치프에게 전해 들은 사만다는 뭔가 참 안타까우면서도 기분이 나쁘진 않았다.

"아버지와의 사이는 어때, 포프?"

"아버지요? 하하, 저는 아버지… 아니, 아빠를 정말 좋아해요! 존경하고요!"

더벅머리의 소녀는 해맑게 웃었다.

"그렇구나."

사만다는 단말기를 자리에 놓고 일어났다.

"식당으로 가자. 팀장님은 젝스를 데리고 10분 전에 내려가셨어."

"앗, 빨리 가야겠네요!"

침대에서 일어난 포프는 사만다와 함께 기숙사 방을 나왔다.

엘리베이터를 타고 식당으로 내려간 포프는 주방에서 일을 하고 있는 주황색 머리의 키 작은 청년에게 손을 흔들었다.

"좋은 아침이에요, 알케온 씨!"

익숙한 이름으로 불린 청년이 고개를 들고는 파란색 눈동자로 포프를 노려봤다.

"쉿. 불이 놀라잖아."

알케온의 크고 예쁜 눈이 진지하게 빛났다.

그는 드래곤들의 영주, 알케온과 이름만 똑같은 존재가 아니었다.

며칠 전에 드래곤들의 입장과 외부인들의 실태, 그리고 자신의 명분을 불꽃처럼 토했던 바로 그 영주 알케온이었다.

그런 그가 치프의 회사에서 일하게 된 계기는 셀레스티아와의 거래였다.

셀레스티아는 기숙사의 주방 및 수송기 조작은 물론 기타 잡일까지 모조리 알케온에게 맡겼다.

당시 그 자리에 있던 루할트와 가이우스는 알케온이 거부할 것이라 생각했지만 알케온은 자신이 짊어져야 하는 숭고한 숙명이라면서 비명만 한 번 지르고는 셀레스티아가 제시한 모든 요구 조건을 받아들였다.

"알케온 씨는 오늘도 재밌으시네요!"

포프는 밝게 웃으며 젝스 옆에 앉았다.

데스디아와 마주 앉아 식사를 하던 젝스는 자신과 어깨를 부딪치며 앉은 포프의 더벅머리를 손으로 만져 주었다.

"좋은 아침."

그녀의 아침 인사는 덤덤하면서도 살가웠다.

"응, 좋은 아침! 팀장님도 좋은 아침이요!"

데스디아는 그냥 봐도 먹구름이 껴서 분위기가 별로인 하늘을 흘끔 본 후 고개를 끄덕거렸다.

"너의 아버님이 생각날 정도로 훌륭한 날씨로구나."

"팀장님은 흐린 날을 좋아하시는군요!"

"……."

데스디아와 젝스는 묵묵했지만 사만다는 웃음이 터질 뻔한 것을 겨우 참아냈다.

곧이어 알케온이 사만다와 포프에게 맞춰 만든 아침 식사를 양손에 각각 든 채로 다가왔다.

그는 포프에게 짭짤하면서도 닭고기가 듬뿍 들어간 달걀수프를 주었고 사만다에게는 사과카레수프를 주었다.

먹는 사람의 덩치에 맞게 용량도 달랐으나 두 음식에는 소화 흡수가 빠르고 열량이 높다는 공통점이 있었다.

"포프 베르자르어."

머리핀으로 옆머리를 바짝 붙인 미소년, 알케온은 팔짱을 끼며 포프를 불렀다.

"아, 잘 먹겠습니다! 매일 아침 감사해요!"

"감사함을 느낀다면 오늘은 어제처럼 토하지 마라. 웃으면서 토하는 모습을 보니 기분이 나쁘더군."

운동하다가 토하는 것이 어제가 처음이었기에 신기해서 웃어버렸던 포프는 머쓱한 미소를 지었다.

"주의할게요. 그런데 알케온 씨."

"무엇이냐, 포프 베르자르."

"사장님 음식은 왜 저 모양인가요?"

저 멀리 구석에 앉은 치프의 앞에는 잘 구워진 붕어빵 세 개와 커피 한 잔이 놓여 있었다.

"붕어빵을 모르는가, 포프 베르자르여? 지구의 요리 중 하나다."

"아, 들어본 적 있어요! 근데 저 음식은 틀이 있어야 만들 수 있지 않나요?"

"역시 모르는군, 포프 베르자르. 공허의 어둠에 가려진 진실을 가르쳐 주지."

알케온은 고개를 살짝 들면서 왼손으로 자신의 얼굴을 덮었다.

"이 회사에는 분명 붕어빵 틀이 없다. 하지만 난 그럼에도 불구하고 만들어냈지. 붕어빵을."

"오? 오… 오오오!"

진실을 깨달은 포프가 차츰 목소리를 높여 감탄했다.

데스디아는 샐러드를 집어 들던 젓가락으로 테이블을 두드렸다.

"식사를 하려무나. 포프."

"옙, 팀장님!"

포프는 지시대로 식사에 집중했다.

말없이 식사를 마친 포프는 아직 단 한 개의 붕어빵도 먹지 않은 채 단말기만을 바라보는 치프를 돌아봤다.

"오늘은 웬일로 사장님께서 일찍 나오셨네요?"

"각자의 사격 솜씨를 봐주겠다고 하더군."

데스디아가 대답했다.

"사격은 팀장님이 더 잘하시지 않나요?"

"네 사장을 너무 우습게 생각하지 마. 난 치프가 완전한 맨손이 아니라면 이길 자신이 없어."

"네?"

포프가 놀라자 사만다가 웃었다.

"역시 팀장님은 뭔가를 아시네요. 들어봐, 포프. 치프는 숟가락만 들고 토성의 군벌세력 요새에 혼자 침입하신 적도 있어. 당시 체포된 군벌의 우두머리는 그때의 후유증으로 여태까지 교도소에서 숟가락을 못 쓰고 있지. 그 정도면 충분하지 않을까?"

사만다는 신이 나서 말했다.

포프는 숟가락과 순수한 사격 실력이 무슨 관계가 있는지 묻고 싶었으나 분위기 때문에 그러지 못했다.

이후 30분 정도 얘기를 나눈 직원들은 데스디아를 따라 훈련장으로 향했다.

아침 훈련은 간단했다. 알타이르 왕족의 전사들이 아침마다 수행하는 체조를 1시간 정도 한 뒤 다시 1시간가량 회사의 장벽을 따라 뛰는 것이 전부였다.

이른바 '장벽 한 바퀴'는 약 3㎞에 달하는 훌륭한 달리기 코스였다.

장벽 안쪽에 마련된 달리기용 트랙은 특수 소재 바닥이 깔려 있었고 고저 차도 없어서 훈련용으로는 딱 좋았다.

데스디아는 아침 달리기에 별다른 조건을 붙이지 않았다. 그냥 2시간 정도 달릴 수만 있다면 괜찮다는 말만 했다.

그러나 운동 경험이 적은 포프에게는 하루의 지옥을 여는 코스였다.

첫날은 1시간 동안 무려 20바퀴를 달릴 수 있는 능력자인 데스디아가 30분을 못 달리고 토하며 쓰러진 포프를 의무실에 데려갔다.

둘째 날은 데스디아와 나란히 뛸 수 있는 유일한 인물인 젝스가 역시나 바닥을 짚고 토하는 포프를 의무실에 데려갔다.

"팀장님은 정말 잘 뛰시는군요. 전력으로 질주하시는 모습을 한번 보고 싶을 정도입니다."

오늘 포프를 의무실에 데려가기로 미리 약속한 사만다는 데스디아를 보며 말했다.

비키니 수영복이 아닐까 싶을 정도로 옷감의 면적이 적은 운동복을 위아래에 입은 데스디아는 씩 웃었다.

"전력 질주? 지구에서 샀던 이 옷을 입고 그렇게 뛰었다가는 옷이 내 몸을 파고들 거야."

데스디아가 슬쩍 웃었다.

"여긴 약간 심심하지. 고향에서는 항상 산과 나무를 타고 달렸지만 이 행성은 평지가 대부분이거든. 물론 제일 마음에 안 드는 것은 여자답지 않게 옷을 입고 뛰어야만 한다는 사실이지만."

"네?"

"문화의 차이야. 오늘도 모두 열심히 해보자고."

데스디아가 먼저 달려 나가고 젝스가 뒤를 쫓았다. 사만다는 짐승처럼 뛰어나가는 둘을 보고 헛웃음을 지은 후 옆에 있는 포프의 등을 두드렸다.

"너무 무리하지 마. 토할 정도로 뛰는 건 오히려 몸에 해로우니까 말이야."

"예!"

하지만 우렁찬 대답과 달리 포프는 오늘도 30분을 넘기지 못하고 트랙 옆에 쓰러졌다. 그래도 사만다의 걱정을 받아들인 덕분에 토하지는 않았다.

달리기 이후 제대로 된 아침 식사를 한 번 더 한 사원들은 점심 전까지 사격 훈련을 했다.

사격 훈련은 이틀째까지만 해도 훈련교관 출신인 사만다가 맡았으나 그녀도 사실 자세 교정만 도울 수 있는 입장이었기에 오늘부터는 치프가 사격 훈련을 맡았다.

"난 블레이드하운드만 다뤄도 충분한데?"

젝스가 불만을 터뜨리자 치프는 왼손에 든 단말기로 그녀의 모자챙을 쿡 눌렀다.

"예를 들까? 네가 가진 블레이드하운드가 현장에서 고장이 났다고 치자. 쓸 수 있는 무기는 포프 것밖에 없는데 마침 포프는 부상을 당했어. 그럼 어쩔래?"

"흠. 우리 날개 달린 자들의 숨결과 손톱은 그 어떤 총칼보다 빠르고 강하며… 윽!"

젝스가 말을 마치기도 전에 치프는 그녀의 모자챙을 다시 눌렀다.

"그건 최악의 상황이잖아? 네가 원래 드래곤이라는 걸 들키면 우린 골 때리는 상황에 몰린다고. 다른 사람들을 위해서라도 잘 배우도록 해."

자신의 검은색 야구 모자를 제대로 쓴 젝스는 해변에서나 볼 법한 긴 의자에 누워서 편히 쉬고 있는 데스디아를 흘끔 봤다.

"데스디아 님께 배우면 안 되나?"

"하, 그래? 한번 물어볼까? 어이, 팀장. 당신은 표적 조준을 어떻게 하시나요?"

"이 행성의 정령들이 나에게 모든 것을 알려주지."

치프의 질문에 대답한 데스디아는 귓속에 이어폰을 넣은 후 단말기에 담긴 고향의 민요를 틀었다.

치프가 얼굴을 찡그렸다.

"자기 멋대로 쏜다는 게 저런 거야. 착한 아이는 배우면 안 돼."

"으, 으음."

데스디아의 조준 개념을 이해 못한 젝스는 일단 치프의 말에 고개를 끄덕거렸다.

"오늘은 기계식 조준기를 써야 하는 경우를 배워보자고. 아까 포프의 예를 들었으니 포프의 것을 써보도록 하지."

치프는 포프의 건하운드 제어장치를 넘겨받은 후 제어장치에 달린 조준기를 능숙하게 분리하여 탁자에 놓았다.

"조준장치의 종류는… 흠, 여러 가지야. 자세히 알고 싶으면 단말기로 알아서들 찾아봐. 민간용과 군용은 좀 다르다는 것 정도만 알아둬."

"군용 조준기는 제가 사용하는 것보다 좋은가요?"

포프가 묻자 치프는 방금 전 포프의 물건에서 분리한 조준기를 들고 흔들었다.

"사만다, 내가 이걸 보안국에 들고 가서 사람들한테 자랑하면 어떻게 될 것 같아?"

"아저씨께선 무기밀매관련법 위반으로 입건되시겠지요. 그 물건은 군용 중에서도 좋은 겁니다."

사만다는 치프에게 눈도 돌리지 않고 대답했다. 그것은 포프의 건하운드를 처음 봤을 때부터 파악하고 있던 문제점이었다.

"저, 저는 정말 몰랐어요! 지구인 판매상이 서비스라고 달아 준 거예요! 출입국 허가를 받을 때도 안 걸렸다고요!"

포프의 작은 몸이 바짝 굳어졌다. 조준기를 내려놓은 치프는 그 어린 직원의 더벅머리를 만져주었다.

"목적지가 그라니트면 우주연합 출입국 관리소에서도 딱히 잡진 않아. 직접 고발이 들어오지 않는 한 보안국에서도 눈감아주니까 남들 앞에서 대놓고 자랑만 안 하면 돼."

"정말요?"

"정말이지요."

농담하듯 대답한 치프는 제어장치에 기본적으로 붙어 있는 기계식 조준기를 펼쳤다.

"그럼 기계식 조준기 사용법을 가르쳐 줄 테니 젝스와 포프는 잘 듣도록 해."

치프가 둘에게 설명하는 동안 데스디아는 민요에 취하여 잠들었고 사만다는 단말기를 만지작거리며 시간을 보냈다.

설명을 끝낸 치프는 젝스와 포프, 사만다 순으로 건하운드를 쏘게끔 했다.

"젝스는 잘 쏘는 편이고, 포프는 손에 익어서 그런지 금방 나아졌는데……."

기록이 담긴 단말기를 보던 치프가 사만다를 쳐다봤다.

"사만다, 고정 표적 사격은 믿어도 되겠지?"

치프가 질문한 이유는 사격 결과 때문이었다.

사만다의 고정 표적 명중률은 60발 전부를 제대로 꽂아 넣는 수준이었으나 이동 표적 명중률은 60발 중에 1발 꼴로 젝스나 포프보다 못했다.

"표적이 아니라 제가 움직이는 상황에서도 결과는 비슷할 겁니다."

차량이나 항공기 위에서 실시하는 사격도 형편없다는 뜻이었다.

"그럼 어쩔 수 없지. 그래도 사격 훈련은 거르지 마."

"……."

붉은색 피부의 근육질 여성, 사만다는 전투적인 몸매에 어울리지 않게 아무 대답도 하지 못했다.

때마침 치프의 단말기가 시끄럽게 울었다. 레투가에게서 온 전화였다.

"무슨 일이야, 친구? 오, 일거리인가? 1분 전에 접수됐다고? 좋아, 최대한 빨리 가도록 하지. 지도 정보를 보내줘."

전화를 끊은 치프는 숨 쉴 틈도 없이 다른 곳에 연락했다.

"알케온 씨? 구조 요청이 들어와서 그러는데, 직원들 옷이랑 장비들을 챙겨서 사격 훈련장 쪽으로 와줘. 그래, 전부 다. 포프도 나갈 거야. 수송기 점검과 준비는 내가 어제저녁에 다 해놨으니 그냥 짐 싣고 바로 몰고 와. 서둘러 주고."

볼일을 마친 단말기를 바지 뒷주머니에 넣은 치프는 잠들어 있는 데스디아의 어깨를 흔들었다.

"어이, 팀장. 드디어 출동이라고. 나가서 돈 벌어 와."

"음……."

이어폰을 빼며 일어난 데스디아는 긴 귀를 연신 쫑긋거리며 잠을 쫓기 위해 애를 썼다.

"옷은 수송기 안에서 갈아입으면 돼. 우리 알케온 아저씨가 속옷까지 잘 접어서 가져올 거야."

"속옷까지요?"

대부분의 상황에 긍정적이던 포프도 그 부분에서 움츠러들었다.

"여자애 같은 반응이로군."

치프가 쓴웃음을 지으며 중얼거렸다.

"당연하죠! 아무리 긍정이 미덕인 오파로아 행성인이라고 해도 창피한 건 알아요, 사장님!"

"아, 오해할까 봐 얘기하는데, 이 행성에 와서 처음으로 보는 여자다움이라 반가워서 그런 것뿐이야. 나쁜 생각은 없어."

치프는 중얼거리면서 데스디아가 있는 곳과는 반대쪽을 향해 돌아섰다. 그의 모습에 움찔한 포프와 사만다는 설마 하는 표정으로 데스디아를 봤다.

그녀는 이미 상체의 옷을 전부 벗어서 의자 위에 떨군 상태였다. 더불어 젝스도 그녀를 흉내 낸답시고 운동용으로 입은 상의를 벗고 있었다.

"사장님, 말리셔야죠? 아무리 문화의 차이라고 해도 저런 건 너무 일방적이잖아요?"

포프는 너무 당황하여 치프의 셔츠를 당겼으나 치프는 돌아선 채로 꼼짝도 하지 않았다.

"나보다는 저 여자답지 못한 여자들에게 따져 주지 않을래?"

"사장님!"

포프가 소리쳤으나 치프는 너무나 무력했다.

사만다는 아래쪽도 벗을까 말까 고민하는 데스디아와 막상 벗고 보니 부담스러워 고민하는 젝스를 흘끔 보고는 그냥 자신의 할 일을 다하기로 했다.

그녀는 포프의 건하운드 제어기를 점검해 주고 떼어냈던 조준기도 다시 달아주었다.

전차를 한 대 실을 수 있을 만큼 큰 회사 소속 수송기가 그들이 있는 사격 훈련장 옆으로 내려왔다.

사만다의 기억을 읽어서 수송기 운전 방법과 노하우까지 습득한 알케온은 그 큰 수송기를 깃털처럼 가볍게 착륙시켰다.

알케온은 벗은 옷을 손에 들고 수송기 쪽으로 걸어오는 데스디아와 젝스를 보고는 자신의 단말기를 들었다.

"아, 루할트인가? 자네 여동생이 지금 속옷을 한 장만 입은 채 회사 안을 돌아다니고 있군. 아니, 입은 건 다행히 아래쪽 속옷이야. 지구인은 의외로 절망스런 표정이라네. 저놈, 수컷이 맞나?"

알케온이 인상을 찡그렸다.

수송기 내에서 옷을 갈아입고 준비를 끝낸 직원들은 마지막으로 올라탄 치프와 함께 회사 밖으로 나갔다.

치프는 출발한 사만다의 도움을 받아 장갑차 격파용으로 만들어진 대형 총기를 거치대에 설치했다. 총기 위에는 적당한 크기의 조준기가 얹어졌다.

그 총기를 본 데스디아가 좌석의 안전벨트를 풀고 일어나 치프 옆에 섰다.

"이 무기는 뭐지? 안에서 불길한 냄새가 나는데?"

"화약 무기야. 이 행성에 합법적으로 들여올 수 있는 화약 무기 중에서는 최고 성능이지."

"화약 무기? 전자식이 아니라?"

"비상시에 대비한 물건이니 언제든 확실히 작동해 주는 구식이 좋지. 동력에 문제가 생길 경우 전자식 총기는 그냥 몽둥이로 전락하거든."

"흥미롭군."

"들고 다니면서 쏠 물건은 아니야. 아무리 너라도 한 번 쏘면 반동에 몸이 망가질걸? 이런 괴물을 강아지처럼 데리고 다니면서 쏠 수 있게끔 만든 게 바로 건하운드지."

치프가 귀에 낀 통신기와 기내 스피커에 신호가 들어왔다.

—목표 지점에 도착하기까지 약 1분 정도 남았다, 지구인.

"그냥 1분이라고만 말해줘도 돼, 알케온 아저씨. 후방 출입문

개방."

—개방하지.

수송기 뒤쪽의 대형 출입문이 열리면서 바깥쪽의 빛이 환하게 들어왔다. 사만다는 자신의 조끼와 수송기를 연결해 주는 안전벨트를 확인한 후 쌍안경을 들었다.

일상생활을 하듯 덤덤하면서도 빈틈이 없는 그들의 모습은 좌석 안전벨트만 힘주어 잡고 있던 포프를 조금이나마 안정시켜 주었다.

치프는 그 어린 직원의 긴장한 모습을 그냥 내버려 두고 있었다. 아니, 아예 포프를 의자에서 일으켜 현장에 내던질 생각조차 없었다.

치프는 그녀가 가이우스를 보자마자 기겁하여 사격한 일을 웃기는 과거사 정도로 치부하지 않았다. 그는 포프에게 많은 것을 올바른 순서대로 경험시켜야 한다는 생각을 갖고 있었고 지금은 그녀가 그저 구경하는 것만으로도 많은 것을 배우게 될 것임을 알고 있었다.

'자신이 얼마나 무력한지 알게 되는 순간만큼 더러우면서도 도움되는 일은 없단다, 포프.'

생각을 정리하고 사격 준비를 마친 치프는 망원경을 든 사만다의 보조를 받으면서 주변을 철저히 정찰했다.

지형은 사막 한가운데에 있는 기암괴석지대였는데, 눈으로 뭔가를 확인하기가 매우 불편했지만 치프는 불평 없이 정찰을 계속했다.

수송기 밖에서 불어닥치는 강풍을 선 채로 맞으며 버티던 데스디아가 오른쪽을 봤다. 젝스 역시 거의 비슷한 타이밍에 목을 움직였다.

—기체 왼쪽에 뭔가 있다, 지구인.

그쪽은 데스디아와 젝스가 관심을 보인 방향이었다.

"움직여 봐."

치프는 조준기에 눈을 가까이했다. 사만다는 젝스와 포프에게 귀를 막으라는 신호를 보냈다.

치프는 키 작은 사람들이 바닷가재처럼 생긴 곤충들에게 정신없이 쫓기는 모습을 포착했다.

"저건 곤충이라기보다는 갑각류잖아?"

치프가 중얼거렸다.

총 다섯 명의 헌터 가운데 건하운드를 들고 있는 사람은 두 사람이었지만 그들 역시 나머지 세 명과 마찬가지로 앞만 보면서 뛰는 중이었다.

겁에 질린 그들의 얼굴은 허리까지 기른 수염들 때문에 귀엽게 보이긴 했으나 수염에 가려지지 않은 표정은 진실로 살벌했다.

"저 다리 짧은 아저씨들이 첫 일거리로군. 드워프… 아니, 듀베리아 행성인이지? 착륙 준비. 포프는 아직 벨트 풀지 말고 가만히 있어."

치프의 지시도 불구하고 포프는 너무 긴장하여 거친 호흡만 반복했다.

그때 어떤 목소리가 포프의 머릿속에 스며들었다.

[자유롭게… 너의 자유가 이 엠페라투스의 자유로다!]

포프는 자신의 머릿속에 갑자기 들려온 목소리를 따라 안전 벨트를 풀고 일어났다. 다른 이들과 달리 목소리에 제대로 응해 버린 그녀는 방금 전에 들었던 치프의 지시를 이해조차 못할 만큼 제정신이 아니었다.

치프와 사만다, 데스디아는 쫓는 곤충들과 쫓기는 난쟁이 헌터들을 관찰하느라 그녀를 보지 못했다.

위치상 포프를 볼 수밖에 없었던 젝스지만 포프를 말리지 않고 그냥 가만히 그녀를 구경하기만 했다.

'뭐하는 거지? 사장이 가만히 있으라고 했는데……?'

뒤에서 일어난 상황을 전혀 모르는 치프는 표적을 향하여 침착하게 방아쇠를 당겼다.

장갑차를 격파하기 위해 만들어진 그 총은 원래 총이라기보다는 '포'에 가까운 물건이었다.

총의 반동은 그 큰 수송기도 잠깐 흔들 만큼 강력했다.

곤충 중 한 마리의 집게발을 끊어버린 순간이었다. 치프는 자신의 옆으로 휙 빠져나가 허공에서 허우적거린 뒤 머리부터 추락하고 뒹구는 포프를 한참 동안 바라봤다.

치프는 다시 직원들을 봤다.

젝스는 얼굴이 하얗게 떠 있었다. 모자챙 밑으로 보이는 그녀의 눈은 심각하게 떨렸다.

그녀는 포프가 갑자기 안전벨트를 풀고 일어나더니 위태롭게 서 있다가 튕겨 날아가는 모습을 가장 가까운 곳에서 지켜봤다.

만약 그녀가 포프에게 손만 뻗었더라도 일은 커지지 않았을 것이다. 그 사실은 젝스가 가장 잘 알고 있었다.

젝스의 몸이 바짝 경직되어 떨리는 것을 본 치프는 포프가 왜 안전벨트를 풀었냐는 질문을 하는 대신 다시 총의 조준기에 눈을 가까이했다.

"사만다는 구급장비 가지고 내려가! 긴급강하!"

"긴급강하!"

지시가 떨어지기만을 기다리고 있던 사만다는 치프가 소리치자마자 복창하며 수송기 뒤편에 설치된 강하용 줄을 내려주는 레버를 내린 후 구급상자와 자신의 블레이드하운드를 챙겼다.

장갑까지 신속하게 착용한 사만다는 수송기가 아직 이동 중임에도 불구하고 로프를 향해 동물적으로 몸을 날렸다.

두 손과 발로 로프를 확실히 잡은 그녀는 땅에 착지하자마자 몸을 충분히 굴려 충격을 줄였다.

아무리 사격을 돕기 위해 고도를 낮추고 이동속도를 최대한 줄였다고 해도 하늘에서 움직이고 있는 수송기에서 강하하는 것은 훈련받은 자라 할지라도 위험한 일이었다.

그러나 목성인은, 정확히는 목성 이주민 신세대는 그에 견딜 수 있는 몸을 갖고 있었다.

육체가 탄탄할 뿐만 아니라 회복력도 뛰어나서 설령 대퇴골이 부러져도 접골만 잘된다면 일주일 내에 약 없이도 완전히 치료된다.

사만다는 그것을 증명이라도 하듯 곧바로 일어나 포프가 추락한 지점을 향해 뛰어갔다.

치프는 사격을 통해 헌터들을 쫓던 곤충들의 눈을 자신들 쪽으로 돌리기 위해 혼신을 다했다. 첫 발로 한 마리를 즉사시킬 수 있었음에도 불구하고 집게발만 날린 이유도 그 때문이었다.

곤충들이 기어코 수송기 쪽을 돌아보고 돌진해 오자 치프는 귀에 낀 통신기를 눌렀다.

"소재 1개 낙하! 데스디아가 나간다!"

—1개? 젝스는? 포프는 괜찮나?

알케온이 제법 다급한 목소리로 묻자 치프의 목에 정맥이 불거졌다.

"시간 없어! 지시대로 해!"

—지구인 따위가……! 제길, 소재를 떨군다!

알케온의 답을 들은 치프는 미리 수송기 안쪽으로 걸어간 데스디아를 돌아봤다.

그녀는 정육면체 모양으로 압축시킨 채 수송기 안에 격납된 소재, 즉 고철 블록 위에 서 있었다.

"놈들은 내가 맡지. 치프는 지원사격과 주변 경계를 맡도록 해."

"좋아."

수송기의 아래쪽이 열리면서 데스디아가 타고 있던 고철 블록이 낙하했다.

바람을 타고 고철 블록 위로 떠오른 데스디아는 침착하게 파프니르의 포대를 프린팅했다.

빛나는 입자로 분해된 고철 블록이 파프니르의 길쭉한 검은색의 포대로 재구성되었다.

포대 위에 올라탄 데스디아는 수송기를 향해 달려오는 곤충들을 향해 포대를 조작했다.

서핑보드처럼 그녀를 태운 채 하늘을 가로지른 파프니르는 땅에 닿을 만큼 바짝 내려왔다. 그 위에서 뛰어올라 땅에 착지한 데스디아는 포대가 위치를 잡자마자 방아쇠를 당겼다.

전자기력에 의해 발사된 금속 탄환은 음속의 7배가 넘는 속도로 곤충의 머리에 꽂혔다. 외골격이 깨지고 뇌를 비롯한 신경조직이 완파된 곤충은 그 자리에 주저앉았다.

다른 곤충들이 지그재그로 움직이며 데스디아를 향해 달려갔다. 그들을 유인할 필요가 없어진 치프는 상공에서 총을 쐈고 데스디아는 흩어지는 곤충들을 한 발에 한 마리씩 침착하게 주저앉혔다.

"데스디아, 한 마리가 안 보여!"

데스디아가 귀에 낀 통신기에서 치프의 목소리가 터졌다.

"알아."

파프니르의 포대를 불러 칼날을 전개하고 제어장치와 결합시킨 데스디아는 앞으로 한참을 뛰다가 장대높이뛰기를 하듯 손에 쥔 대검으로 땅을 짚으며 뛰어올랐다.

집게발로 땅을 헤치며 솟아오른 곤충은 머리 위에 떠오른 데스디아를 향해 주둥이를 벌리며 습기가 느껴지는 괴성을 냈다.

공중에서 몸을 돌려 자세를 바꾼 데스디아는 파프니르의 자루를 두 손으로 잡은 후 그것을 휘두르며 착지했다.

땅 위로 솟은 집게발의 길이만 2층 높이에 달하는 그 곤충이 망치를 맞은 호두처럼 상체가 으깨지며 즉사했다.

일을 마친 데스디아는 파프니르의 포대를 분리한 후 귀에 낀 통신기에 손을 댔다.

"처리 완료."

"잘했어. 혹시 사만다를 도와줄 수 있겠어?"

"물론이지. 치프는 그 난쟁이 헌터들이나 수습해 줘."

"그러지."

파프니르의 포대를 불러 그 위에 올라탄 데스디아는 사만다를 향해 바로 날아갔다.

사만다는 부상자 고정용 발포제 안으로 옮긴 포프를 겁에 질린 눈으로 바라보고 있었다.

"사만다, 포프의 상태는?"

포대에서 내려온 데스디아가 자신에게 다가오자 아까 착지할 때 돌에 긁힌 사만다의 근육질 어깨가 크게 꿈틀했다.

"티, 팀장님?"

데스디아는 사만다가 자신을 겁에 질린 눈으로 바라보자 의아해했다.

"왜 그러지?"

"포프가… 살아 있습니다."

"그래?"

그녀가 틀림없이 죽었을 거라 생각했던 데스디아는 뛰어서 사만다 곁으로 갔다.

포프의 상태는 엉망이었다. 후두부는 으스러졌고 목뼈는 부러졌으며 왼쪽 팔뼈와 어깨, 늑골도 조각난 상태였다.

골반 역시 뒤틀렸고 왼쪽 다리도 세 방향으로 돌아가 있었다.

그런데 사만다의 말대로 포프는 살아 있었다. 망가진 폐와 심장들이 그 기능을 실낱같이 유지하고 있었다.

"오파로아 행성인의 생명력이 이 정도로 대단했나?"

데스디아는 중얼거리면서 포프 옆에 앉은 후 그녀의 가슴 위쪽에 두 손을 댔다. 직접 댄 것은 아니고 손가락 하나가 들어갈 만큼의 거리를 두었다.

데스디아는 그 상태에서 정령과의 교감을 시도했다. 정령들의 힘을 이용해 포프를 치료할 수는 없었지만 조각난 뼈를 맞추는 것 정도는 가능했다.

[공포… 흥미… 절망…….]

교감 직전, 이상한 목소리를 들은 데스디아는 포프와 손바닥 사이에서 터진 검은색 파동에 튕겨 나갔다.

"팀장님!"

사만다가 일어나려 하자 데스디아가 손을 들어 자신의 무사함을 알렸다.

"난 괜찮아."

하지만 데스디아는 다리에 힘이 풀려 버려 즉시 일어나지 못했다.

"혹시 팀장님도 들으셨습니까?"

사만다가 물었다.

"목소리 말인가?"

"그렇습니다!"

"흠……."

데스디아는 두 손을 포프 쪽으로 향한 후 정신을 집중했다. 그녀의 은색 눈동자가 하얀색으로 빛나더니 이내 검은색으로 바뀌었다.

정령들의 흐름을 보는 능력이었는데, 데스디아는 땅에서 올라오는 정체불명의 검은색 연기가 포프의 몸을 붙잡고 있는 것을 확인했다.

'영혼과 기억을 붙들어놓고 있잖아? 저 불길한 기운은 뭐지?'

데스디아는 통신기에 손을 댔다.

"포프의 생존을 확인."

—생존? 진짜 살아 있단 말이야?

치프는 당황한 말투로 물었다. 그 역시도 포프의 죽음을 확신하고 있었던 터였다.

"일단은 그래. 하지만 부상이 심각해. 회사의 의무실에서 해결할 수 있는 문제가 아니야. 몸 왼쪽이 거의 뭉개졌고 후두부의 부상도 커."

—그럼 빅시티의 병원으로 옮기자. 거긴 신체를 재구축해 주는 기계가 있어. 절단된 신체도 재생해 주지. 난쟁이 헌터들을 방금 수송기에 태웠으니 그쪽으로 갈게.

"그래."

통신기에서 손을 뗀 데스디아는 걱정과 불안에 휩싸여 포프를 바라보는 사만다를 봤다.

"넌 괜찮니, 사만다?"

"예? 아, 예. 팀장님. 죽음에는 익숙합니다."

친부모와 친구들, 그리고 전우의 죽음을 꾸준히 봐왔던 덕분이었다.

"하지만 젝스가 걱정이군요. 착한 아이라는 건 알고 있었습니다만 그렇게 놀랄 줄은 몰랐습니다."

“놀란 것은 젝스만이 아니야.”

“예?”

“알케온도 당황해서 조종을 어설프게 하더구나. 빅시티를 짓밟고 전쟁도 불사하겠다며 고함을 치던 주제에 말이지.”

데스디아는 검지로 턱을 받치며 잠깐 생각했다.

“가깝게 지낸 자의 죽음이라는 개념을 아예 이해하지 못하는 분위기였어. 이유가 뭘까, 사만다?”

말을 듣고 고민해 본 사만다는 자신들을 향해 접근하는 회사의 수송기를 보며 입을 열었다.

“젝스는 동족상잔을 대단히 싫어했죠.”

“그건 나도 싫어해.”

“하지만 팀장님과 젝스는 다릅니다. 동족상잔에 대한 젝스의 생각은 지식과 정보, 경험을 기반에 둔 혐오라기보다는 단순히 미지의 영역에 대한 두려움에 가깝다는 느낌이지요.”

“그럴듯하군.”

데스디아는 사만다의 침착함과 추리 능력, 그리고 그 와중에도 포프의 상태를 꾸준히 살피는 부지런함을 보고 조금 안심했다.

‘만약 나와 치프, 사만다만이 일하게 되더라도 욕심만 부리지 않는다면 문제는 없을 것 같군.’

데스디아는 최악의 사태를 잠깐 생각해 봤다.

착륙한 수송기에 포프를 실은 데스디아와 사만다는 죽은 곤충들의 시체를 향해 몰려드는 작은 새들을 바라보며 후방 출입문을 닫았다.

치프는 실려 들어온 포프의 상태를 보자마자 황당해했다.

"살아 있는 게 맞아?"

"최저 생존을 위한 선에 걸쳐 있다고 보시면 됩니다."

사만다의 설명에도 불구하고 치프는 납득이 안 된다는 듯 연거푸 고개를 갸웃거렸다.

"그냥 누가 억지로 붙잡고 있다는 느낌인데?"

"무엇을?"

데스디아가 그에게 물었다.

"포프의 목숨 말이야. 웃기게 들렸겠지만 포프가 추락할 때의 상황과 현재 상태가 그렇잖아? 살아 있는 게 이상하다고!"

"흠."

데스디아는 치프의 허황된 말이 오히려 정답일지도 모른다고 생각했다. 포프의 몸을 사로잡은 검은색의 연기는 그만큼 신비로우면서도 불길한 느낌을 갖고 있었다.

한편, 고개를 푹 숙인 채 앉아 있던 젝스는 포프 쪽을 바라보다가 포프의 뒤틀린 모습을 얼핏 보고는 짧은 신음을 내며 다시 바닥을 봤다.

데스디아는 젝스의 그 모습에서 다시금 불안감을 느꼈다.

'감정이 완전히 흐트러져 있군. 제정신이 아니야. 셀레스티아에게 물어볼까?'

그녀는 병원에 도착한 후 셀레스티아에게 전화를 해보자고 생각하며 수송기의 창밖을 봤다. 출입문을 닫자마자 속도를 최대한 높인 수송기는 어느새 빅시티의 거주구역 위를 지나고 있었다.

빅시티 연합병원의 이착륙장에는 미리 연락을 받은 의료진들이 온갖 장비를 갖춘 채 대기하고 있었다.

착륙한 수송선의 후방 출입문이 열리자마자 치프와 사만다, 그리고 키 작은 헌터들이 합심하여 포프가 들어 있는 고정용 발포제를 안전하게 들어 올렸다.

포프를 인계받은 의료진들은 기적이라는 말을 연거푸 내뱉으며 그 소녀를 병원 안으로 옮겼다.

치프와 사만다가 의료진의 뒤를 따라갔고 영원히 수송기 안에 앉아 있을 것만 같던 젝스도 서둘러 그들을 쫓았다.

알케온도 그들을 따라가려다가 데스디아의 눈치를 받고는 다시 수송기 안으로 들어가서 전원을 내렸다.

수송기가 조용해지자 연락을 위해 단말기를 꺼내던 데스디아를 향해 키 작은 헌터들이 다가왔다.

1.4미터 정도의 키에 다부진 체격, 그리고 뜨개질로 만든 것처럼 풍성한 수염을 가진 그 남성 헌터들은 일명 드워프라고 불리는 듀베리아 행성 사람이었다.

거친 성격과 남을 배려하지 않는 입버릇으로 유명한 그들은 데스디아를 무슨 예술품 구경하듯 빙 둘러싼 채 그녀의 이곳저곳을 살폈다.

1시간 넘게 곤충들에게 쫓겨 다녔던 자들이라고는 생각이 안 될 만큼 뻔뻔하고 건강한 안색들을 하고 있었다.

“이야, 누군가 했더니 역시 그 드래곤 버스터였군. 방송에서 당신이 드래곤 한 마리를 두들기는 모습을 봤소.”

“그 누구도 건들지 못한 드래곤을 케첩 닭은 녹색 수건 꼴로 만든 분이니 벌레들 따위는 아무것도 아니었겠지. 우린 도망치기에 바빴는데 말일세.”

“한 달에 얼마 받고 일하시오? 언제 준다고 약속은 못 하겠지만 그 두 배를 줄 테니 내일부터 우리와 함께 일합시다. 계약서 같은 건 번거로우니 집어치우고.”

단말기를 든 채 가만히 화를 참고 있던 데스디아가 그들 다섯을 내려다봤다.

“미안하지만 저는 지금 공동대표께 보고를 드려야 합니다. 그 멋진 수염으로 이착륙장의 바닥을 청소하기 싫으면 길을 열어주십시오.”

“쯧, 거절 좀 곱게 하시구려.”

난쟁이 헌터들이 투덜거리며 물러났다.

그녀는 이착륙장에서 병원으로 들어가는 문을 향해 걸으며 셀레스티아에게 연락을 했다.

“나야, 셀레스티아. 문제가 생겼어.”

한편, 무슨 일이 어떻게 발생했는지 상상도 못한 채 사장실에서 대형 TV를 보며 시간을 보내던 셀레스티아는 문제가 생겼다는 데스디아의 말을 듣자마자 표정을 바꾸며 TV를 껐다.

"문제라니? 누가 다치기라도 한 거야?"

—포프가 수송기에서 추락했어.

"뭐라고? 포프는 어때? 설마……?"

—목숨은 붙어 있어. 방금 전에 연합병원 의료진에게 포프를 넘겼지. 하지만 상황이 이상해.

잠깐 안도했던 셀레스티아는 상황이 이상하다는 데스디아의 말에 다시 긴장했다.

"이상하다니?"

—뭔가가 포프의 목숨을 강제로 유지시키고 있는 느낌이야. 정령이 아닌 무언가가 땅에서 솟아올라 포프의 몸을 감싸고 있는 모습을 봤어. 그에 대해 알아?

셀레스티아의 연녹색 눈동자가 그 말을 듣자마자 번쩍 빛을 발했다.

"혹시 알케온 경과 젝스가 그 과정을 모두 봤니?"

—추락하는 것도 봤고 다시 실려 들어오는 것도 봤지.

"그럼 포프에게 신체 재구축 장치를 쓸 거야?"

—이미 그쪽 시설로 갔어. 1회 치료 비용이 보험 적용을 받는다 해도 집 한 채 값이지만… 그보다, 왜?

"포프를 그렇게 되살리면 안 돼! 내가 금방 그쪽으로 갈 테니 최소한 젝스와 알케온 경이라도 포프의 곁에 두지 마! 부탁해!"

—뭐라고? 셀레스티아!

대답 없이 연락을 끊은 셀레스티아는 자신의 단말기를 치프의 책상에 놓은 후 유리벽에 다가갔다.

"가이우스 경!"

얼마 전에 가이우스를 부를 때와 달리 그녀의 몸에서 황금색의 파동이 터졌다.

두꺼운 낙뢰와 함께 회사에 나타난 가이우스는 놀란 눈으로 셀레스티아를 봤다.

"왕녀 전하?"

"지금 즉시 저를 빅시티의 연합병원으로 데려가 주세요."

사장실에서 갑자기 사라진 셀레스티아의 모습이 본관 옥상에서 다시 나타났다.

"그 말씀은… 소신이 빅시티의 중심부에 직접 모습을 드러내도 상관없으시다는 말씀이십니까?"

셀레스티아는 오른팔을 좌우로 한 번 크게 휘둘렀다.

"따질 때가 아닙니다! 그리고 루할트 경!"

셀레스티아의 몸에서 다시 황금색 파동이 발생했다.

이번에는 검은색 모래폭풍과 함께 루할트가 나타났다.

그 검은색의 드래곤 영주는 셀레스티아가 자신을 소환으로 불러냈다는 사실에 기쁜 나머지 눈치 없이 멋을 부렸다.

"소신, 위대하신 왕녀 전하의 소환에 응하여 지금 이 자리에…….”

“인사치레는 됐습니다, 루할트 경!”

“예.”

“루할트 경의 기사단을 모두 이곳으로 소집시켜 주세요! 회사의 장벽 내에, 그것도 인간의 모습으로 있어야만 안전합니다!”

“전하?”

루할트도 놀랐지만 가이우스 역시 놀랐다.

“전하, 그렇다면 소신의 기사단도 이곳으로 소집하겠습니다.”

“시간이 없습니다. 모래폭풍의 날개 기사단은 루할트 경이 만드는 통로를 타고 즉시 이동할 수 있기에 이곳으로 소집하는 겁니다. 최소 영주 이상의 힘을 지니거나 저처럼 모습을 바꾼 자들 외에는 최악의 상황이 닥쳤을 때 가망이 없습니다.”

셀레스티아는 가이우스의 기사단까지 구제할 수 없다는 사실을 냉정하게 말했고 가이우스는 말없이 그녀의 말을 받아들였다.

두 주먹을 꼭 쥔 채 아픈 마음을 다스린 셀레스티아는 난간이 없는 본관 옥상의 바깥쪽을 향해 성큼성큼 걸어갔다. 즉시 날개를 펼쳐 그녀가 걸을 길을 마련한 가이우스는 자신의 머리 위로 셀레스티아를 옮겼다.

“가시지요, 가이우스 경!”

“명을 따르겠습니다.”

다시 전류로 변한 가이우스는 셀레스티아와 함께 회사에서 사라졌다.

혼자 남은 루할트는 의아함에 인상을 구기고 있다가 머리를 흔든 후 회사 주변을 검은색의 모래폭풍으로 휘감았다.

“왕녀 전하의 소집령이다, 기사단이여! 모든 일을 멈추고 나의 곁으로 오라!”

모래폭풍 속에서 루할트의 두 눈이 강렬하게 빛났다.

몇 분 뒤, 셀레스티아를 태운 가이우스가 병원의 하늘 위에 나타나자 병원 주변에 있던 모든 이가 본능적으로 손을 멈추고 하늘을 봤다.

태양을 가리다시피 한 가이우스의 거대한 모습은 지상에 있는 자들에게 비명을 지를 여유조차 주지 못하게 만들 만큼 압도적이었다. 수송기 옆에서 음료를 마시며 떠들던 난쟁이 헌터들도 그 자리에 주저앉았다.

수송기 안에서 초조하게 시간을 죽이던 알케온은 가이우스의 콧등을 타고 내려와 이착륙장에 발을 딛는 셀레스티아를 보고 즉시 수송기 밖으로 나왔다.

“전하… 아니, 대표님?”

“포프에게 가야 합니다! 그 아이의 위치 정보를 저에게 주세요!”

“대표님, 그보다 가이우스가…….”

“명령입니다!”

“명을 따르겠습니다.”

처음으로 부탁이 아닌 명령을 받은 알케온은 기쁜 마음에 허리를 반쯤 굽히며 셀레스티아를 향해 오른손을 내밀었다.

그의 손바닥에 자신의 손바닥을 댄 셀레스티아는 황금색의 잔광을 남기며 그 자리에서 사라졌다.

다섯 명의 난쟁이 헌터는 자신들이 마시던 탄산음료의 성분표에 알코올 성분이 있는지를 일제히 확인했다.

알케온에게 받은 정보대로 이동한 셀레스티아는 그녀의 갑작스런 등장에 놀란 의사와 간호사들 사이를 지나 신체 재구축 치료실로 향했다.

"멈추십시오! 출입제한구역입니다!"

레투가보다 육중한 체구의 도마뱀 인간, 아니, 다르토리오 행성 출신의 무장보안관 두 명이 그녀의 팔을 붙들었다.

그들의 완력은 살아 있는 송아지도 맨손으로 찢을 수 있을 만큼 강력했으나 그들은 셀레스티아를 막기는커녕 속도도 줄이지 못하고 질질 끌려가다가 바닥에 쓰러졌다.

문을 열어젖힌 셀레스티아가 가장 먼저 목격한 것은 재구축 치료를 받아 몸이 멀쩡해진 포프의 모습이었다.

그러나 포프의 얼굴에는 흰 천이 덮였고 의사는 그녀의 사망 시간을 천천히 읊었다.

참담한 표정이 된 사만다는 두 손으로 얼굴을 덮었고 젝스는 죄책감과 동료의 사망이라는 사실을 이기지 못하여 바닥에 무릎을 꿇고 오열했다.

손으로 이마를 짚으려 했던 치프는 치료실 내에 들어온 셀레스티아를 문득 봤다.

"셀레스티아?"

셀레스티아는 왼손에서 빛을 터뜨려 젝스를 그냥 기절시켰다.

의료진들이 보기에는 젝스가 뒤통수에서 터진 카메라 플래시에 놀라 기절하는 꼴이었지만 뒤늦게 치료실로 뛰어 내려온 데스디아에게는 빛의 정령이 내지르는 분노로 보였다.

셀레스티아는 서둘러서 오른손에 빛을 응축시켰다.

"엠페라투스! 우리의 위대한 선조이자 끔찍한 적이여! 그 하찮고 혐오스러운 행위를 어서 멈추십시오!"

그녀는 손에 쥔 빛을 포프의 위쪽으로 던졌다.

허공에서 무엇인가와 충돌한 빛은 자신의 목표물을 벽으로 밀어내다가 폭발했다. 폭발한 빛은 벽과 천장, 바닥을 가볍게 구워 버리며 사라졌다.

터진 빛의 밝기에 잠깐 눈이 멀어버린 모든 이는 얼마 후 시력을 회복하자마자 경악했다.

보라색의 불꽃처럼 생긴 뭔가가 벽에 충돌한 채 꿈틀거리고 있었기 때문이다.

"날개 달린 자들의 위대한 왕, 운캄타르의 자손이여. 급하게 온 모습이 볼만하군."

그 불꽃이 말을 했다. 이 행성에 발을 딛고 있던 모든 이의 머릿속을 이따금씩 괴롭혔던 그 정체불명의 목소리와 동일한 음성이었다.

포프와 가장 가까이에 있던 사만다가 모습만 멀쩡해진 포프의 시신을 두 팔로 안고는 셀레스티아의 뒤쪽으로 갔다.

셀레스티아는 손에서 흘러나오는 빛으로 불꽃에 대적했다.

"엠페라투스여! 성왕 폐하와 선조님들의 의지에 따라 저는 당신을 제압할 것입니다!"

"제압? 여러 가지로 실망스럽구나, 운캄타르의 자손이여. 난 이미 이곳에 있다."

그 불꽃이 치료실에서 사라졌다.

그 대신 빅시티의 그라니트 행성 반대편에서 터진 검은색의 파동이 행성 전체로 퍼졌다.

행성 밖에서 '만약의 사태에 대비'라는 명목하에 항시 대기하고 있던 우주연합 제2함대는 행성 전체가 검게 물드는 모습을 확실히 목격했다.

함대 부관이 아니라 함대 사령관으로서 제2함대를 지휘하는 자, 헬터스크 로만은 그 모습을 보자마자 개인실의 자리에서 일어나 박수를 쳤다.

"인간을 이곳으로 안내한 지 2년. 드디어 나의 주인이신 엠페라투스 님께서 운캄타르의 치졸한 수수께끼들을 스스로 찢으시고 6,600만 년의 긴 잠에서 깨어나셨도다."

박수를 멈춘 헬터스크는 머리 한가운데에 도끼날처럼 기른 자신의 붉은색 머리카락을 사령관 계급이 달린 모자로 굳게 눌렀다.

"하지만 그리 기쁘지는 않군. 운캄타르를 추종했던 겁쟁이들의 자손들이 이제부터 모조리 짐승으로 변하여 날뛰게 될 터인데, 나의 희열을 억누르는 이 불안감의 정체는 무엇이란 말인가?"

헬터스크의 얼굴 가죽이 뱀의 비늘처럼 요란하게 일그러졌다가 차츰 가라앉았다.

09
자극에 대한 갈망

드래곤들 사이에서도 잊혀져 버린 전설이 있었다.

치열한 싸움 끝에, 결국 보라색의 드래곤은 백금색 드래곤의 발치에 쓰러졌다.

그들은 긴 목과 꼬리, 날개, 그리고 머리의 형태를 제외하면 몸통만큼은 인간과 거의 흡사했다. 팔다리가 적당히 긴 남자가 근육의 형태를 가진 갑옷을 입고 있는 모습처럼 보이기도 했다.

누운 모습이 꼭 산맥을 연상시킬 만큼 거대한 그 보라색 드래곤은 가쁜 숨을 쉬었다.

그는 죽어가고 있었다. 그런데도 불구하고 보라색의 드래곤은 자신을 이긴 백금색의 드래곤을 마치 큰일을 해낸 형제를 보듯 뿌듯하게 바라봤다.

"스스로의 영원성을 포기하다니, 역시 자네는 나를 쓰러뜨릴 자격이 있어. 운캄타르여, 이제부터 자네를 드래곤들의 왕이라 불러주겠네."

운캄타르라는 이름으로 불린 백금색의 드래곤은 황금색 속눈썹이 아름다운 눈을 감으며 머리를 흔들었다.

"엠페라투스여. 난 그 무엇도 지배할 생각이 없다네. 그저 어떻게든 자네를 쓰러뜨려야 한다는 사명감만을 갖고 있었을 뿐이었네."

"그렇다면 그 사명감은 오래가지 못하겠군, 운캄타르여. 자네는 나를 쓰러뜨리기 위해 영원성을 포기했지. 이제 자네와 자네의 추종자들은 나이가 들어 결국 죽게 될 것이야."

엠페라투스가 저주에 가까운 걱정을 내뱉자 운캄타르의 턱이 다시 좌우로 흔들렸다.

"우리는 죽음에 대비하여 후세를 낳아 우리가 알고 있는 모든 것을 가르칠 것이네. 그 모든 과정은 죽음 이상으로 보람되고 행복한 일이겠지."

"과연 선한 존재로군."

보라색 드래곤, 엠페라투스는 땅을 향해 기침했다. 기침의 횟수에 맞춰 핏물이 땅을 적셨다. 운캄타르는 자신과 대척점에 있었으면서도 유일하게 자신을 이해해 준 그 오랜 숙적의 나약한 모습을 쓸쓸한 눈매로 바라봤다.

"편히 눈을 감게, 엠페라투스여. 자네의 시신은 우리의 새로운 보금자리에 옮겨 고이 묻어주겠네."

"그럴 줄 알았지. 운캄타르여, 미안하지만 난 자네의 뜻대로 영원히 잠들 생각은 없다네. 나의 영혼은 이미 이 땅에 살고 있는 어떤 생물의 유전자에 새겨놨지."

운캄타르는 엠페라투스가 저지른 대살육으로부터 아직 살아남아 있는 생물들을 하나씩 떠올려 봤으나 숙적의 영혼을 품어버린 존재가 어떤 종인지 파악할 수 없었다. 엠페라투스가 저지른 그 마지막 발악은 운캄타르의 능력을 초월할 만큼 완벽한 것이었다.

"그 유전자를 가진 존재가 자네들의 새로운 보금자리에 당도하면 나는 자네의 후손들 앞에 당당히 부활할 것이네, 운캄타르여."

"헛된 발악일세, 엠페라투스여. 포기하게."

"후후, 막을 방법은 단 하나일세. 자네가 이 땅에 있는 생물 전부를 죽이면 난 썩지 않는 시체로서 영원히 잠들게 되겠지."

엠페라투스가 다시 피를 쿨럭 뱉으며 웃었다. 그 큰 몸뚱이가 흔들리자 땅도 같이 진동했다.

"하지만 운캄타르여, 자네는 그런 살육을 벌일 존재가 아닐세. 내 영혼이 새겨진 유전자는 반드시 자네들의 새로운 보금자리가 있는 곳에 도착할 것이네. 그 운명의 존재는 나와 닮아 있겠지."

"……."

근심하는 운캄타르의 주변에 형형색색의 드래곤들이 내려와 땅을 밟았다. 엠페라투스에 의해 가족 대부분을 잃어버린 그 운캄타르의 추종자들은 분노를 품고 으르렁거렸다. 그들은 당장에라도 엠페라투스의 몸을 찢고 불태워 버릴 기세였으나 운캄타르는 날개를 펼쳐 모든 추종자를 진정시켰다.

"하지만 걱정하지 말게, 운캄타르여. 행여 내가 부활한다 하더라도 나는 자네와 마찬가지로 소중한 것을 포기하는 자에 의해 패배할 것이네."

"엠페라투스여, 결국 그리되될 것을 알면서도 그 사악함을 버리지 않는 이유는 무엇인가?"

"자네 자신의 본질을 잊은 질문이로군, 운캄타르여."

엠페라투스는 반쯤 감겨 있던 눈을 번쩍 떴다.

"그것이 선과 악이야. 나와의 싸움, 솔직히 재밌지 않았나? 그러니 다음 세상에서도 계속 즐기세, 친구여. 더 큰 판에서 말일세. 후후……."

엠페라투스가 마지막 숨을 내뱉었다.

그에게 다가가 몸을 숙인 운캄타르는 오른손으로 엠페라투스의 눈을 감겨주었다.

"비겁하군. 이제야 친구라고 하다니……."

숙적과의 싸움으로 인해 큰 부상을 입은 운캄타르는 다시 일어나서 날개를 펼치려다가 균형을 잃고 쓰러졌다.
그의 곁에 있던 드래곤들이 서둘러 그를 부축해 주었다.
"운캄타르 님! 저희가 치료해 드리겠습니다!"
푸른색의 드래곤이 힘을 발휘하려 하자 운캄타르는 손을 들어 그 드래곤의 목을 만져 주었다.
"나의 친구들이여. 내가 쉬는 동안 내가 지시한 대로 이 행성의 환경을 바꿔주게. 그리고 새로운 고향으로 갈 준비를 해주게."
운캄타르의 지시를 받은 푸른색의 드래곤이 근심 어린 눈으로 자신의 왕을 봤다.
"위대하신 운캄타르시여, 진심으로 이 행성을 보존하실 생각이십니까? 하다못해 엠페라투스의 시신이라도 분쇄해야 합니다!"
"엠페라투스의 완전한 분쇄가 무엇을 뜻하는지 자네들은 이제 알 것이네. 자네들이 결의한다면 난 받아들일 것이네."
"운캄타르 님……!"
"우리의 새로운 보금자리에 그의 시신을 묻고 감시하세. 그렇게 된다면 제아무리 엠페라투스라고 해도 당장 깨어나진 못하겠지."
운캄타르의 주변에 서 있는 모든 드래곤이 숨을 죽였다.
"엠페라투스의 부활을 막을 수는 없는 것입니까?"
"막을 수 없네. 하지만 엠페라투스가 부활하기 위해서는 엠페라투스 스스로 몇 가지 수수께끼를 풀어야 한다네. 우리 후손들이 나약해지지만 않는다면 그 수수께끼는 쉽게 풀리지 않겠지."

드래곤들의 걱정은 긴 침묵으로 이어졌다.

"희망을 갖고 어서 준비하게나, 친구들이여. 새로운 보금자리에서 모든 것을 다시 시작하세."

"알겠습니다, 왕이시여."

드래곤들이 땅을 달리고 하늘로 날아올랐다. 그때 운캄타르를 부축하고 있던 푸른색의 드래곤이 자신들의 옆을 스르륵 지나가는 작은 생물에게 눈을 돌렸다.

"과연 별의 바다를 여행할 수 있을 만큼 진화할 수 있는 생물이 이 행성에 있을지 궁금합니다, 왕이시여."

"반드시 나타날 것이네. 대살육에서도 살아남은 존재들이 아닌가? 엠페라투스도 그것을 알고 일을 저질렀을 것이네."

운캄타르는 아쉬움이 담긴 눈으로 주변을 봤다.

"대신 그들은 그만한 지혜와 기술을 갖기 위해 목숨을 건 경쟁을 하겠지. 전쟁이라는 이름의 경쟁을 말일세."

"전쟁이라 하신다면… 그들이 누구와 싸운다는 말씀이십니까?"

"전부 다. 모든 것과 말일세. 그들은 자연뿐만 아니라 피를 나눈 가족과도 싸우게 될 것이네. 그들의 유전자에 새겨진 엠페라투스의 영혼이 그들을 투쟁으로 이끌 것이네. 이 땅은…

피가 마르지 않는 전쟁터가 되겠지."

운캄타르가 눈을 크게 떴다.

"하지만 그만큼 뛰어난 능력을 갖게 된 자들이라면 엠페라투스를 이겨낼 수 있을지도 모른다네. 그렇다면 나는 그들을 도와야겠지. 그들이 잊게 될 정령들의 가호를 통해서 말일세."

"운캄타르 님, 설마……?"

푸른색의 드래곤이 무슨 말을 하려 하자 운캄타르는 잔잔하게 웃었다.

"그만 가세, 친구여. 여기는 이제 우리의 땅이 아닐세."

모든 드래곤은 자신들이 오랫동안 고향으로 삼았던 그 푸른 행성을 그렇게 떠났다.

이후 지구라고 불리게 된 그 푸른 행성의 새로운 지배자, 인간은 결국 대기권을 떠나 우주로 진출했다.

유전자에 새겨진 비밀과 함께.

*　　　*　　　*

결국, 엠페라투스는 약속한 대로 다시 눈을 뜨고 말았다.

죄악의 선조, 엠페라투스의 힘이 행성 전체를 감싸기 직전, 자신의 친구와 함께 여행을 하며 그라니트 행성의 자연을 카메라에 담고 있던 자가 있었다.

오파로아 행성 출신의 다큐멘터리 기자, '진 플레커'였다.

그녀의 작은 자동차를 대신 운전하고 있던 붉은 장발의 여성이 오른팔을 쭉 뻗어 지평선을 가릴 듯 날카롭게 솟아오른 산맥을 가리켰다.

“저곳이 바로 어제 말했던 ‘선조의 등골’이라오, 친구여. 산맥이라고 하기엔 정말 낮고 볼품없는 장소이지만 동물은 물론 식물도 저곳에서는 함부로 번성하지 못하는 특이한 장소라오.”

“경치도 흉흉하군요! 하하!”

망원렌즈로 그 산맥의 모습을 지켜보며 발랄하게 웃은 기자, 진은 자신의 친구를 돌아봤다.

“파울라, 좀 더 가까이 갈 수는 없나요?”

“오, 친구여. 아무리 당신의 행운이 대단하다고해도 저곳에서는 그 빛을 잃을 것이오. 꽃가루조차도 저쪽으로는 가지 않으니 이번만큼은 포기하는 것이 좋소.”

진의 친구, 파울라는 끝으로 갈수록 주황색이 진해지는 자신의 붉은색 장발을 흔들었다.

진에게 붉은색 해조류 같다는 농담을 들을 만큼 풍성하고 구불구불하며 숱이 많은 그녀의 머리카락은 햇빛을 제대로 받을 경우 용광로에서 터져 나오는 쇳물처럼 화려해진다.

진은 파울라의 그 모습에 반하여 둘이 함께 찍은 셀프카메라 사진을 자동차 내부 곳곳에 붙여놓고 있었다.

그러나 앞으로도 그 모습을 볼 수 있을지 궁금케 할 만큼 대단한 사진이 진의 카메라에 잡혔다.

선조의 등골이 갈라지면서 검은색의 불꽃이 하늘을 향해 솟아오른 것이다.

그 불덩어리는 그라니트의 하늘 먼 곳에서 폭발했다. 그리고 검은색 파동으로 변하여 그라니트 행성 전체를 휩쓸고 지나갔다.

브레이크를 밟아 차를 멈춘 파울라는 자동차 밖으로 나와 하늘을 쳐다봤다. 먹구름이 낀 것처럼 순식간에 칙칙해진 하늘이 그녀의 인상마저 어둡게 만들었다.

"아냐, 설마… 거짓말이겠지! 위대하신 왕, 운캄타르시여! 우리를 돌봐주시옵소서!"

그러나 그녀의 기원에 대답하듯, 수십 마리의 드래곤이 부두에 쏟아지는 물고기들처럼 추락하여 파울라와 진의 주변에 널브러졌다.

짙은 속눈썹 때문에 한층 강조된 파울라의 눈매가 차츰 사나워졌다.

"밖으로 나오지 마시오, 친구여!"

파울라의 몸이 차츰 거대해졌다. 더불어 그 큰 몸집에는 불꽃이 붙어 맹렬히 타올랐다.

죽은 것처럼 널브러져 있던 드래곤들이 눈을 하얗게 뒤집은 채 일어났다.

일어난 드래곤 중에 하나가 새파란 광선을 입에서 뿜었다. 하지만 파울라의 화염을 뚫지 못하고 다른 곳으로 튕겨 나갔다.

드래곤의 모습으로 완전히 바뀐 파울라는 몸에 둘러싼 화염을 걷으며 크게 포효했다.

화염이 걷힌 파울라의 몸은 턱 아래와 꼬리 부근까지 내려오는 부분을 제외하고는 온통 붉은색이었다.

몸을 덮은 비늘은 루비를 이어다가 붙인 것처럼 영롱했다. 그 위에는 갑옷과도 같은 외골격이 날개와 가슴, 꼬리, 그리고 머리를 단단히 덮어 보호했다.

진의 자동차를 왼손에 꽉 쥔 드래곤, 파울라는 삐걱삐걱 일어나는 드래곤들을 보며 숨을 들이마셨다.

"동포들이여, 나를 용서하라!"

고함을 지른 파울라의 왼팔을 제외한 온몸의 비늘 아래에서 붉은색 빛이 새어 나왔다.

이윽고 파울라의 입안에까지 불꽃이 맺혔다. 그녀가 토한 불꽃 덩어리는 바닷물에 뛰어드는 돌고래처럼 땅속으로 파고들었다.

파울라를 바라보며 날갯짓을 하려고 했던 다른 드래곤들은 자신들이 밟고 있는 땅이 우그러들면서 열을 발산하자 일제히 아래를 봤다.

움푹 꺼지고 구겨진 땅의 틈새로부터 빛이 새어 나오더니 폭염이 솟아오르면서 범위 내에 있는 모든 생명체를 뼈도 남기지 않고 구워 버렸다.

파울라에게 붙들린 자동차 안에서 그 모습을 빠짐없이 녹화한 진은 창밖으로 고개를 내밀어 파울라에게 소리쳤다.

"괜찮으신가요, 파울라? 드래곤들이 동족들을 살해하는 건 처음 보는 것 같은데요?"

"저들은 이미 동포가 아니오!"

"동포가 아니라니요?"

"저 날개 달린 자들은 엠페라투스의 능력에 의해 지성이 마비되어 이제는 본능에 따라 움직이는 짐승에 가깝소! 영주 이상의 날개 달린 자들을 제외하고는 아마 엠페라투스의 힘에 견디지 못하고 전부 저런 꼴이 됐을 것이오!"

"엠페라투스가 누굽니까?"

"우리 날개 달린 자들의 왕이신 운캄타르 성왕 폐하께서 쓰러뜨린 사악한 선조라오! 그러나 그는 불멸의 존재이기에 정신과 육체를 따로 나뉘어 별의 바다 사이에 보관해 왔건만, 어째서……!"

이성을 잃은 드래곤 몇 마리가 파울라에게 날아왔다. 파울라의 날개가 불꽃으로 변하여 그들을 가볍게 훑자 그들은 불이 붙은 장소만 소각된 채 아래로 떨어졌다.

"우선 빅시티로 갑시다! 제1왕녀 전하께서 거기에 계실 겁니다!"

젊은 탐사기자, 진은 차와 함께 날아가는 와중에도 카메라를 멈추지 않았다.

오파로아 행성인으로서 낙관적으로 살아왔던 그녀를 질겁하게 만든 광경이 곳곳에서 펼쳐졌다.

이성을 잃은 부모 드래곤이 둥지에 잠들어 있는 자신들의 아이를 좌우로 당겨 잘라 먹는 모습은 그 지옥도의 일부일 뿐이었다.

"파, 파울라! 이 행성 전체가 저렇게 된 건가요?"

"물론이오!"

파울라는 더욱 힘차게 날개를 움직였다.

그러나 그녀보다 몇 배는 더 빠르게 하늘을 날아가는 초거대 드래곤이 하나 있었다.

온몸에 수정이 박힌 것처럼 생긴 그 보라색의 드래곤은 진이 카메라를 한 번 누를 기회만을 주고는 하늘 저편으로 유령처럼 사라졌다.

"엠페라투스! 이 저주받은 선조여!"

파울라가 외쳤으나 그 보라색의 드래곤은 유령처럼 그 자리에서 사라졌다.

*　　　*　　　*

빅시티의 연합병원 위에 홀연히 나타난 엠페라투스는 자신을 둘러싸는 존재들을 돌아봤다.

알케온, 가이우스, 그리고 뒤늦게 나타난 루할트가 아직 인간의 모습을 유지하고 있는 셀레스티아를 중앙에 둔 채 그를 막아설 준비를 하고 있었다.

거대한 엠페라투스의 눈에 지하 대피소로 달려 들어가는 빅 시티의 거주민들이 들어왔다.

나무젓가락으로 만든 모형을 부수듯 건물들을 간단하게 일그러뜨리며 착지한 엠페라투스는 땅에 손을 박아 넣었다.

그는 아까 주민들이 들어간 대피소 중 하나를 고구마 캐듯 꺼내어 흔들었다.

"그만하십시오, 엠페라투스여!"

셀레스티아가 외쳤으나 엠페라투스는 대피소를 좌우로 흔들며 웃었다.

"무슨 말인가, 운캄타르의 후예여? 네 아비와 계속 즐기려 했던 이 즐거운 일을 그만두라니, 정말 너무하는군."

엠페라투스는 비명 소리가 흘러나오는 대피소를 입안에 넣고는 우지끈 씹었다.

"운캄타르는 자신과 자신의 추종자들을 너무 믿었지. 몇 가지 일에 자극받는 것만으로 쉽게 풀릴 수수께끼 따위를 봉인의 열쇠로 삼다니, 실망스럽기 그지없어. 왠지 날 무시한 느낌까지 드는군."

그의 턱 아래로 쏟아지는 콘크리트와 강철의 파편 속에는 사람들의 신체까지 포함되어 있었다.

그중에는 팔이나 다리만 잃은 채 괴성을 지르며 추락하는 자도 있었다.

“이처럼 압도적인 즐거움을 만끽할 수 있어야만 날개 달린 자가 아니던가? 너희가 갖고 있는 힘의 올바른 사용처는 바로 이런 것이다!”

“당치않습니다! 의미 없는 살육일 뿐입니다!”

셀레스티아가 소리쳤으나 엠페라투스는 또 다른 대피소를 캐내어 입으로 씹었다.

“그렇다면 나를 막아봐라, 운캄타르의 자손이여.”

보다 못한 셀레스티아가 왼 손바닥을 귀에 댔다.

“레투가 보안국장님? 접니다, 셀레스티아입니다! 단말기로 연락하는 게 아니라서 아마 번호가 이상하게 뜨고 있을 겁니다! 빅시티의 모든 거주민을 외부로 대피시켜 주십시오!”

그러나 최악의 상황과 마주친 것은 레투가 역시 마찬가지였다.

—왕녀 전하, 죄송합니다만 빅시티 전체의 상황이 좋지 않습니다! 공룡이나 곤충들은 물론 드래곤들까지도 한꺼번에 빅시티를 공격해 오고 있습니다! 게다가 드래곤들은 서로 싸우는 것은 물론 부상자들을 포식하고 있습니다!

셀레스티아의 아름다운 얼굴이 순식간에 눈물로 젖어들었다.

그녀는 엠페라투스가 깨어나면 고대에 있었던 ‘대살육’이 벌어진다는 사실만을 아버지에게 전해 들었을 뿐, 행성 전체가 감당할 수 없는 광기의 지옥으로 변하는 것까지는 상상조차 못하고 있었다.

그러나 셀레스티아는 이를 꽉 물었다.

"그들은 더 이상 지능적인 방식으로 여러분의 공격에 대처할 수 없을 겁니다! 동물이라 생각하고 처리해 주십시오!"

—왕녀 전하, 진심이십니까?

레투가는 놀랐지만 셀레스티아의 의지는 확고했으며 자신이 내린 결정에도 후회가 없었다.

"이미 돌이킬 수 없는 상황입니다! 단, 영주 이상의 드래곤이 나를 만나고 싶다고 한다면 통과시켜 주십시오! 그들은 이성을 유지하고 있을 것입니다! 엠페라투스는 우리에게 맡겨주십시오! 이상입니다!"

—알겠습니다, 왕녀 전하. 행운을 빌겠습니다.

레투가와의 대화를 마치고 귀에서 손을 뗀 셀레스티아는 온몸에서 황금색의 빛을 뿌리며 엠페라투스를 쏘아봤다.

"당신을 반드시 막아내겠습니다, 엠페라투스여!"

입에 남은 것들을 옆으로 뱉어낸 엠페라투스는 셀레스티아를 향해 엉금엉금 기어갔다. 날개를 펼치지 않은 몸의 너비가 50미터가 넘는 엠페라투스는 몸에 걸리적거리는 건물들을 케이크처럼 간단히 부수고 지나갔다.

"그 냉정함은 과거에 운캄타르가 스스로의 영생을 버릴 때의 모습과 겹치는군. 하지만 이상과 낭만이라는 이름의 우물에 빠진 채로 나를 막으려 하는 것은 겉치레에 불과하도다."

무너지는 건물과 피어오르는 흙먼지를 계속 밀며 다가오는 엠페라투스의 모습은 셀레스티아와 영주들을 충분히 압도했다.

"하지만 기분이 안 좋아. 혹시 네가 마지막인가, 왕녀여? 너를 내 입속에 넣어야만 운캄타르의 봉인을 완전히 깰 수 있는 것인가?"

엠페라투스가 움직일 때마다 그의 관절 곳곳에 박힌 수정들이 깨지지 않고 오히려 그의 몸을 더욱 파고들었다.

그냥 가만히 보고만 있을 상황이 아님을 깨달은 알케온과 가이우스, 그리고 루할트는 괴성을 지르며 엠페라투스에게 달려들었다.

"다시 전설로 돌아가라, 죄악의 선조여!"

번개로 변하여 사라진 가이우스가 엠페라투스의 등을 찍어 내리듯이 나타났다.

엠페라투스를 중심으로 수 킬로미터 높이의 전류 기둥이 솟아올랐다.

가이우스의 공격은 주변의 콘크리트 건물들을 녹일 만큼 강력했으나 엠페라투스에게는 아무런 피해도 입히지 못했다.

"운캄타르의 추종자 중에도 너와 비슷한 자가 있었지."

엠페라투스의 꼬리가 가이우스의 목을 조였다.

"묻노니, 네놈의 뒤를 이을 존재는 있는가?"

질문을 했던 엠페라투스는 곧바로 실소를 터뜨렸다.

"이런, 내가 착각을 했군. 영주 이상의 힘을 가진 존재들을 제외하고는 전부 짐승이 됐을 테니 후계자고 뭐고 의미가 없지. 고민 없이 죽어라, 영주여!"

가이우스의 목을 꺾으려는 엠페라투스의 뒤편에서 검은색의 모래폭풍이 일어났다.

루할트가 일으킨 공간왜곡의 폭풍 한가운데에서 튀어나온 것은 온몸에 불꽃을 휘감은 알케온이었다.

"나의 친구를 놓아라!"

알케온은 고열의 플라즈마 덩어리에 휩싸인 채 엠페라투스를 들이받았다.

엠페라투스의 비늘을 부수지는 못했지만 알케온은 포기하지 않고 두 팔로 상대를 붙잡은 후 날개를 최대한 크게 펼치고 날아올랐다.

가이우스는 목이 아직 붙들렸음에도 불구하고 알케온과 마찬가지로 엠페라투스를 붙잡은 채 날개를 펼쳐 날아올랐다.

빅시티의 도심이 까맣게 보일 만큼 순식간에 고도를 높인 알케온과 가이우스, 두 드래곤은 동시에 엠페라투스를 향해 숨결을 뿜어냈다.

영주들의 열핵방사능 숨결을 동시에 맞은 엠페라투스는 그 보라색 육체를 꿈틀거리며 저항하다가 자신의 날개로 몸을 감쌌다.

이윽고 숨결들이 폭발했다.

초음속의 충격파가 주변의 공기를 압축시키면서 빅시티의 상공에 고리 모양의 구름들을 만들었다.

위에서 내려온 충격파가 빅시티를 다시 헤집어놨다. 숨결들이 만약 지상에서 터졌다면 빅시티는 완전히 평지가 됐을 것이다.

모포로 감싼 포프를 등에 업은 사만다는 데스디아, 그리고 치프와 함께 이미 반파가 된 병원의 이착륙장으로 올라갔다.

그녀는 빅시티의 처참한 전경을 보며 잠시 할 말을 잃었다.

"아저씨, 우리가 할 수 있는 일이 있을까요?"

사만다가 물었다.

치프는 지상에서 영주들의 싸움을 지켜보는 셀레스티아를 한참 바라보다가 사만다의 목을 가볍게 두드렸다.

"괜찮을 거야. 그보다 톰 아저씨가 나에게 건네주라고 한 건 하운드는 가져왔겠지?"

"아, 예! 수송기 안에 있습니다!"

그러나 때마침 이착륙장을 받치는 기둥들이 무너지면서 그 위에 있던 수송기도 지상으로 추락했다.

"더럽게 재수 없는 날이군."

사만다와 치프는 완전히 박살이 나 불덩어리가 된 수송기를 보며 동시에 한숨을 터뜨렸다.

데스디아는 둘을 보며 혀를 찼다.

"아쉬워할 건 없잖아? 저 보라색 괴물은 건하운드 하나로 어떻게 할 수 있는 놈이 아니야. 셀레스티아를 저기에서 데려오는 것만으로도 목숨을 걸어야 해."

"아닙니다, 팀장님!"

사만다가 말했다.

"아저씨처럼 A프로젝트에 참가한 사람들은 다릅니다! 데토네이터 모드가 가능한 건하운드만 있으면 저 괴물을 상대할 수 있습니다! 아, 아마도 그럴 겁니다!"

"데토네이터 모드?"

데스디아가 사만다를 보는 사이, 엠페라투스와 영주들의 싸움은 더욱 가열되었다.

두 줄기의 숨결이 만들어낸 폭발에도 불구하고 엠페라투스는 아무런 부상도 입지 않았다.

다만 그의 몸을 찌르고 있는 수정들의 크기가 더욱 커져서 움직임을 방해했다.

"위대하신 운캄타르 님의 힘이 느껴지느냐, 엠페라투스여? 성왕 폐하의 힘이 그 수정을 통해 너를 죄고 있다! 그분께서는 절대로 네놈의 존재를 용서치 않으실 것이다!"

알케온이 소리쳤다.

"음, 운캄타르의 힘은 인정할 수밖에 없군."

대답하듯 중얼거린 엠페라투스는 꼬리로 붙들고 있는 가이우스의 목을 꺾어버렸다.

"하지만 네놈들을 구해주진 못할 것이야."

허무함이 알케온의 몸을 짓눌렀다. 루할트는 불규칙한 방향으로 목이 꺾인 채 추락하는 가이우스를 한참 동안 지켜봤다.

"친구여!"

루할트가 추락하는 가이우스를 받아내기 위해 모래폭풍으로 변하려 했으나 엠페라투스는 재미를 놓치려 하지 않았다.

"그 나약함에 웃음조차 나오지 않는구나!"

입을 벌린 엠페라투스는 포탄처럼 크고 짧은 빛을 뿜어냈다.

루할트는 자신의 능력인 공간왜곡을 이용하여 가이우스를 밀쳐 냈으나 엠페라투스가 토해낸 빛은 루할트의 예상보다 더 빨랐다.

엠페라투스의 빛이 가이우스의 옆을 스쳤다.

가이우스의 몸을 절반 이상 연소시키고 계속 떨어져 내린 엠페라투스의 빛은 지상에서 대폭발을 일으켰다.

루할트와 알케온은 몸의 절반이 증발한 채로 추락하는 가이우스를 어떻게든 구하려 했다. 그러나 엠페라투스는 그들의 두 배가 넘는 덩치에 어울리지 않는 속도로 그들을 막아섰다.

"내가 만들 지옥을 네놈들 따위에게 보여주진 않을 것이다!"

엠페라투스의 팔뚝에 붙어 있는 비늘들이 개미처럼 손끝을 향해 몰려들었다. 오밀조밀하게 결합한 비늘들은 두꺼운 강철의 장갑처럼 엠페라투스의 손을 보호했고 손톱도 낫처럼 뾰족하고 날카롭게 바꿔주었다.

손 자체를 무기로 만든 엠페라투스는 가장 가까이에 있는 알케온의 가슴을 노렸다.

후려치기 한 번에 알케온의 가슴을 보호하는 크고 작은 비늘들이 계란껍질처럼 부서졌다.

드래곤의 영주들은 생명체라기보다는 어떤 현상에 가까웠으나 그들은 자신보다 고차원적이면서 근본적인 엠페라투스의 부정적인 힘을 이겨낼 수 없었다.

그러나 가슴이 긁히는 것 이상의 일을 각오했던 알케온은 엠페라투스의 손목에 박힌 쇳덩어리를 보고 자신의 눈을 의심했다.

'건하운드의 탄환?'

예상치 못한 방해에 알케온을 처리하지 못한 엠페라투스는 지상을 봤다.

데스디아와 그녀의 건하운드, 파프니르가 엠페라투스를 향해 살기를 흘리고 있었다.

"감히 나를 방해해?"

엠페라투스는 지상에 있는 데스디아를 노려봤다.

물론 손으로 알케온의 가슴을 꿰뚫는 것은 잊지 않았다.

데스디아는 그러한 일들을 서슴없이 저지르는 존재, 엠페라투스에게서 혐오감을 느꼈다.

'나와 치프는 동포들의 복수를 하려고 여기까지 왔어. 하지만 그들이 저 괴물과 관련이 있긴 한가? 저토록 당연하게 살육을 하는 괴물이 대체 왜 부활한 거지?'

데스디아는 고민을 멈추고 정령들의 품속으로 모습을 감췄다. 그녀는 지금 탐정이 아니라 엠페라투스를 사냥하기로 마음먹은 헌터로서 움직이고 있었다.

입에서 포탄과도 같은 숨결을 뿜어 그녀를 처리하려 했던 엠페라투스는 동작을 멈췄다.

"정령들의 축복? 너는 정령술사인가? 그렇군, 생각해 보니 나의 존재를 최초로 확인한 것이 네년이었지."

엠페라투스가 입을 벌리며 크게 웃었다.

"흥미롭구나! 영주랍시고 떠들면서 오만하게 도전해 온 쓰레기들보다 훨씬 더 위협적이야! 설마 너도 운캄타르가 나를 위해 마련한 함정인가? 크하하하하!"

한참 웃은 그는 가슴에 부상을 입은 알케온과 그를 부축하고 있는 루할트를 돌아봤다.

"지상에 있는 정령술사와 대결하고 싶어졌다. 그년은 나를 사냥감으로 생각하고 있더군. 네놈들보다 위협적으로 말이지. 이제 네놈들을 갖고 노는 것은 그만두겠다."

엠페라투스의 주변에 하얀색의 모래폭풍이 일어났다. 그것은 루할트가 사용하는 공간왜곡 능력과 색깔만 다를 뿐, 완전히 동일한 능력이었다.

그 모래폭풍에서 날갯짓을 하며 나타난 것은 눈을 하얗게 뒤집은 드래곤들이었다.

"쓰레기는 쓰레기 속에서 굴러다녀야 가치가 있겠지."

수백 마리의 드래곤으로 알케온과 루할트를 포위한 엠페라투스는 망가진 장난감을 뒤로하는 아이처럼 천진난만하게 돌아서서 지상으로 내려갔다.

알케온은 손상된 가슴을 복구시키며 드래곤들을 살펴봤다.

"기사단? 날개 달린 자들의 기사단이 우리에게 살의를 품고 있단 말인가?"

"살의가 아니라 식욕일세."

루할트가 말을 고쳐 주었다. 알케온의 푸른색 눈이 슬픔으로 젖어들었다.

"정말 짐승들이 되어버렸군. 제발 내가 악몽을 꾸고 있는 것뿐이라고 이야기해 주게, 친구여."

"감상은 그만두게."

루할트가 알케온에게 말했다.

"전하께서 말씀하시지 않았나? 저들은 엠페라투스의 영향으로 인해 제정신이 아닐세. 우리가 해줄 수 있는 것은 단 하나뿐이지."

루할트가 숨결을 뿜어 주변의 드래곤들을 몰살시켰다.

그들이 제정신이었다면 방어체계를 이용하여 숨결을 막아내거나 피해를 줄였을 것이다.

하지만 본능에 모든 것을 빼앗겨 짐승이 된 드래곤들은 그저 불타 사라질 뿐이었다.

머뭇거리던 알케온은 주변의 모든 것을 초고열의 플라즈마로 바꾸어 공격 범위 내의 드래곤들을 흔적도 없이 증발시켜 버렸다.

자신의 무력함, 그리고 동족을 죽였다는 슬픔에 알케온은 비명과도 같은 포효를 했다.

한편, 목이 부러진 채 지상으로 떨어지던 가이우스는 셀레스티아의 힘에 도움을 받아 고요히 땅으로 내려왔다.

한쪽 어깨부터 복부, 그리고 다리까지 찢겨 사라진 가이우스의 곁에 셀레스티아가 나타나 그의 상처를 황금색의 빛으로 가려주었다.

“영주는 과연 다르군. 쓰레기다운 생명력이로다!”

엠페라투스가 근처에 착지해 셀레스티아에게 달려갔다.

“운캄타르의 자손이여, 네 곁에 정령술사가 있는 것이 느껴진다! 정령술사와 나의 대결을 방해하지 마라!”

가이우스를 보살피던 셀레스티아가 돌아서서는 엠페라투스를 향해 두 손을 펼쳤다.

그녀의 손에서 발생한 황금색의 돌풍이 그 무엇도 자극하지 않고 질주하여 엠페라투스에게 꽂혔다. 모든 것을 쓸어버릴 기세였던 엠페라투스가 눈을 부릅뜨며 뒤로 밀려 나갔다.

더불어 그의 몸에 박힌 수정들이 빠르게 부서졌다.

운캄타르가 엠페라투스의 시체를 묻으며 박아버린 그 수정들은 사실 운캄타르 자신의 날개 뼈였다.

그 힘은 엠페라투스의 능력을 최대한 봉쇄했고 셀레스티아의 힘에 반응하여 엠페라투스를 경직시키기까지 했지만 그 대신 불량 건전지처럼 고속으로 소모되고 있었다.

셀레스티아가 다른 이들의 전투를 지금껏 방관한 이유가 바로 그 수정들의 한계 때문이었다.

"전하, 이제는 어쩔 수 없습니다."

가이우스가 남은 힘을 짜내어 말하자 셀레스티아의 표정이 흐려졌다.

"가이우스 경! 포기하지 마십시오! 방법이 있을 것입니다!"

"포기하려는 게 아닙니다, 전하. 엠페라투스를 쓰러뜨릴 방법을 말씀드리려는 것입니다."

"가이우스 경?"

부러진 목 때문에 움직일 수 없는 가이우스는 눈을 좌우로 움직여 누군가를 찾기 위해 애를 썼다.

"근처에 있는 것을 알고 있소, 데스디아 브라토레."

그러자 데스디아가 셀레스티아의 뒤편에서 모습을 드러냈다.

데스디아를 발견한 엠페라투스는 일부러 몸에 힘을 뺐다. 그들이 무엇을 꾸미는지 궁금해서였다.

엠페라투스가 원하는 것은 행성의 지배 따위가 아니었다. 행성 밖에 대기하고 있는 우주연합의 함대와 그 안에 숨어 있는 자신의 추종자에게도 관심이 없었다.

뭐가 어찌 됐든 그저 자신의 방식대로 즐기며 살아가고 싶을 뿐이었다.

그런 그에게 자신의 방어체계를 돌파하여 손목을 맞춘 데스디아의 존재는 굉장한 흥미를 안겨주었다.

'저 계집은 분명 운캄타르의 함정이야. 아마 지금껏 자신도 모르게 날개 달린 자들의 방어 수단을 무시해 왔겠지. 내 능력을 무시했듯이! 실로 재미있지 않은가!'

그는 가이우스가 데스디아를 찾는 이유를 확실히 알기 위해서 자신의 숨소리까지 낮추었다.

엠페라투스를 한 번 바라본 데스디아는 가이우스의 머리 쪽으로 걸어갔다.

"가이우스 경, 괜찮으십니까?"

"괜찮소. 우리 날개 달린 자들은 정령에 가까운 존재이며, 영주 이상의 권위를 가진 자들은 하나의 현상이나 다름없기 때문에 쉽게 죽지는 않는다오."

하지만 가이우스는 당장에라도 죽을 듯이 입에서 피를 토했다.

"당신의 탄환이 엠페라투스에게 닿는 것을 봤소. 굉장한 의미를 가진 사건이니만큼 당신에게 기회를 주리다."

"무슨 말씀이십니까, 가이우스 경?

"나의 영혼과 교감하시오."

가이우스의 제안에 데스디아와 셀레스티아 모두 놀랐다.

"피의 갈망이 염려된다면 충고하리다. 정말 엠페라투스를 쓰러뜨리고 싶다면 각오를 해야만 하오. 그리고 그 각오는 왕녀 전하께서도 충분히 하고 계실 것이오."

"셀레스티아가 말입니까?"

"서두르시오, 사냥꾼이여. 엠페라투스는 날개 달린 자들끼리의 싸움을 너무나 잘 알고 있소. 그러니 다른 형태의 억제력이 필요하오."

가이우스의 온몸에 유리섬유와도 같은 것들이 빼곡히 자라났다.

"다섯 번의 힘을 허락하겠소. 그 이상 힘을 발휘하면 나는 당신에게 섞여 완전히 소멸할 것이고 당신은 피의 갈망에서 영영 벗어날 수가 없게 될 것이오."

"알겠습니다."

데스디아는 가이우스의 몸에서 자라난 섬유들을 향해 손을 뻗었다.

"가이우스 경, 아니, 검은색의 땀을 흘리는 번개의 날개여. 당신의 모든 것과 교감하겠습니다."

"허락하리다. 건투를 빌겠소."

그 말을 끝으로 가이우스의 몸이 전류로 변하여 사라졌다.

"정령 교감? 그런 것으로 나의 재미를 망칠 수 있을 거라 생각하나?"

엠페라투스가 비웃음을 터뜨리며 힘을 발휘하자 그를 제압하고 있던 셀레스티아가 밀리면서 땅에 쓰러졌다.

셀레스티아가 다시 일어나 그를 억누르려 했지만 몸을 구속한 운캄타르의 수정에서 거의 벗어난 엠페라투스의 힘을 이겨내기에는 역부족이었다.

"네가 마지막이다, 운캄타르의 자손이여!"

입을 벌리고 빛을 뿜어내려는 엠페라투스의 콧등 위에 데스디아가 벼락처럼 나타났다.

데스디아는 흠칫한 엠페라투스의 왼쪽 눈을 향해 건하운드의 제어장치를 내밀었다. 청색의 전류를 맹렬히 휘감은 파프니르의 포대가 제어장치를 따라 적의 눈을 노렸다.

"정말 시끄럽군."

한 번의 사격에 엠페라투스의 머리 왼쪽이 날아갔다.

"쿠오오오오!"

고개를 쳐들며 괴성을 지른 엠페라투스는 머리와 꼬리, 날개 등으로 주변의 건물들을 뭉개며 몸부림을 쳤다.

아직 멀쩡한 건물의 옥상에 벼락과 함께 나타난 데스디아는 왼팔에 껴안은 셀레스티아를 바닥에 내려주었다.

하지만 그녀는 셀레스티아의 허리에서 손을 떼지 못했다. 셀레스티아는 이를 악물고 뭔가를 견디는 데스디아의 모습을 보고 경악했다.

데스디아의 위쪽 송곳니가 길고 날카롭게 자라나 있었다.

"피의 갈망이라는 게 이런 것이었군."

데스디아는 유혹을 떨치듯 셀레스티아의 허리에서 손을 떼며 정신을 집중했다. 그와 함께 그녀의 송곳니도 본래의 모습으로 돌아왔다.

"네 피가 내 목에 흘러 들어오는 상상을 달콤하게 해버렸어, 셀레스티아. 미안하군."

"피의 갈망은 가이우스 경의 능력을 사용하면 사용할수록 강해질 거야. 하지만 기운을 내야 해, 데스디아. 엠페라투스가 고통에 몸부림치는 저 모습은 전설의 첫마디일 뿐이야!"

"난 전설 따윈 믿지 않는데 말이지."

농담을 하며 씩 웃은 데스디아는 셀레스티아의 등을 툭 쳤다.

"저 녀석은 약점 같은 것이 없어? 머리의 절반이 날아갔는데 고통스러워할 뿐이잖아?"

"약점은 심장이야, 데스디아. 하지만 엠페라투스의 심장은 고정되어 있지 않고 몸속을 떠돌아다니지. 그 속도는 엠페라투스의 꼬리에서 머리까지 피가 흐르는 속도와 같아."

셀레스티아의 설명은 조금 추상적이었다. 일단 데스디아는 드래곤들의 피가 얼마나 빠른 속도로 순환하는지 전혀 알지 못했다.

하지만 그 설명 덕분에 데스디아는 바람의 정령들이 전해주는 정보를 통하여 엠페라투스의 몸속을 돌아다니는 심장의 위치를 파악할 수 있었다.

'저건 동물의 심장처럼 근육의 수축으로 피를 제어하는 기관이 아니야. 인간 모습의 드래곤들과도 달라. 핵분열과 비슷한 원리로 피를 순환시키는 파동을 만들어내고 있어. 크기는 사람 머리 정도고 혈관을 돌아다니는 속도는 초속 단위로군. 이건 조준 사격이 불가능해.'

데스디아는 이제 네 번 사용할 수 있는 자신의 능력을 계산해 봤다.

'출혈로 피의 순환 속도를 조금이나마 늦추는 것밖에는 방법이 없군. 세 발로 피를 빼고 마지막 한 발로 심장을 깨뜨려야 해. 하지만 가능할까? 아니, 내 생각이 처음부터 틀린 건 아닐까?'

그녀는 재생이 거의 끝난 엠페라투스의 머리를 보고 자신감을 잃었다.

데스디아는 자신 다음으로 사격 능력이 좋은 존재, 치프를 찾아봤다.

그는 아직도 연합병원의 옥상에 사만다와 함께 있었다. 하지만 멍하니 구경만 하는 것은 아니었다. 그는 심각한 표정으로 루할트와 얘기를 하고 있었다.

데스디아는 통신기를 다시 귀에 끼고는 치프와 교신을 시도

했다.

"치프, 내 말이 들리나?"

운이 좋게도 아직 통신기를 귀에 낀 치프는 데스디아를 향해 손을 흔들었다.

—잘 들려. 혹시 도와줄 일이라도 있어?

"당연히 있지. 엠페라투스의 몸에서 피를 빼야 해."

—피를 빼? 닭처럼 튀겨 먹으려고?

"농담하지 마. 아무튼 지원사격이 필요한데……."

데스디아는 땅에 추락해 불타고 있는 수송기를 뒤늦게 보고 크게 한탄했다.

"당신이 쓸 무기가 없군."

—아, 지금 그 문제로 앞에 있는 산업스파이와 얘기 중이야.

"뭐라고?"

—하인케스 무역통상에서 어떻게 무기들의 개발 기간을 단축시켰는지 방금 전에 들어버렸지. 루할트는 내가 2년 전에 이 행성에서 잃어버린 건하운드를 뜯어서 자기네 제품을 개발한 거야! 어쩐지 민간용치고는 너무 성능이 좋다고 했어!

"그래서, 지원해 줄 수 있는 거야, 없는 거야? 지금 시간이 없다고!"

데스디아는 치프와 루할트 사이에 작은 모래폭풍이 일어나는 것을 목격했다.

그 폭풍에서 튀어나온 것은 치프가 2년 전 그라니트 행성에서 사용하고 잃어버렸던 바로 그 건하운드의 제어장치였다.

치프는 제어장치를 다시 잡자마자 움찔했다. 제어장치의 배터리가 방전된 상태였기 때문이다.

그러나 깡통에 불과하다고 생각했던 건하운드가 치프의 손에 잡히자마자 거짓말처럼 되살아나 작동했다.

'어쩌지? 좋아해야 하나?'

치프는 이 사실을 일단 감추기로 했다.

—이제부터 군사기밀을 누설할 테니 좋은 변호사나 좀 선임해 줘, 데스디아.

"대체 무슨……!"

재생을 거의 마친 엠페라투스를 조준하며 뭔가 따지려 했던 데스디아는 건하운드 제어장치를 든 치프의 모습을 보고 하려던 말을 멈췄다.

—군용 건하운드 중에서도 좋은 놈들은 데토네이터 모드라는 특수 기능을 갖고 있지.

치프의 설명과 함께 지상에서 올라온 대량의 입자들이 길이 10미터가 넘는 대형 포대로 변했다. 그 밖에 크고 작은 기관포와 광선병기, 그리고 건물도 썰어버릴 것처럼 큼지막한 전기톱까지 마련되었다. 그 전기톱은 실제로 군용 벙커나 함선의 장갑판을 해체하기 위해 준비된 흉기였다.

데스디아는 치프가 그 커다란 무장들을 대체 어떻게 다룰 것인지 궁금했지만 해답은 곧바로 나왔다.

마치 건설 장비처럼 우락부락하게 생긴, 3미터가 조금 넘는 인간 형태의 탑승 장치가 마지막으로 형태를 갖추었다.

그것은 지구에서 데토네이터라고 부르는 도시 제압용 '장갑차'였다.

다리가 달렸기에 걷고 뛸 수 있지만 기본적으로는 지면 위를 떠서 주행하기에 지구에서는 데토네이터를 차량으로 분류한다.

군용 건하운드에 입력된 데토네이터는 절대위급상황에서 비밀스럽게 사용되도록 규정되어 있는데, 이유는 군함 수준으로 탑재된 대량의 무장을 인간의 뇌에 연결시켜 사용하기 때문이다.

그 때문에 데토네이터는 2분이라는 한계 시간을 갖고 있었다.

앞서 만들어진 모든 무장이 데토네이터의 등판과 어깨, 그리고 팔에 더덕더덕 부착됐다. 그리고 마지막으로 치프가 제어장치를 든 채 데토네이터에 탑승했다.

—도와줄 수 있는 시간은 이제부터 2분이야! 잊지 말라고!

"왜 2분이지?"

—2분 뒤엔 내 뇌가 스테이크처럼 익어버리거든! 하하!

연합병원 건물 위에서 뛰어오른 치프의 데토네이터가 엠페라투스를 향해 돌진했다.

데스디아는 치프의 그 터무니없는 과감함에 웃지 않을 수가 없었다.

데토네이터의 주포와 광선, 그리고 기관포의 탄환들이 엠페라투스의 몸을 사정없이 두드렸다. 그러나 엠페라투스의 방어체계 앞에선 바위를 향해 날아가는 날계란에 불과했다.

"재밌고 귀찮은 놈이로군!"

왼쪽 눈이 아직 덜 재생된 엠페라투스는 두 팔로 땅을 내려쳤다. 보라색의 충격파가 땅을 훑으며 퍼졌다. 그 충격파에 닿은 건물들은 밑동이 잘리면서 붕괴되었다.

줄넘기를 하듯 충격파를 뛰어넘은 치프의 데토네이터가 다시 질주하며 탄환들을 퍼부었다.

"잠깐 물어보고 싶은데, 포프가 추락하도록 유도한 게 너지?"

데토네이터의 외부 스피커에서 치프의 목소리가 터졌다.

"오, 그렇지. 그 어린 계집만이 나의 의지에 응해 움직여 줬거든. 다른 자들은 이겨냈지만 말이다."

엠페라투스가 즐겁게 대답했다.

"이 행성에서 미성년자 건드리면 어떻게 되는지 알아? 총살이야!"

치프가 쏜 각종 탄환을 머리에 집중적으로 얻어맞은 엠페라투스는 빛을 토하기 위해 입을 벌렸다.

때맞춰 낙뢰와 함께 엠페라투스의 뒤쪽에 나타난 데스디아가 제어장치의 방아쇠를 당겼다.

전류를 머금은 탄환이 파프니르의 총구에서 튀어나와 엠페라투스의 오른쪽 등판을 뚫었다.

숨결을 토하기 위해 부풀었던 엠페라투스의 폐가 폭발하면서 오른쪽 팔과 날개, 그리고 어깨가 땅에 떨어졌다.

활짝 드러난 엠페라투스의 단면에 데토네이터의 오른팔에 달린 전기톱이 처박혔다.

치프는 전기톱에 의해 잘린 엠페라투스의 몸에 데토네이터의 모든 화력을 퍼부었다.

그러나 공기를 달구며 회전하던 전기톱은 1초도 못 가 엠페라투스의 초월적인 근섬유에 얽히며 멈춰 버렸다.

"장난감 주제에!"

격분한 엠페라투스는 왼손으로 데토네이터를 움켜쥐었다. 치프는 다시 화력을 퍼부었고 엠페라투스의 몸은 걸레짝처럼 변했다. 그러나 치프는 박살 난 엠페라투스의 육체가 왠지 모르게 재생되고 있다는 느낌을 받았다.

결국 붙잡힌 데토네이터의 이곳저곳에서 파열음이 터졌다.

"하, 제길."

치프는 삽시간에 우그러드는 조종석을 보고 헛웃음을 터뜨렸다.

한계에 달한 데토네이터의 윗부분에서 검은색의 망토가 소용돌이처럼 나부꼈다.

고도의 집중력과 피에 대한 갈망으로 눈이 붉게 빛나는 데스디아가 대검의 형태로 바뀐 파프니르를 전속력으로 휘둘렀다.

자신이 존재가 와해되는 것마저 각오한 가이우스의 능력과 데스디아가 일생 동안 단련한 기술이 하나가 되어 엠페라투스를 덮쳤다.

『그라니트 : 용들의 땅』 1권 끝